Antonio Skármeta

Die Hochzeit des Dichters

Antonio Skármeta

Die Hochzeit des Dichters

Roman

Aus dem chilenischen Spanisch von
Willi Zurbrüggen

Piper
München Zürich

Die Originalausgabe erschien 1999 unter dem Titel »La boda del poeta« bei Areté/Editorial Debate in Madrid.

Von Antonio Skármeta liegen im Piper Verlag außerdem vor:
Aus der Ferne sehe ich dieses Land (Serie Piper 1826)
Mit brennender Geduld (Serie Piper 2678)
Der Radfahrer vom San Cristóbal (Serie Piper 1364)
Sophies Matchball (Serie Piper 1490)

ISBN 3-492-04246-5
3. Auflage 2000

Gesetzt aus der Garamond bzw. Gill
Satz: Uhl + Massopust, Aalen
Druck und Bindung:
GGP Media, Pößneck
Printed in Germany

Für Nora und Fabián Cristóbal

Der unmittelbare Auslöser des illyrischen Aufstands im Jahr 6 v. Chr. war eine von Kaiser Tiberius befohlene Zwangsrekrutierung zu dem Zweck, die vordringenden Germanen abzuwehren. Die allgemeinen historischen Voraussetzungen jedoch finden sich in der systematischen Unterdrückung, mit der die Römer damals ganz Illyrien überzogen; eine Region, in der sie Straßen zu dem einzigen Zweck gebaut hatten, die Bevölkerung zu unterwerfen und schamlos auszubeuten. Die Bewohner der malizianischen Küsten hatten sich bislang friedlich verhalten, doch als Tiberius zum zweiten Mal gegen die Kelten zog, und Valerius Mesala, damaliger Gouverneur von Malizia, den Befehl erhielt, ein Kontingent junger Männer in der Blüte ihrer Jahre zusammenzustellen, rebellierten die Malizianer. Die Anführer des Aufstands blieben namenlos; beziehungsweise, die römischen und griechischen Geschichtsschreiber haben uns ihre Namen nicht überliefert.

Antun Damic
Kurze Geschichte der malizianischen Küste

Die Nachfrage nach Wein aus Gema endete mit der sogenannten Weinklausel des österreichisch-italienischen Handelsabkommens von 1891. Nach dieser Vereinbarung konnte Italien seinen Wein zu Vorzugsbedingungen nach Österreich exportieren. Der Markt reagierte unmittelbar mit Preisverfall. Dadurch ging der Export stark zurück. Für die Erschließung neuer Anbauflächen fehlte jeder Anreiz. Der produzierte Wein wurde fast nur noch an der malizianischen Küste konsumiert, ein beträchtlicher Überschuß staute sich an. Die Schiffe blieben in den Häfen liegen, andere Einkünfte gab es nicht. Zu allem Überfluß wurde das Weinanbaugebiet Gema im Jahr 1894 von einer Reblausepidemie heimgesucht, die nacheinander sämtliche Lagen vernichtete.

Die Landbevölkerung, zum größten Teil Weinbauern, verarmte und wandte sich in ihrer Verzweiflung an reiche Geschäftsleute und Großgrundbesitzer um Hilfe. Ihre mageren Ernten verkauften die Bauern unter Preis, und für die aufgenommenen Kredite zahlten sie hohe Zinsen. Die Folge war eine noch größere Verarmung. Da die Anbaufläche begrenzt war, sahen sich viele zur Emigration gezwungen. So mußten die Bewohner Gemas, die früher Fremden Arbeit gegeben hatten, jetzt selbst Arbeit in der Fremde suchen.

Antun Damic
Geschichte der Insel Gema

Wie manches regt sich in der Brust der Frauen,
Das für das Licht des Tages nicht gemacht.

Heinrich von Kleist
Penthesilea

Prolog

Es war einmal eine glorreiche Zeit auf einer fernen Insel vor den Küsten von Malizia. Die Weintrauben glänzten kupfernen Kirchenglocken gleich in der Sonne, und der Regen war wie ein Verwandter, dessen Besuch uns erfreut, und der uns glücklich macht, wenn er wieder geht. Die Mädchen waren betörend und wußten die Glut ihrer feurigen Verehrer anzufachen, bis diese in der Hochzeitsnacht mit ihnen verschmolzen. Marta Matarasso war die schönste unter den Mädchen, und die ganze Insel spekulierte, manchmal in Form von Wetten, welcher Mann sie heiraten würde, wenn sie ihr siebzehntes Lebensjahr vollendet hätte. Heute noch leben in diesem abgelegenen Ort die Enkel einiger jener, die einst Lanzen für sie brachen: Tänzer mit Lackschuhen, sonnengebräunte Fischer, Bürokraten mit geckenhaften Schnurrbärten und Krawatten, Studenten, die mehr in der Erforschung ihrer Männlichkeit als in den Wissenschaften vorankamen, und dergleichen komplexe Persönlichkeiten mehr.

War der gute Descartes noch der Meinung, nichts sei weiter verbreitet, als der gesunde Menschenverstand, so war jene entlegene Insel die Ausnahme. Die Frühlingssäfte stiegen dort so heftig in die Stämme, daß die männlichen Bewohner erst Ruhe fanden, wenn die Fährschiffe im Sommer mehlweiße Schwedinnen und hohläugige Engländerinnen an den Strand warfen, die in liberaler Mildtätigkeit gewährten, was die einheimischen Mädchen sich

Deckchen häkelnd bewahrten, bis die »rote Perle ihrer Ehre« triumphierend die Walstatt der Hochzeitsnacht krönte, wie es in einer der Turumbas heißt, die dort immer noch zum besten gegeben werden.

Obwohl es keinem an etwas fehlte, hatten alle wenig, und um ein Mädchen zu erobern, besaßen die Inselbewohner nichts anderes als ihre Phantasie. Das änderte sich, als das Kaufhaus *Europa* eröffnet wurde; ein riesiges Geschäft in der Art europäischer Warenhäuser wie *Harrod's, Gath & Chávez, Temperley & Thompson.* Es war weniger für die Einheimischen gedacht, deren einziges Vermögen die Schuppen in ihren Haaren und der Pilz zwischen ihren Zehen war, als für die gelangweilten Gatten der Nordländerinnen, die dort ihren Scotch, ihre Havannas, Champagner und italienische Hemden kauften, ohne Zoll dafür bezahlen zu müssen.

Reich wurden nur der Besitzer des Kaufhauses und die ferne Zentralregierung, zu der die Insel gehörte; was wiederum aufsässige Bewohner mit föderalistischen Gedanken zum Aufstand gegen das Kaiserreich trieb. Die Gruppen der Aufständischen erreichten manchmal eine Stärke bis zu zwölf Mann. Die erste dieser Rebellengruppen war bis Ende des Jahrhunderts aktiv. Ihr Anführer, Josef Coppeta, wurde sogar im Regierungspalast empfangen, wo der Minister für Bau- und Landwirtschaft ihm, ohne große Umstände zu machen, ein Dokument in die Hand drückte, das der Insel Gema in weiten Bereichen die Autonomie eines unabhängigen Landes verlieh, das seine eigene Fahne führen durfte und, falls gewünscht, das Recht, den heimischen Dialekt zur Amtssprache zu erheben.

Ein Zeuge berichtet, daß der Minister zu einer in Paris angefertigten Landkarte trat, die an der Wand seines Büros hing, und Coppeta bat, ihm mit dem Finger die neue Nation zu zeigen. Stolz deutete der Rebellenführer auf die etwa zweitausend Kilometer von der Hauptstadt entfernt gelegene Insel Gema, woraufhin der Minister den sybillinischen Ausspruch tat: »Nicht zu weit und nicht zu nah.« Das ließ zwar eine Absicht ahnen, war aber doch hinreichend unverbindlich.

Danach bat er Coppeta, ihm seine Vornamen und den Familiennamen zu nennen und diktierte seinem Sekretär einen Erlaß, in dem er Coppeta von jenem Tage an zum Präsidenten des neuen Landes ernannte. Auf die Frage, welchen Namen er dem Land zu geben wünsche, erklärte der frisch ernannte Präsident bescheiden, sie würden den bisherigen Namen der Insel beibehalten und ihm die Bezeichnung »Unabhängige Republik« hinzufügen.

»Unabhängige Republik Gema«, sagte der Minister laut und fügte zufrieden hinzu: »Klingt gut.«

Der Staatsmann riet Coppeta, sich nach angemessener Zeit durch demokratische Wahlen in seinem Amt bestätigen zu lassen, da von oben zugeteilte Würden früher oder später die Demokratiefanatiker auf den Plan rufen würden: »Wutschnaubende Bestien, die Statistiken mit Intelligenz verwechseln.«

Der designierte Präsident dankte für den Rat und für die ausgehändigten Dokumente »im Namen meines Vaterlandes«. Sodann entschuldigte er sich für den Mangel an Diplomatie, aber er müsse nun hurtig aufbrechen, da er sonst das Schiff verpasse, das ihn samt froher Botschaft zu seinem Volk zurückbringe. Der Minister entschuldigte nicht nur die verständliche Eile seines ehemaligen Untertanen, sondern stellte ihm sogar eine Kutsche für die Fahrt zum Hafen zur Verfügung und fragte mit verheißungsvollem Interesse nach dem Namen des Schiffes, das ihn zur Insel bringen sollte. Coppeta holte den Fahrschein hervor und las mit lauter Stimme den Schiffsnamen: »*Carontes.*« Der Minister lächelte auf eine Weise, die keinen Winkel seines makellosen Gebisses unbedeckt ließ, und sprach die rätselhaften Worte: »Sehr *ad hoc*, der Name.«

Im Laufe einer romantischen Unterhaltung, die Josef Coppeta im Mondlicht, das sanft auf dem Deck der *Carontes* schlief, mit einer grünäugigen deutschen Touristin namens Anna Dickmann führte, zeigte er dieser die Dokumente, die seiner Heimat Unabhängigkeit verkündeten sowie seine Ernennung zum Präsidenten.

Am anderen Morgen jedoch, das heißt, wenige Stunden nach der idyllischen Zweisamkeit unterm Vollmond, rief der Kapitän der *Carontes*, Pjotr Jeftanovic, die Passagiere aller Klassen zusammen und zeigte ihnen mit einem unverzeihlichen Mangel an Feingefühl den vermutlich von einem türkischen Krummsäbel vom Rumpf getrennten Kopf Josef Coppetas. Indem er ihn auf groteske Weise an die Schultern des Verblichenen hielt, fragte er, ob jemand der Anwesenden den Mann kenne und sich vielleicht auch gleich dieses heimtürkischen Mordes für schuldig befinde. Anna Dickmann, durch ihre jähe Witwenschaft erschüttert und unfähig, ihr Entsetzen länger zu verbergen, erklärte, man stünde vor den sterblichen Resten des Präsidenten der Republik Gema, und verlangte die Dokumente zu sehen, die seine Ernennung beurkundeten.

Admiral Pjotr Jeftanovic bat die schöne Dame daraufhin, mit ihm ans Backbord zu treten, und indem er ihr zwei Papierschiffchen in die Hände drückte, bat er sie, diese ins Wasser zu werfen. Im beharrlichen Blau dieses Meeres, das Homer ohne jede Übertreibung besungen hat, versanken die beiden Schiffe nach wenigen Sekunden.

»Ich fürchte, meine Dame, das waren die Dokumente, die Sie interessierten.«

Wie Fräulein Dickmann viele Jahre nach diesen Ereignissen erklärte, habe Jeftanovic danach etwas zu ihr gesagt, dessen Bedeutung ihr so unmißverständlich klargeworden sei, daß sie diese Information erst nach seinem Tod, zehn Jahre später, bekanntzugeben wagte.

»Ich könnte mir vorstellen, mein Fräulein, daß Sie sich Ihrer Schönheit bewußt und mit der Tatsache vertraut sind, daß die herrliche Harmonie Ihrer gesamten Erscheinung allein auf der Einheit von Kopf und Körper beruht. Es wäre daher überaus bedauerlich für Ihre Bewunderer, und mehr noch für Sie selbst, wenn aufgrund einer Indiskretion Ihrerseits diese beiden Teile auf höchst unansehnliche Weise voneinander getrennt würden. Meinen Sie nicht?«

Fräulein Dickmann verlor daraufhin schlagartig die in der ersten Etappe ihres Urlaubs in Malizia erworbene Sonnenbräune, und ihre auserlesenen, überaus sinnlichen Sommersprossen schienen mit einem Mal zu rosten. Sie verzichtete auf diese und auf jede spätere Untersuchung mit der ebenso kurzen wie pragmatischen Antwort: »Verstehe.«

Für die Moral der Inselrebellen war die Bedeutung dieses Vorfalles gar nicht hoch genug einzuschätzen. Beim zweiten großen Aufstand gegen den Zentralismus der Metropole war es ein jüdischer Schneider namens Josef Osten, der die Forderungen der Aufständischen einklagen sollte. Osten hatte sich mangels Habsucht und anarchistischer Belesenheit in Gema niedergelassen und war überdies ein ausgesprochen reizbarer Verehrer der schönen Marta Matarasso, die er durch einen dreißigseitigen und in drei Fortsetzungen in der Zeitung *Republika* abgedruckten Artikel über den anarchistischen Gehalt des Alten Testaments für sich einzunehmen suchte.

Im größten Festlandhafen wurde er vom Minister für Landwirtschaft und Siedlungwesen persönlich empfangen. Der jedoch drückte ihm nicht zwei Dokumente in die Hand, sondern einen Blankoscheck für das Bordell von Gudiza. In dem Lusttempel proklamierte Osten mit liebestollem Enthusiasmus den unendlichen Orgasmus sowie die revolutionären Ideale der anarchistischen Schriften; dies alles unter den bewundernden Blicken der höchst entzückten Mädchen, die ihn einen Monat später wie einen Maharadscha verabschiedeten, nachdem sie sich vergewissert hatten, daß der Scheck gedeckt war.

Die Weisheit seiner Väter bewog Osten, nicht nach Gema zurückzukehren, und die *Republika* veröffentlichte einen Artikel über ihn, der nur aus der Titelzeile bestand: »Osten bleibt im Westen.«

Kaum war Ostens prophetischer Glanz am Horizont verblaßt, als Stamos Marinakis, dem ersten Besitzer des Kaufhauses *Europa,* aufging, daß der schillerndste Bewerber um Marta Matarassos Hand sich selbst um die Rolle des Bräutigams gebracht hatte. Also machte er sich daran, der schönen Dame seine eigenen ökonomischen und körperlichen Vorzüge näherzubringen. Erstere waren nicht zu übersehen. Im ganzen adriatischen Raum gab es keinen, der es mit seinem Vermögen aufnehmen konnte – Piraten inbegriffen. Holländische Tulpen, Gold- und Silberschmuck von der Elfenbeinküste, Smaragde aus Brasilien, Schokolade aus Wien, iranischer Kaviar, italienische Schuhe, Grammophone der Marke *RCA Victor – Die Stimme seines Herrn* waren nur einige der Pfeile, mit denen er die Freier aus dem Megaron vertrieb. Von seinem Reichtum beschämt, überließ ihm ein halbes Dutzend von ihnen kampflos das Feld.

Was seine körperlichen Merkmale anging, so muß man sich Stamos Marinakis als einen Menschen vorstellen, der einen tief in die Stirn gekämmten Pony trug, welcher ihn ein wenig so aussehen ließ, als sei er einer Milchpulverreklame für Säuglinge entsprungen; weshalb auch niemand auf den Gedanken gekommen wäre, es mit einem Menschen von maßlosem Heißhunger zu tun zu haben. Doch genau das war er. Den Beweis dafür erbrachte Stamos beim Wettbewerb in der Kunst des Austernschlürfens. Erfunden hatte diesen der Bürgermeister von Gema, ein liebenswürdiger Mensch mit Neigung zu weinerlichem Lamento, der zwanzig Jahre später Hieronymus Franck aus seiner Einsamkeit erlösen sollte. Als Stamos bereits hundertzwanzig Stück vorbildlich verputzt hatte, bestand er darauf, sich die letzte Portion komplett mit Schale und allem einzuverleiben. Seine Zähne »tremolierten«, wie man hinterher in *Meer & Zukunft* lesen konnte, doch von einer großmäuligen Gefräßigkeit getrieben, »schlürfte er auch die steinharte Schale der Weichtiere, daß seinen Konkurrenten der Atem stockte«.

Seit dem Tag wurde er von den Inselbewohnern mit dem liebevollen Spitznamen *Dosenöffner* bedacht. Einem römischen Senator gleich in seinen Hemden mit gefälteltem, filigran besticktem Brustlatz und einer Samtschleife, die seinen Adamsapfel elegant auf und nieder hüpfen ließ, präsentierte sich Stamos seiner angebeteten Marta Matarasso als hochfahrende Lichtgestalt. Er trat auf wie ein wohlhabender griechischer Handelsmann, den das Schicksal dazu verdammt hatte, einen »elenden Trödelladen« zu führen, und dessen einziger Trost auf dieser Erde es wäre, wenn die mit Tugenden und Geschenken überhäufte

Schöne einwilligen würde, ihn zu ehelichen und eine Familie zu gründen, die der Insel unserer Väter Ruhm und Fortschritt brächte.

Im Klartext – so wurde der schönen Waise von ihren Tanten erklärt – war ihr angeboten worden, die Königin von Malizia zu werden, und sie empfahlen ihr, sich nicht unnötig zu zieren, denn »die Schnellzüge halten nur kurz, und dann sind sie weg«.

Weder die praktisch veranlagten Tanten, die »große Opfer gebracht hatten, um sie durchzufüttern«, noch die Nachbarn, die sich auf eine Jahrhunderthochzeit freuten, waren bereit, den Gerüchten Glauben zu schenken, die Mote Vranicic, Finanzverwalter der Landwirtschaftsschule Ade Faride, in jener Nacht in Umlauf brachte, als Dynamo Gema ein Heimspiel gegen Turin mit 2:2 unentschieden über die Runden zu bringen schaffte, nachdem Thaddäus Moulian in der fünfundachtzigsten Minute einen Strafstoß ins Netz der Gastmannschaft getreten hatte.

Das Spiel war so spannend gewesen, daß trotz Hektolitern von Bier kein Zuschauer die Toiletten aufgesucht hatte. Als der Schlußpfiff ertönte, waren die Blasen zum Platzen gefüllt, und jeder rannte los, als ginge es um sein Leben. Auch Mote Vranicic kannte kein anderes Ziel, als vor der stinkenden Kachelwand zu stehen und sich den Wonnen des Entleerens hinzugeben. Als er es soweit geschafft hatte und unter der Wirkung des nachlassenden Drucks seine Lider hob, sah er neben sich den *Dosenöffner,* der mit halbgeschlossenen Augen und ekstatisch verzückter Miene einen gewaltigen Strahl abließ. Die reine Neugier lenkte Vranicics Blick auf den platschenden Wasserfall und das Organ, dem er entsprang, woraufhin sein eigener auf der Stelle versiegte. Mit so einem Werkzeug, dachte er versonnen, könnte Stamos Marinakis glatt einen Panzerschrank knacken.

Noch in derselben Nacht hatte er Gelegenheit, mit dem magischen Realismus seiner Zunge der Öffentlichkeit zu verkünden, was er mit eigenen Augen gesehen hatte. Das Unentschieden im Spiel gegen eine so berühmte Mannschaft hob die Inselbewohner geradewegs in den Himmel, und sammelte die Gema-Fans in den umliegenden Kneipen, wo eine mit Slibowitz verzierte Runde Bier Mote Vranicic redselig machte. Um die Wirkung seines Berichts zu unterstreichen, legte er beide Hände auf seine Augen und wackelte mit dem Kopf, als müsse er einen Alptraum abschütteln. Die Gäste hielten die Geschichte zwar für eine maßlose Übertreibung des Finanzverwalters, konnten jedoch nicht umhin, bei den nächsten Einkäufen im *Europa* verstohlene Seitenblicke auf Stamos' Hosenstall zu werfen.

In dem einfachen, der Tradition verpflichteten Dorf gaben wohlmeinende Eltern ihren Töchtern nun den Rat, sich nie mit dem Kaufmann einzulassen, und einige hielten es für ein Gebot der liberalen Vernunft, derlei Ratschläge auch auf ihre Söhne auszudehnen.

»Purer Neid«, befanden Marta Matarassos Tanten, aber es klang ein kleines bißchen mehr nach Wunschdenken als nach überzeugter Meinung.

»Andere in unserer Lage würden ihn nicht einmal abweisen, wenn er einen Dromedarhöcker hätte.«

Als Stamos formell um die Hand des Mädchens anhielt, scholl ihm daher das Ja einstimmig im Chor entgegen.

Der Kaufhausbesitzer trank darauf mit den Tanten der Schönen, wobei er bloß am Slibowitz nippte und sich hin und wieder zu seiner Angebeteten umwandte, deren Blick mit der Unveränderlichkeit einer Kalenderfotografie auf ihm ruhte. Als die Farben des Alkohols auf den Wangen der Frauen erblühten, bat der Bräutigam taktvoll um die Erlaubnis, sich mit der Braut für ein paar Minuten auf die Terrasse zurückziehen zu dürfen. Unter der blaßblauen Markise des bescheidenen Hauses stand Marta Matarasso in so natürlich verführerischer Schönheit, daß es den Eindruck erweckte, eine Königin empfange einen armen Köhler. Ihre Haut war von ebenmäßigem durchschimmerndem Weiß, welches sie von den Landmädchen unterschied, deren Gesichter und Nasen stets aussahen wie von der Sonne gemeißelt. Stamos stellte sich vor, wie diese Marmorlippen schmecken mochten, wenn seine kräftige Feuerzunge sie zum Leben erweckte.

Sich die Unterseite des Schnurrbarts befeuchtend, schaute er dem Mädchen demütig in die Augen.

»Ich möchte dir sagen, daß ich dich nie im Leben zu etwas zwingen werde, schon gar nicht, mich zu heiraten, wenn du es nicht wünschst.«

Sie betrachtete ihn mit der Neugier eines Kindes, das die Bewegungen eines Tausendfüßlers verfolgt.

»Ich möchte dich heiraten.«

»Ich bin dir nicht zu unansehnlich?«

Das Mädchen schüttelte lächelnd den Kopf.

»Du hast eine gute Figur, kräftige Zähne und ein spaßiges Lächeln. Außerdem ist da noch das Geld.«

Stamos glaubte, einen halben Liter Speichel zu schlukken, bevor er voller Dank das schneeweiße Handgelenk des Mädchens ergriff.

»Du weißt, was über mich erzählt wird«, sagte der Mann mit gesenktem Kopf und scharrte verlegen mit den Füßen. »Ich wollte mich nicht vor dem Thema drükken.«

»Etwas habe ich sagen hören«, antwortete sie, den Blick starr aufs Meer gerichtet. »Aber die Leute erzählen viel.«

Stamos räusperte sich: »Etwas ... etwas von dem, was die Leute erzählen, ist wahr.«

»Wieviel ... wieviel von dem Etwas, das die Leute erzählen, ist wahr?«

Stamos führte die Hand seiner Verlobten sanft herunter zu seiner Hose, damit sie sich eine klare Vorstellung von der Topographie jener Gegend machen konnte.

»Meine Güte!« rief das Mädchen und knabberte an dem Daumennagel der freien Hand. Dann zog sie die von der Wissenschaft geheiligte Rechte zurück, legte beide Handflächen aneinander und senkte ihre Stirn darüber, wie zum Gebet.

»Tut mir leid«, sagte Stamos bewegt. »Wir können die Hochzeit auch lassen.«

Marta Matarasso hob den Kopf und befühlte ihr Ohrläppchen, wie um ihre Fassung zurückzugewinnen.

»Die Hochzeit ist nicht das Problem.« Sie sprach gedehnt und schaute den Mann nachdenklich an. Wie ein Blitz ging ihr durch den Sinn, daß Stamos' geschäftlicher Erfolg bei den Einheimischen mit der Einführung der Ratenzahlung begonnen hatte. Ihre rosa Zungenspitze wurde zwischen den Schneidezähnen sichtbar, und lächelnd, bis die Augen nur noch zwei schmale Schlitze waren, fragte sie: »Könntest du ihn mir nicht in bequem zu leistenden Monatsraten verpassen?«

I

Zwanzig Jahre später nahmen die Hochzeitsvorbereitungen von Hieronymus und Alia Emar einen Großteil der Gespräche und Prophezeiungen ein, die die Inselbewohner wohl auch bis zur Frivolität und Perfidie weitergetrieben hätten, wäre nicht fünf Tage vor dem feierlichen Ereignis der Küster mit ein paar älteren Meßdienern auf den Kirchturm gestiegen, um dort festliche Wimpel und päpstliche Fahnen anzubringen. Von dort oben erblickte Reino Coppeta, Sohn des enthaupteten Anarchisten, mit Falkenaugen und politischem Instinkt eine befremdliche Barkasse, die sich der Insel näherte und in absolut klassischer und geheimnisvoller Jericho-Manier ihre Küste umschiffte.

Ihm blieb auch nicht verborgen, daß sie backbords wie steuerbords mit Kanonen bestückt war. Und obwohl er keine Uniformen sah, wußte er sogleich, daß dies Soldaten des österreichisch-ungarischen Kaiserreichs waren, die die jungen Männer der Insel zwangsrekrutieren und Deserteuren den Hals abschneiden wollten.

Der erste Beschluß in dieser Angelegenheit wurde noch in kirchlicher Höhe gefaßt. Reino Coppeta erkannte nach einer Umfrage jedoch rasch, daß von den katholischen Jünglingen dort oben nichts zu erwarten war, daß die Angst vor den anrückenden Soldaten es ihnen nicht einmal verwerflich erscheinen ließ, sich zu ergeben, Uniformjacken mit goldenen Knöpfen zu tragen, mit einem Säbel am Gürtel und besoldet wie Staatsdiener. Bastarde, knurrte der Sohn des Freiheitshelden innerlich, lieber zogen sie Soldatenstiefel an ihre Füße, als barfuß aufs Schafott zu steigen.

Das Coppeta-Blut toste in seinem Kopf und machte ihn rasend. Er fing an zu schreien, nannte Küster und Ministranten Idioten und rannte auf die staubige Straße hinaus, um Fischer und Weinbauern zu einer Miliz zusammenzutrommeln. Diese hatten ein Messer noch nie zu etwas anderem benutzt, als um Muscheln aufzubrechen, deren Fleisch sie auf Eisenhaken spießten und damit die Tintenfische aus den Felsspalten herauslockten.

»Jede Stichwaffe tut ihren Dienst«, erklärte Reino, als die Fischer ihre rostigen Messer vorzeigten. Und mit gnädiger Dozentenstimme teilte er ihnen mit, daß die Klingen spitz und lang genug seien, um die Herzen der Österreicher zu durchbohren, und der Rost sie nicht zu stören brauche, da Tote in der Regel keinen Wundbrand mehr bekämen.

Während der heißblütige Reino die Inselbevölkerung mit glühenden Reden aufwiegelte, hatte Stefano Coppeta, sein jüngerer Bruder, das Kaufhaus *Europa* betreten, um zwei Päckchen Zigaretten zu kaufen. Das Geld dafür stammte von einem tödlich erschrockenen Tintenfisch, den er aus dem Meer gefischt und für das Abendessen einer Witwe mit chirurgischer Präzision in Scheiben geschnitten hatte. Sein bescheidenes Eintreten ins Geschäft war weit weniger spektakulär als sein Auftreten an anderen Orten, doch das lag nur daran, daß der Laden im Moment leer war. Stefanos Augen waren groß und tiefblau, wie in Kobalt getaucht. Sie brachten jeden aus dem Gleichgewicht, den ihr Blick erfaßte. Da er sich ihrer hypnotischen Kraft bewußt war, hielt er stets bescheiden die Wimpern gesenkt, um die Welt nicht unnötig zu blenden.

Reino stand ständig unter Strom und war elektrisierend,

Stefano, noch keine zwanzig Jahre alt, dagegen wirkte still wie ein See. Diesem Bild entsprechend, vertrat er stets die Überzeugung, das Leben spiele sich jeweils dort ab, wo man sich gerade befinde, und alles Hinterherlaufen sei müßig. Ein Gang zum Dorfplatz schien ihm eine Entweihung der natürlichen Ordnung. Etwas wie eine Reise nach New York, wovon die Jungs auf der Mole gern träumten, kam ihm vor wie der geballte Unsinn. Nachdem er die Zigaretten erstanden hatte, machte er es sich also erst einmal in einem Sessel des *Europa* bequem und rauchte genüßlich, wie ein zum Tode Verurteilter kurz vor der Hinrichtung. Es gehörte zu seiner Philosophie, jeden Augenblick in vollen Zügen zu genießen, so daß sich die Frage nach dem Sinn des Lebens gar nicht erst stellte. »Dafür habe ich jetzt keinen Kopf«, fuhr er einmal einen aufdringlichen Journalisten an, der ihm später mit Artikeln in der *Republika* das Leben schwermachen sollte.

Mitten in diesem geschäftigen Tun passierte dann etwas, das Stefano vergessen haben will; manche meinen aus Gründen des Anstands, des Alzheimers, oder weil es sich stets empfiehlt, die Wahrheit ruhen zu lassen, wenn sie Legende geworden ist. Tatsache ist, daß Alia Emar in einer Wolke aus raschelndem Tüll aus den Tiefen des Kaufhauses herbeischwebte, umschwänzelt von zwei französischen Modistinnen, die die Faltenwürfe ihres Kleides mit langen gelbköpfigen Stecknadeln fixierten. Sie führten sie zu einem Spiegel, vor dem Alia Emar – die von der Anwesenheit des Jungen nichts bemerkte – die verlockenden Wölbungen ihres Dekolletés betastete und die Schleppe ihres Brautkleids auffächerte, welche sich bis vor die Füße des jungen Stefano ergoß, der seine gewohnte Qualmwolke ausstieß, bevor er tief inhalierte.

Erst als die Braut das unter einem Kilo Perlen und Pailletten ächzende Diadem – von ihrer Mutter eigenhändig aus schneeweißen Blüten geflochten – auf ihrem französisch toupierten Haar in kritischen Augenschein nahm, bemerkte sie den Eindringling. Dieser betrachtete mit seinem unübertroffenen Talent, abwesend zu wirken, die Vorstellung, als habe er sich eigens dafür in ein Kino begeben.

Alia Emar wollte ihn barsch zurechtweisen, doch selbst auf dem indirekten Weg durchs quecksilberbedampfte Glas des Spiegels erlag sie noch dem Schwindel jener abgründigen kobaltblauen Augen. Auch die lächelnde Heiterkeit, mit der diese sie beobachteten, vermochte diesen Zustand nicht zu lindern.

Von dem, was dann gesprochen wurde, gibt es verschiedene Versionen: Stefanos kann man getrost ausschließen, denn der reagierte auf entsprechende Fragen nur mit diplomatischer Steifheit, die mehr als ein lakonisches Sowohl-als-auch nicht hergab. Die der französischen Modistinnen, für die Presse mit Schlüpfrigkeiten und Maupassantismen gewürzt, kann ebenso ausgeschlossen werden, da sie das Inselidiom gar nicht verstanden. Als historisch haltbar gilt demnach allein die Version der Braut – *corpus verba vulneratus* –, allerdings mit dem Nachteil der Subjektivität behaftet und dem der Sprichwörtlichkeit der Legende.

Hieronymus' Verlobte wirbelt also zu Stefano herum, der sein Blinzeln einstellt, damit die Seelen ungehindert zueinanderfinden können. Als sie der nicht mehr durch Spiegelglas gefilterte Blick dieser abgründigen Augen trifft, gerinnt ihr das Blut auf dem Weg ins Gehirn, und sie bringt nur noch die Worte hervor: »Was machst du denn hier, Dummkopf?«

Stefano zeigt ihr die Zigarette, stößt, herrschaftlich wie

ein Sultan, die unvermeidliche Qualmwolke aus und erwidert: »Das siehst du doch. Ich rauche.«

»Und wie lange noch?«

»Bis ich fertig geraucht habe.«

Alia Emar preßt an ihrer bleichen Wange eine bleiche Faust zusammen, bis sie zittert, und die Wange lodert auf in einem Rot, als hätte sie einen zu starken Wein probiert.

»Weißt du Dummkopf nicht, daß es Unglück bringt, wenn ein Mann die Braut vor der Hochzeit in ihrem Hochzeitskleid sieht?«

»Nicht wenn dieser Mann der Bräutigam ist«, lächelt Stefano Coppeta und streicht über seine Oberlippe, als ziere sie bereits der Schnauzbart, den er sich eines Tages wachsen lassen will.

»Mein Bräutigam ist Hieronymus Franck, und die Hochzeit findet Samstag abend statt.«

Der Junge steht auf, und da er nicht weiß, wohin mit der Kippe, drückt er sie in seiner Handfläche aus und steckt sie in die Hosentasche.

»So, wie du aussiehst, würde ich nicht bis Samstag warten, sondern dich auf der Stelle heiraten.«

Die Braut beugt sich vor, um ihm eins auf die Nase zu geben, doch ein unendlich vergnügtes Funkeln in den Tiefen der kobaltblauen Augen hält sie zurück. Ein messerscharfes Lächeln stiehlt sich statt dessen auf ihre sinnlichen Lippen.

»Und von welchem Geld würdest du mich ernähren, wenn es soweit käme?«

Stefano zerkrümelt die Tabakreste mit der einen Hand in seiner Hosentasche und kratzt sich mit der anderen an der Stirn.

»Das ist praktisch die einzige Frage, auf die ich keine Antwort habe.«

»Auf diese Frage eine Antwort zu haben, unterscheidet einen Mann von einem Kind.«

Die französischen Modistinnen machen Anstalten, den Jungen zu verscheuchen, und der verläßt das Kaufhaus gesenkten Hauptes, wie ein Hund, der von seinem Herrn gescholten worden ist. Als sie die Braut wieder zum Spiegel umdrehen, sehen sie mit Entsetzen, wie die Stecknadeln am aufgewühlten Busen der Braut sich lösen und abspringen, als Alia Emars Brüste hart werden wie die Fäuste, die sie auf ihre tränenverhangenen Augen preßt.

»Wasser«, haucht sie, bevor sie in Ohnmacht fällt.

2

Andere mit seinem Verschwörungsfieber angesteckt zu haben, schien ihn auf geradezu mystische Weise froh zu stimmen. Die Nase hoch, als wittere er schon den Ruhm, der in der Luft lag, begrüßte er seinen Bruder Stefano mit einem Schubs in den Bauch.

»Wie geht's, Baby?«

Der Junge senkte sanft die Wimpern und gab sich den Wonnen der auffrischenden Brise hin, die kühl über seine Stirn strich. Mit geschlossenen Augen sagte er: »Nenn mich nicht Baby. Sei so gut!«

»Was ist dagegen einzuwenden?«

»Es ist ein Wort für Kinder.«

»Unsinn, Mann. Das ist ein englisches Wort.«

»Welche englischen Wörter kennst du noch?«

»One dollar, Mister, please.«

»Sonst noch welche?«

»Fuck you.«

Stefano verschränkte die zehn Finger seiner Hände und ließ sie knacken, bevor er sich gähnend streckte.

»Ich bin immer noch in Alia Emar verliebt«, verkündete er dann.

»Da bist du nicht der einzige.«

»Aber am Samstag heiratet sie Don Hieronymus.«

»Des Geldes wegen.«

»Der alte Hieronymus macht's ohnehin nicht mehr lange. Dann tröste ich die Witwe.«

»Der alte Hieronymus ist fünfzig. Wenn du Glück hast,

und er stirbt mit achtzig, hinterläßt er dir Alia Emar mit zarten fünfzig Lenzen.«

»Dann werde ich eben ihr Liebhaber.«

»Dafür wirst du kaum Zeit haben, Bruder. Die Österreicher kommen und stecken dich in eine Uniform und schicken dich nach Ägypten, wo dir irgendein Mameluk den Bauch aufschlitzt.«

Stefano betrachtete die Insel mit schweifendem Kennerblick und so umfassend, als schaue er auf einen Kontinent.

»Mich kriegen sie nicht.«

»Wie willst du das anstellen?«

»Ich verdufte.«

»Wohin?«

»Irgendwohin.«

»So, irgendwohin, wirklich eine vorzügliche Gegend.«

Mit diesen abschließenden Worten marschierte er in Richtung Bar. Die Sonne würde noch viele Stunden zu tun haben, bis sich die Schatten auf der Insel einrichteten, und dann würde man sehen, ob die ausgetüftelte Strategie funktionierte. Das Kanonenboot der Österreicher würde wohl kaum im Hafen anlegen und den potentiellen Rekruten Zeit zu einer überstürzten Flucht geben. Wahrscheinlicher ist es, daß die Soldaten beim Schweinefelsen an Land gingen, der einzigen Bucht, die sie kannten. Von dort brauchten sie nur den Linien des Wellenschaums zu folgen, und in weniger als zehn Minuten wären sie in den Bars, würden die betrunkenen jungen Männer abführen und vorsorglich jedem den Hals durchschneiden, der sich ihnen widersetzte.

Stefano gesellte sich zu ihm. Ohne ihn anzuschauen, knurrte sein größerer Bruder: »Weißt du, was der Frau von Stamos Marinakis in der Hochzeitsnacht passiert ist?«

»Das hab' ich schon tausendmal gehört.«

»Wenn er Hieronymus das Kaufhaus vermacht hat, hat er ihm vielleicht auch die Gabe mitgegeben, seine Frau umzubringen. Das Blut soll damals bis zum Strand geflossen sein.«

»Reino, um Himmels willen! Geschichte wiederholt sich nicht.«

»Wärst du länger zur Schule gegangen, wüßtest du, das dieser Satz falsch ist. Geschichte wiederholt sich systematisch.«

Stefano hielt ihn am Arm fest.

»Was hast du vor?«

»Ich?«

»Du und die Jungs. Sie hatten mehr Messer in den Händen als Dreck unter den Fingernägeln.«

»Du mußt nicht alles wissen.«

»Warum nicht?«

»Männersache, Baby.«

»Irgendwer hat die Jungs heiß gemacht. Und du bist die Ruhe selbst. Was geht hier vor, Bruder?«

»Nun, wir legen ihnen am Santa-Marta-Felsen einen Hinterhalt. Da ist der Strand so schmal, daß sie keine Zeit haben werden, mit ihren Musketen zu zielen. Wir überfallen sie im Dunkeln und stechen ihnen direkt ins Herz, damit sie nicht leiden müssen.«

Stefano schloß beide Hände um den Hals seines Bruders und schüttelte ihn, bis diesem die Luft ausging.

»Du wirst nichts von all dem tun, Reino!«

Sein Bruder brauchte eine Minute, um wieder zu Atem zu kommen, aber nur eine Sekunde, um seinem Angreifer verächtlich vor die Füße zu spucken.

»Hast wohl Schiß, was, Baby?«

»Ich bin dein jüngerer Bruder, und ich muß auf dich aufpassen.«

»Wir stammen aber offenbar nicht aus derselben Familie: In meinen Adern rinnt Blut, in deinen Mandelmilch.«

»Irgend jemand in der Familie muß doch seinen Verstand gebrauchen. Die Österreicher sind eine Armee und keine Horde Banditen. Die massakrieren uns.«

»Aber sie haben kein Recht, uns in ihre Scheißuniform zu stecken, damit uns hinterher irgendein Feind niedermetzelt, den wir nicht einmal kennen.«

»Ich sage dir nur, sie sind ein Regiment mit Karabinern und Kanonen, kein Klub von Meeresfrüchteliebhabern, die in den Felsen Muscheln knacken.«

Reino massierte sich den Hals und starrte herausfordernd zum Horizont. Nichts hier war ihm fremd. Er war ein Geschöpf dieses Landes und dieses Meeres.

»Wir sehen uns später«, sagte er und setzte sich in Bewegung.

Sein jüngerer Bruder hielt ihn mit einer Umarmung zurück, die Reino sich gefallen ließ. Stefano hatte ein unerklärliches Vertrauen zu der überzeugenden Kraft seiner Gesten, der Intelligenz seines Schweigens und vor allem zu der Unergründlichkeit seines Blickes. Mit einem überraschenden Griff zog er seinem Bruder den Dolch aus dem Gürtel.

»Zur Sicherheit«, flüsterte er, »behalte ich dein Messer bei mir.«

Reino erkannte die brüderliche Geste an und erwiderte sie mit einer zärtlichen Umarmung seinerseits. Den Arm um die Schultern des anderen gelegt, gingen sie bis zur Markise der Bar. Unter ihrem Schatten trocknete sich Reino den Schweiß ab und stieß seinem Bruder zum zweiten Mal den Finger in den Bauch.

»Behalte das Messer nur, Kleiner. Ich habe mehrere davon.«

3

In der Nacht nahmen sich acht verschworene junge Männer die Zeit, den Steinway-Flügel von Don Hieronymus zum Saal der Konditorei *Luzerna* zu transportieren, wo die erste Filmvorführung der Insel stattfinden sollte. Sie war eines der zahlreichen Geschenke, mit denen der Besitzer des Kaufhauses *Europa* den Inselbewohnern seinen Dank erweisen wollte, weil sie vernünftig geworden waren und schließlich akzeptiert hatten, daß er die schönste ihrer Töchter zum Altar führte. Zwanzig Jahre zuvor hatte der damalige Besitzer das Geschäft stigmatisiert, als seine Hochzeitsnacht mit der jungfräulich blassen Marta Matarasso sich zu einem Skandal auswuchs, den die *Republika* mit der Schlagzeile »Blutiger Mond« betitelte. Die allgegenwärtigen Exegeten aus Agram, große Experten in Sache Metaphern, hatten die Anspielung auf den bleichen Erdtrabanten bald entschlüsselt: Er stand für das Leintuch der Unschuld.

Hieronymus hätte eine sachliche, detaillierte, unparteiische Beschreibung der in Frage kommenden tragischen Nacht den lyrischen Diarrhöen mythifizierender Exegeten vorgezogen. Mit ihrem Geschmiere hatten sie dem Aberglauben der Bevölkerung Vorschub geleistet und sie über zwei Jahrzehnte in Gefühlsquarantäne gehalten, bis es in diesem glücklichen Jahr endlich zu einer Feuerpause und vielleicht sogar zum Waffenstillstand gekommen war.

Hieronymus war sich des Schmerzes wohl bewußt, den die fleischliche Vereinigung von Stamos und Marta unter den Leuten hervorgerufen hatte. Er flüchtete sich daher in hochmütiges Schweigen, wenn das Thema zur Sprache kam. Ein Verhalten, das der Mentalität der Malizianer entgegenkam, die in seiner Gegenwart unterwürfig und freundlich sein, sich jedoch schon auf dem Marktplatz das Maul über ihn zerreißen konnten.

Dennoch beging Hieronymus einen taktischen Fehler. Bedrückt von der Mauer des Schweigens und der deutlichen Hast, mit der Mütter ihre heiratsfähigen Töchter aus seinem Laden zerrten, als wäre er Stamos und nicht der gebildete, in der erlesenen Welt der Lektüre aufgewachsene Skeptiker aus Salzburg, betrat er die Dorfkirche, um bei dem deutschen Priester Franz Pregel eine Notbeichte abzulegen.

Da ihn mit dem Priester eine gemeinsame, von Archaismen und malizianischen Regionalismen durchsetzte Sprache verband, fühlte sich Hieronymus bei dem Gottesmann beschützt und behütet und kannte keine Vorbehalte mehr, ihm sein verwundetes Herz in der lauschigen Wärme des Beichtstuhls zu offenbaren. Der Pater ermutigte ihn mit samtener Stimme, sich aller Ressentiments und all seines Wissens um kursierende Gerüchte zu entledigen. Er versprach ihm, die Stimmung in Gema zu seinen Gunsten zu beeinflussen, damit er fortan ein menschenwürdiges Leben führen könne.

Als der österreichische Kaufmann zögerte und die Worte sich hinter seinen Lippen verschanzten, beschwor ihn der Priester, sich schrankenlos nicht nur der altverbrieften Vertraulichkeit des Gotteshauses zu überlassen, sondern ebenso ihm als Beichtvater, der sich selbst als von Natur aus verschlossen beschrieb und ihn einlud, mit ihm ins Pfarrhaus zu kommen.

In der seelenvollen Atmosphäre dieser Umgebung und

dem Überschwang seiner aufgewühlten Gefühle, berichtete Hieronymus mit düsterer Stimme, daß er, nachdem Marinakis nach China ausgewandert sei, die nachgelassenen Gegenstände des Kaufhauses untersucht und dabei dessen Tagebuch gefunden habe, in dem dieser, »stellen Sie sich vor, Herr Pfarrer, seine Version der Ereignisse jener fatalen Hochzeitsnacht niedergeschrieben hat«. Nicht auszudenken, wenn dieses Dokument in die Hände des Schmierfinken von der *Republika* gelangte. Alte Wunden würden aufgerissen, die Niedertracht fröhliche Urständ feiern, und sein unschuldiger Wunsch, ein einheimisches Mädchen zu heiraten, von der gespenstischen Last der toten Marta Matarasso erdrückt.

Als der Priester ihn fragte, wo sich dieses wertvolle Tagebuch zur Zeit befinde, zog Hieronymus es aus seiner Aktentasche und legte es dem Kirchenmann in die Hand. Dieser nahm es mit feierlicher Miene an sich, und ein Hauch von Demut verklärte sein Antlitz, als er die Schrift in den Falten seines granatroten Gewandes verbarg.

»Ich nehme an, Sie haben einen Blick hineingeworfen?«

»Nicht nur das. Ich habe es mehrmals von vorn bis hinten durchgelesen.«

»Und was sagen Sie dazu?«

»Stilistisch entspricht es etwa dem, was man von einem Menschen erwartet, der in einem so unkultivierten Dorf den Spitznamen *Dosenöffner* bekommen hat. Aber es liegt vielleicht an meiner speziellen Situation, daß ich die letzten zwei Seiten nicht lesen kann, ohne daß mir die Tränen kommen.«

»Ja, was steht denn da?«

»Marta war glücklich. Unendlich glücklich.«

»Eine Information, die für die Angehörigen sicher sehr beruhigend ist. Und wie geht es zu Ende?«

»Ich kann die Stelle auswendig, Herr Pfarrer: ›Mein Leben ist jetzt ohne Sinn. War es einmal mein Ehrgeiz, materielle Güter anzuhäufen, so interessiert mich jetzt nicht einmal mehr der Besitz einer Pflaume. Auch diese Seiten bedeuten nichts. Ich habe sie für Marta geschrieben, und ohne ihre Empfängerin sind sie wertlos. Das Natürlichste wäre, ich würde dieses Tagebuch verbrennen, doch der Widerwille dagegen ist zu groß. Soll es also auf der Müllkippe landen, die mein Leben gewesen ist.‹«

Der Priester ging zum Wandschrank und füllte zwei Fingerhut süßen Weins in ein Glas, reichte es dem Besucher und klopfte ihm mit der freien Hand auf die Schulter.

»Sie weinen ja, Don Hieronymus.«

Dieser wischte sich mit dem Handrücken über die Augen und legte die Hand dann auf sein Herz.

»Ich frage mich, was ich täte, wenn so etwas meiner Alia Emar passierte.«

»Nun werden Sie nicht auch noch abergläubisch, mein Freund. Kopf hoch, das ganze Dorf wartet auf die Hochzeit des Jahrhunderts.«

Völlig unerwartet und mit einem lärmenden Ungestüm, das zu dem bisherigen Gespräch so gar nicht paßte, warf sich Hieronymus zu Füßen des Pfarrers nieder und umklammerte dessen Knie.

»Sagen Sie mir eins, Herr Pfarrer. Liebt Alia Emar mich?«

»Aber natürlich, mein Sohn. Und jetzt steh auf.«

Der Mann rieb verzweifelt seine Stirn an der Soutane des Priesters.

»Woher wissen Sie das?«

»Das weiß doch jeder. Sie heiraten schließlich.«

»Jeder ist keiner! Ich will es von Ihnen hören! Ihnen muß sie im Beichtstuhl die Wahrheit gesagt haben!«

Pfarrer Pregel löste sich aus der ungewohnten Umklammerung, trat an den Wandschrank und schenkte diesmal ein Glas für sich allein ein.

»Darüber ist nie gesprochen worden. Und selbst wenn sie je ein Wort über Sie verloren hätte, es käme nicht über meine Lippen. Das Beichtgeheimnis ist in diesem Hause heilig. Alles, was Sie hier gesagt haben, liegt sicher aufbewahrt in meinem Herzen, und meine Lippen sind versiegelt.«

Hieronymus erhob sich von den Knien, hatte jedoch nicht mehr die Kraft, seine Hosenbeine abzuklopfen.

»Hüten Sie mit derselben Sorgfalt das Tagebuch von Stamos Marinakis!«

»Seien Sie unbesorgt, Don Hieronymus.«

»Es ist die letzte Ehrerbietung, die wir diesem unglücklichen Menschen angedeihen lassen können.«

»Der Herr wird mit ihm sein.«

In dieser Nacht suchte Hieronymus die Gesellschaft des Herrn in der freien Natur. Er schlief nicht, sondern verfolgte den Weg der Sternschnuppen am Firmament. Am Strand ausgestreckt und den Blick auf den Mond geheftet, hatte er manchmal den Eindruck, dieser zeige ihm das Gesicht einer toten jungen Frau. Er lauschte dem Planschen nächtlicher Fische, und seine Augen blieben auf den flackernden Lichtern einer Nachbarinsel ruhen. Sein Gespräch mit dem Priester hatte aus Zweifel beklemmende Furcht werden lassen, von der ihn nur die Hochzeit würde heilen können.

Trunken von Mond und Meer machte er sich im Morgengrauen auf den Heimweg, begleitet vom aufgeplusterten Krähen eines Hahns. Er glaubte, blind zu werden, als er den Schriftzug sah, der sich über die ganze linke Hauswand seines Ladens zog: Stamos Marinakis, Angeber.

Statt die Kirchentür des verräterischen Priesters einzutreten, ließ er sich von der Tragik seines Schicksals vollends niederdrücken, preßte seine Lippen auf den armseligen, himmlischen Tüll imitierenden Gips einer Statue der Jungfrau Maria und flehte seinen Herrgott an, ihm Kraft zu geben, um den Schimpf zu verzeihen, der ihm sogar von dessen eigenem Seelenhirten angetan worden war. Nichts geschah, doch als er die Augen hob, sah er vor sich auf dem Bett eine Skizze von New York. Hinter dem höchsten Wolkenkratzer ragte eine Hand hervor, die ihm mit einladender Geste die Stadt zu Füßen legte. In seinem Zustand der Hoffnungslosigkeit und Niedergeschlagenheit wollte er darin ein Zeichen des Himmels sehen. Das Bild erleuchtete seinen Geist, und er erkannte, daß es absolut keinen Grund gab, sich auf ewig an diese Galeere namens Gema mit ihren grausamen, feindseligen Rudersklaven zu ketten. Er würde Alia Emar heiraten und dann Schluß mit diesem faulenden Gerstenkorn im Süden Europas machen, mit diesem in der Neuen Welt vollkommen unbekannten Inselchen, diesem definitiven und totalen Nichts im weiten Universum.

4

Am Samstag würde Hochzeit sein, am Sonntag würde er mit seiner geliebten Frau zum nächstgelegenen italienischen Hafen segeln, und wenn das Schiff, das Bizarro ihm seit Monaten baute, so seetüchtig war, wie der Neapolitaner ihm versichert hatte, würde er, furchtlos den Eisbergen des Atlantiks trotzend, damit bis nach New York fahren.

Eine ebenso unerklärliche wie drängende Unruhe trieb ihn zur Werft. Die Arbeiter legten mit ermutigender Zuversicht letzte Hand an das Schiff, und Hieronymus fragte den italienischen Konstrukteur ohne Umschweife, ob seiner Erfahrung und kenntnisreichen Meinung nach das pompöse Holzschiff mit dem ausladenden Kiel wirklich imstande sei, die Küsten der Neuen Welt zu erreichen. Bizarro hatte mit seinem Werftmeister aus Kopenhagen eine Wette abgeschlossen, daß er, mit erstklassigem Baumaterial versehen, ein Schiff bauen könne, mit dem die Strecke nach Venedig in zwei Nächten zurückzulegen sei. In der Pause, die sich der Neapolitaner gönnte, bevor er antwortete, konnte er Hieronymus' Herz pochen hören, und er erkannte, daß seine Antwort zurückhaltend positiv ausfallen sollte.

»Mit dieser Yacht, *Signore*, könnten Sie von hier bis nach Venedig segeln und dort einen Dampfer nach New York nehmen.«

»Herr Ingenieur, könnte ich mein Schiff in einem Überseedampfer unterbringen?«

Der Neapolitaner blinzelte, ein Trick, mit dem er es bisher immer geschafft hatte, in ausweglosen Situationen zumindest einen Notausgang zu finden. Dann räusperte er sich, dachte kurz an die Hochzeit, die am Samstag stattfinden sollte und seinen Werftmeisterlohn mit einer saftigen Zulage aufstocken würde, und antwortete forsch: »Theoretisch ist das möglich.«

Und bevor ihm der Millionär mit dem obligaten »Und praktisch?« ins Wort fallen konnte, überrumpelte er ihn mit der Frage, ob er an diesem Morgen schon die *Republika* gelesen und dort das großartige Gedicht eines »Anonymus« auf seine Verlobte Alia Emar entdeckt habe. Aus Furcht, die Poesie möge sich auf demselben Niveau wie das brutale Graffiti gegen Stamos bewegen, bat Hieronymus ihn, ihm der Einfachheit halber die Verse gleich an Ort und Stelle aufzusagen.

»Ich bin außerstande, *Signore*, den Glanz dieser Strophen wiederzugeben. Aber nach meiner Morgenverdauung habe ich die Zeitung an den Haken in der Toilette gehängt. Wenn Sie sich erleichtern möchten, zeige ich Ihnen gern das Bad, das soeben fertig geworden und von der Verkleidung aus Zedernholz bis zu den Spiegeln aus Deutschland mit allem erdenklichen Luxus ausgestattet ist.«

Hieronymus fühlte sogleich, wie die göttliche Vorsehung es in seinen Eingeweiden brodeln ließ. Mit schon weichen Knien, sich mit einer Hand auf die Schulter des Italieners stützend, begab er sich zur Toilette. Ächzend schob er drinnen den Riegel vor, zog sich hastig die Hose herunter, riß die *Republika* vom Haken und vertiefte sich ohne Zögern in die Literaturbeilage.

»Alia Emar«

Alia Emar, dein Name klingt
Über den Wellen, wo das Meer ihn singt.
In rasender Flucht möcht' rauben ich dich
Voll Kunst, elegant und leidenschaftlich.

Schön bist du, lebhaft dein Sinn
Strebst wie eine Lärche zum Himmel hin.
Bist edlen Gemüts und Geists voller Wissen
Sanft bist du wie ein Wolkenkissen.

Das Glück jedoch einem andern lacht
Dem Unhold, der dich heimgebracht.
Mit ihm schreitest du zum Altar
Des Epheben Qual wird nun wahr.

Kein Wetter stürmt herab auf die Erde
Überflutet deines Schicksals Wege.
Ein tiefer Blick aus blauer Trauf'
Vergießt bittre Tränen aus Kobalt darauf.

Bevor er sich von den Raubphantasien dieser Verse beunruhigen ließ, ging er die Informationen durch, die ihm eine Spur liefern könnten. Der Schöpfer dieser mageren Materie gab sich allein durch zwei Attribute zu erkennen: Er war jung (der Ephebe) und hatte blaue Augen (weint Tränen aus Kobalt). Daß er sie mit ihrem Einverständnis noch vor der Hochzeit entführte, war unwahrscheinlich, denn der Poet war eher wetterfühlig als praktisch veranlagt. Er findet sich mit seinem Los ab, weil »Kein Wetter des Schicksals Wege überflutet«, das hieß, er legte die praktische Arbeit in die Hände Unseres Herrn, der aber sicher dringenderes zu tun hat, als die masturbatorischen Gebete eines einfältigen Lyropheben zu erhören.

Daß die angedeutete Entführung nichts weiter als hohles Wortgeklingel war, bewiesen zwei weitere Zeilen des Lyriziden. Er stellte die Hochzeitsnacht mit dem Rivalen als unvermeidlich hin: »Der Unhold, der dich heimgebracht/Des Epheben Qual wird nun wahr.« Das heißt, wenn kein Wunder geschah, mußte der unglückliche Dichter wohl oder übel mit anhören, wie die hochzeitlichen Bettfedern der Braut lustvoll quietschten, während ihr mannhafter Gatte auf ihr und mit ihr in den siebten Himmel ritt. (»Mein Gott«, dachte er, »nimm meine Gedanken bitte nicht wörtlich!«)

Über die weiteren Umstände brauchte man sich ebensowenig Gedanken zu machen. Das Gedicht war an die Presse gegeben worden, aber kein Gefangener mit Fluchtgedanken würde einen Brief an seinen Bewacher schreiben und ihn von seinem Vorhaben in Kenntnis setzen. Hier hatte man es offensichtlich mit dem sprichwörtlichen »bellenden Hund« zu tun.

Schlußfolgerung: Kein Grund, dem Kopf hängen zu lassen. Frohen Mutes wischte er sich mit dem blutleeren Gedicht den Hintern ab, ließ das Geschmier in die österreichische Porzellanschüssel fallen, zog energisch die Kette mit dem Griff aus spanischem Steingut und schaute zu, wie das salzige Wasser hervorsprudelte und den verschissenen Text ins Adriatische Meer spülte, ohne auf dem makellosen Porzellan eine Spur zu hinterlassen.

5

Im Filmvorführungssaal der Konditorei *Luzerna* saß Alia Emar auf einem Stuhl, angetan mit einem Kleid aus zitronengelber Seide. Es war so kunstvoll drapiert, daß es weniger dafür gemacht schien, Brüste, Taille und Schenkel zu bedecken, als die Träume von zwei Generationen Männern zu beleben, die dem widersprüchlichen Brauch erlegen waren, sie zu bewundern und sich gleichzeitig einzugestehen, daß diese Frau nicht für sie geschaffen war. Ihre Vollkommenheit konnte nicht auf diesem Inselchen verschwendet werden, wo es nur dürre Rebstöcke gab, magere Ziegen, kaltgepreßtes Olivenöl und süßen Wein.

Als Hieronymus damit begonnen hatte, Antonio und Magdalena zu hofieren und ihnen Geschenke von den großen Dampfern mitzubringen – farbenprächtige Westen aus schimmerndem Atlas für den Vater und feinmaschige Leibchen für die Dame –, war die Jugend erleichtert. Das Kollektiv der möglichen Anwärter trug sein düsteres Schicksal mit Fassung. Nach allgemeinem Dafürhalten war es nämlich schlimmer, Alia Emar für alle unerreichbar zu wissen, denn sie sich als Geliebte nur eines einzigen von ihnen vorzustellen.

Die Fotografie zeigt Alia Emar neben ihrem Vater Antonio mit seinem hausgemachten Haarschnitt, den ihm ein weltoffener Friseur verpaßt hatte, seinem blauen Dreiteiler aus englischem Kaschmir mit roten Nadelstreifen und einer lebhaften Seidenkrawatte, einem Ring am Finger, der in der Gerüchteküche auf ein halbes Pfund Feindgold geschätzt wurde und unter dem kaiserlichen Schnauzbart eine drei Zentimeter dicke Zigarre.

Die *Republika* beschrieb sein Aussehen anderntags liebevoll als »Karikatur eines Millionärs«.

Seine Gattin Magdalena hingegen gibt ein Lehrstück in Bescheidenheit: ein schlichtes Kleid aus purpurfarbenem Atlas, breit getretene Schuhe mit halbhohen Absätzen, eine Halskette aus grünen Perlen, die wunderbar mit der Farbe ihrer Augen harmonierte und eine kleine schwarze gehäkelte Kappe. Von dieser fiel ihr ein Schleier halb über die Stirn und verdeckte mit heuchlerischer Strenge den beredsamen Blick ihrer Augen.

In derselben Reihe sieht man eine Handvoll lachender ausländischer Arbeiter, die den Hochzeitsproviant vom Schiff abgeladen haben und sich in englischer und deutscher Sprache Witze erzählen, sich auf die Schenkel schlagen und mit den Jackenärmeln oder mit Kölnischwasser beträufelten Taschentüchern den Schweiß von der Stirn reiben.

Hieronymus ist hinter dem ungarischen Pianisten Adam Policzer zu sehen, der schon seit Urzeiten an der malizianischen Küste lebt und auf dem ganzen Archipel bekannt ist als der Mensch ohne Geographie und ohne Blinddarm, ohne jeden Bezug auch zu all den archaischen Konflikten, die mit durchgeschnittenen Kehlen zu enden pflegen. Er spielte *Über den Wellen*, den *Hochzeitsmarsch* und das *Ave Maria* in der Sparte E-Musik und jeden gewünschten Blödsinn, der an volkstümlichen Turumbas von ihm verlangt wurde. Mit dem ersten Schiff reiste er am nächsten Morgen wieder ab, zählte sein Honorar und die Trinkgelder, die ihm betrunkene Tanzende in die Melone gesteckt hatten.

Hieronymus vergaß auch nicht, seiner Verlobten zuzuzwinkern und ihr mit leicht angehobenen Brauen zu verstehen zu geben, sie möge ihr Kleid ein klein wenig tiefer ziehen, da zuviel bloße Schenkelhaut die Gäste über die Maßen ablenke.

Zuletzt zeigt das Bild die gedrängte Menge auf den Bänken der Reihen zwei bis acht, die man aus der Kirche geholt hatte: Männer, Frauen und Kinder in sauberer schlichter Kleidung, und gar nicht befremdet auf den Holzbänken ohne Rückenlehne, auf denen sie sich sonst während der Sonntagsmesse drängten.

Nahe der Tür stand mit spöttischer Miene Pavlovic, der Reporter von der *Republika*, und schoß ironische Blicke auf den Mäzen der Veranstaltung und die skeptischen Zuschauer ab, die untereinander wetteten, daß all die auf Zelluloid gebannten Lügen, die ja auch »unglaublich schlecht gemacht« sein sollten, sich sicher nur als kindische Zaubertricks herausstellten.

Er allein konnte die kalten Schauder vorhersehen, die diese ungebildete Menge in elektrische Gelatine verwandeln würden, wenn am Ende von *The Great Train Robbery* der Darsteller Georges Barnes mit dem Revolver ins Publikum zielte und abdrückte. Die Verleihfirma hatte ihn vor Monaten schon zur Premiere des Films nach Agram eingeladen, und selbst bei den Leuten dort, denen immerhin schon mal ein Hauch kontinentaler Kultur um die Nase wehte, war es bei einigen während bestimmter Szenen zu Ohnmachtsanfällen und Herzrasen gekommen.

Das Erlebnis hatte ihn dazu inspiriert, in der Sonntagsausgabe seiner Zeitung mit beispielloser Spannung über die Geschichte dieses Films zu schreiben und sogar einige revolutionäre Aspekte der sogenannten siebten Kunst hervorzuheben, indem er von Bildausschnitten sprach und seine Bewunderung darüber zum Ausdruck brachte, daß Regisseur Porter frontal aufgenommene Szenen, wie im Theater, vermieden hatte. Er ließ sich pedantisch über die Sequenz der Verfolgungsjagd der Räuber zu Pferd aus; erklärte, was eine Tiefeneinstellung ist, und verdeutlichte dies an dem Beispiel, wie die Darsteller sich von der Kamera entfernen oder sich ihr nähern. Es hatte ihm Spaß gemacht, diesen der *Times* würdigen Monolog für die braven Weinbauern von Gema zu verfassen, obwohl diese nicht ein Wort davon verstanden haben dürften – allein schon deswegen nicht, weil sie noch nie einen Kinofilm gesehen hatten. So konnten sie auch kaum die Neuerungen an Porters großartiger Regieleistung würdigen.

Was ihm jedoch viel weniger gefiel, war der reale »Bildausschnitt« draußen vor der Tür. Ein Dutzend junger Männer hatte aus rätselhaften Gründen die Mode ihrer Väter revolutioniert, die darin bestand, sich das Hemd in die Hose zu stecken, und ließen es statt dessen kunstvoll über dem Gürtel wallen. Sie sahen aus wie Ministranten, doch ihre finsteren, schon verschlagen zu nennenden Blicke ließen sie alles andere als engelsgleich erscheinen. Der Journalist Pavlovic streckte seine Fühler nach dem hitzigsten von ihnen aus – Reino Coppeta – und fragte ihn ohne Umschweife, was los sei.

»Kino«, sagte Reino.

»Für die Lämmer«, bestätigte Pavlovic. »Aber für die Wölfe?«

Er ließ seinen Blick über die Burschen gleiten, die mit dem Rücken an der Hauswand lehnten, und tippte dann mit dem kleinen Finger gegen die metallische Wölbung unter Reinos Hemd auf der Höhe des Gürtels. Reino brachte ein ironischen Grinsen zustande.

»Na, na, Pavlovic. Sie sind doch auf Ihre alten Tage nicht etwa schwul geworden?«

»Ich bin Vollblutjournalist. Vielleicht verliere ich eines Tages ein Auge, weil ich zu neugierig bin, aber ich versuche mich immer auf dem laufenden zu halten, selbst wenn ich mir dafür an einem Angeber wie dir die Finger schmutzig machen muß.«

Der Junge antwortete darauf nicht, sondern legte den linken Zeigefinger auf die Lippen, musterte den Reporter mit durchdringendem Blick und ließ das Lächeln auf seinem Gesicht einfrieren.

»Was wollen Sie wissen?«

»Die Ladung.«

»Was genau?«

»Messer oder Pistolen.«

Reino rang mit seinen Händen wie ein italienischer Marktverkäufer.

»Woher Pistolen, *Signore*?«

»Also Messer.«

»Scharfe Messer.«

Der Journalist wartete, bis Reino sich seines Grinsens entledigt hatte und stellte dann (für seine berufliche Laufbahn) die Jahrhundertfrage.

»Wo? Wann? Wer?«

Reino kehrte ihm den Rücken zu und ging nach draußen, um Luft zu schnappen. Es war dunkel geworden. Pavlovic warf einen Blick in die Weite der Nacht und ließ eine Minute lang nur das glitzernde Immerfort des Meeres heranrauschen.

»Reino?«

»Mehr kann ich dazu nicht sagen.«

Aus dem Saal drangen die ersten Akkorde des Ungarn, der das Klavier ausprobierte. Jemand knipste das Licht aus. Der darauffolgende Aufschrei klang eher natürlich als gekünstelt und sorgte dafür, daß alle Besucher von ihren Bänken hochfuhren. Pavlovic zuckte gleichmütig die Achseln.

»Deine Jugend verstellt dir vielleicht noch den Blick. Es gibt Ereignisse, und es gibt Geschichten. Ereignisse, die nicht berichtet werden, die der Öffentlichkeit nicht gezeigt werden, entbehren eines Sinns. Dafür sind wir Journalisten da.«

»Blödsinn! Wenn es keine Ereignisse gäbe, hätten die Journalisten nichts zu schreiben.«

»Nun, dann würden wir Gedichte schreiben. Apropos, wenn Hieronymus erfährt, wer das heutige Gedicht geschrieben hat, kommt es für dich zu einem Ereignis, das Geschichte macht.«

»Es war ein anonymes Gedicht.«

»So anonym, daß es der Autor mir persönlich übergeben hat.«

Reino stieß ihn zur Seite und fuhr sich mit der Hand durchs Gesicht.

»Sie wollen mich doch wohl nicht erpressen, Pavlovic?«

»Ich habe nichts gegen deinen Bruder, abgesehen von seinem Stil. Aber ich will die Geschichte erzählen, weil ich mit euch bin.«

»Mit wem?«

»Mit wem auch immer. Ich mag keine Österreicher, nicht in Wien und schon gar nicht in meinem Land.«

»In Ihrem Alter werden Sie sicher nicht mehr rekrutiert. Wovor haben Sie also Angst?«

»Es gibt größere Dinge als die eigene Person, Reino. Das Vaterland, zum Beispiel.«

Der Journalist errötete und spürte, wie sich ihm die Haare aufstellten. Er hatte einen so scheinheiligen und kitschigen Satz ausgesprochen, daß ihm der Schweiß auf die Stirn trat, als sei ihm das Gehirn ausgewrungen worden. Er ließ seinen Blick zum Hafen schweifen, ohne sich jedoch zu der Überzeugung durchringen zu können, dieses primitive Stück Erde sei sein »Vaterland«. Was zum Teufel kümmerte ihn dieses öde Eiland?

Er hätte nie geglaubt, daß seine honigsüße Rede bei dem Rebellenführer Wirkung zeigen würde. Doch der starrte ihn mit feucht glänzenden Augen an, räusperte sich und hob seine Lippen an Pavlovics Ohr: »Vor Ende des Films. Am Felsen von Santa Maria.«

Pavlovic gab ihm einen liebevollen Klaps auf die rechte Wange.

»Jetzt machst du Geschichte und dein Vaterland groß«, erklärte er schwülstig.

6

Zu Beginn der Vorführung stand Reino hinten bei den anderen Verschwörern, gab sich möglichst uninteressiert an der Vorstellung und stellte den Widerwillen des Provinzlers zur Schau, der glaubt, daß die Wirklichkeit dort endet, wo der eigene Körper aufhört. Doch als die Handlung fortschritt und Massenszenen mit Nahaufnahmen von den Gesichtern der Schauspieler abwechselten, verfiel er einem so hypnotischen Zauber, daß er sein Hinterteil neben das der frommen Schwester vom Throne Gottes auf der letzten Bank niedersinken ließ und mit offenem Mund zu der von Pavlovic gezählten Gesamtmenge von zweihundert hängenden Unterkiefern beitrug. Die »hängenden Unterkiefer« beflügelten den Journalisten so, daß ihm gleich noch die Schlagzeile für den kommenden Tag einfiel.

»Doppelnacht: Rauchende Colts im Kino, blutige Messer am Strand.«

Auf der Leinwand zwangen die von dem exzessiven Tremoli des ungarischen Pianisten unterstützten Eisenbahnräuber die Reisenden zum Aussteigen, raubten ihr Gepäck aus und erschossen einen, der zu fliehen versuchte, was einen einhelligen Aufschrei der Empörung unter den Zuschauern auslöste. Reino Coppeta war da keine Ausnahme.

Danach erklimmen die Banditen mit ihrer Beute die Lokomotive, zwingen den Lokführer, loszufahren, und entschwinden in die Ferne. Der Zug hält an. Die Banditen springen ab und laufen davon, durchqueren einen Bach. Die großartige Kamera schwenkt zu den Pferden, die unter den Bäumen auf sie warten. Die Männer schwingen sich in den Sattel und galoppieren los. Schon glaubt man, sie kommen ungestraft davon, als die Tochter des Telegrafisten das Postoffice betritt, ihren von den Banditen gefesselten Vater entdeckt und ihn losbindet, woraufhin dieser in den *Far West Saloon* stürzt, um ein paar Männer zur Verfolgung der Bösewichte zusammenzutrommeln. Die Stimmung im Salon ist dahin. Die Gäste stürzen hinaus, schwingen sich auf ihre Pferde und setzen flintenschwingend den Banditen nach. An einem bewaldeten Hang kommt es zur Schießerei zwischen den Bösen und den Guten. Die Banditen werden eingekreist und nach verzweifelter Gegenwehr gefangengenommen. In diesem Moment dreht sich Georges Barnes, der Anführer der Eisenbahnräuber, um und richtet seinen Revolver ins Publikum. Woraufhin die Inselbewohner unter den Bänken Deckung suchen. Wieder war Reino Coppeta keine Ausnahme.

Der Pianist schlug dreimal mehr als nötig mit der Faust auf die Tasten, um die Schüsse zu untermalen; und bei dieser *Eroica* à la Tschaikowskij erhoben sich die Zuschauer. Der Filmvorführer schaltete das Licht ein, und anhaltender Applaus belohnte Hieronymus Franck, der den ersten Kinofilm auf die Insel gebracht hatte, dazu noch einen so aufregenden.

Der Applaus war stehend und dauerte mehrere Minuten. Dauerte so lange, daß Hieronymus seine Verlobte bat, den Dank für diese Freudenbekundung mit entgegenzunehmen, als sei sie die Heldin des Films gewesen. Die junge Dame verbeugte sich so gelenkig, daß ihre seidengelben Brüste die Begeisterung der Gäste noch verstärkten. Und auch da war Reino Coppeta keine Ausnahme.

Nachdem die letzten Bildern längst erloschen waren, saß der Junge vollkommen entrückt vor der Leinwand, wie hypnotisiert von den immer noch hinter seiner Netzhaut vorüberziehenden Bildern. Mit einem Mal, als würden die Pigmente des Films auf seinen Wangen zerfließen, heulte er los wie ein Kind und vergoß mit seinem Alter und seinem mannhaften Temperament absolut unvereinbare Tränen. Die Zuschauer kamen ihm mit Taschentüchern und Wassergläsern zu Hilfe, und der junge Mann nahm sie entgegen wie einer, dem der nächste Angehörige gestorben ist, und der jetzt des Mitgefühls und der Wärme des ganzen Dorfes bedarf. Sie streichelten ihm übers Haar, betteten seinen Kopf auf ein Kissen, flößten ihm ein Gläschen Slibowitz ein, und sogar Alia Emar salbte seine Augenlider mit den Fingern, die sie zuvor mit ihrem köstlichen Speichel gesegnet hatte.

Nach dem Schnäpschen tat Reino einen tiefen Seufzer und brachte stockend hervor: »So was … Schönes … hab' ich … noch … nie … gesehen …«, wonach er wieder in Tränen ausbrach, diesmal unter Schluchzen und mit roten hektischen Flecken auf der Haut.

Doch plötzlich sprang der schon fast Totgeglaubte mit einem Satz auf die Füße, gleich einem Springteufel aus der Kiste, und suchte wild um sich blickend nach seinen mitverschworenen Kameraden.

Er riß das Messer aus dem Gürtel und stürmte mit einem heulenden Klagelaut in die sternklare Nacht hinaus. Zu der Scham über seinen verpaßten Einsatz marterte ihn die entsetzliche Vorstellung, seine Mitstreiter im Stich gelassen zu haben. Er schnaubte so vor Zorn, daß ihm das Blut aus der Nase quoll. Je schneller er lief, desto mehr fürchtete er, die Jungs könnten, in Ermangelung seiner strategischen Führung, massakriert worden sein, niedergestreckt von den Kugeln der österreichischen Füsiliere.

7

Vom glühenden Geröll auf dem Felsen aus sah er die Jungs am Lagerfeuer sitzen, mit nackten Oberkörpern, die Hemden zusammengeknüllt auf den Steinen, die Augen starr in die Flammen gerichtet. Als er die paar Meter zu ihnen hinabsprang, wandten sie nur eben die Köpfe und starrten dann wieder wie hypnotisiert ins Feuer. Er trat zu Rolando, dem seiner Einschätzung nach Mutigsten und Entschlossensten nach ihm selbst und forderte ihn auf, zu erzählen, was passiert war.

»Wir haben sie getötet.«

Jetzt sah Reino, daß sie ihre Messer neben sich in den Sand gestoßen hatten. Keiner schaute ihn an, als er seinen Blick auf der Suche nach ihren Augen von einem zu andern schweifen ließ.

Er griff nach Rolandos Dolch, zog ihn heraus und krallte seine Faust um die Klinge, bis das Blut zwischen seinen Fingern hervorquoll. Dann hielt er ihm den Griff hin:

»Schneid mit dir Kehle durch.«

Wie auf Kommando blickten die Jungen wortlos auf, immer noch in dieses eigenartige Schweigen versunken, das so ganz anders war als die jugendlich lärmende Unbekümmertheit, die Reino an ihnen kannte. Sie beobachteten die ausgestreckte blutende Hand, den fast liebevoll dargebotenen Messergriff, den ungerührt dasitzenden Rolando, der, anstatt die Waffe zu ergreifen, sich mit dem Unterarm die Nase abwischte und danach einmal kräftig schniefte. Erst dann nahm er das Messer an sich und stieß es wieder in den Sand.

Reino ging zum Feuer und trat gegen die brennenden Äste, daß die Funken stoben und auf einige seiner Gefolgsleute fielen.

»Ihr wollt also nicht mit mir sprechen, ihr Scheißkerle? Wo sind die Leichen?«

Rolando deutete mit dem Kinn auf den in der See dümpelnden Schoner und warf sich auf den Rücken, die Sterne senkrecht über seinen Augen. Der junge Coppeta warf sein Hemd in den Sand, knotete das Seil auf, das seine grauen Baumwollhosen hielt, und rannte nackt ins Meer. Rolando hatte ihm nicht die Kehle durchschneiden wollen, und jetzt war es vollkommen unwahrscheinlich, daß ihn ein Strudel erfaßte und mit Resten von Mollusken und Skeletten von verfaulten Seevögeln in die Tiefe riß, wo Denken keinen Schmerz mehr bereitete. In die Leere, die seinen Kopf herumwirbelte und ihm das Hirn rausriß, wie der scharfe Schnabelhieb eines Pelikans.

Backbords kletterte er an der Strickleiter hoch, und als er sich aufs Deck fallen ließ, sprang ihn das Bild des Dutzends toter Soldaten an. Übers ganze Schiff – von der Ankerkette bis zum Kiel – lagen sie verstreut wie wertlose Fracht, ausgestopfte Säcke. Er ging zum Bug, von wo aus er einen guten Überblick hatte, und erkannte am anderen Ende das Steuerrad. Plötzlich fühlte er einen unwiderstehlichen Drang, seine blutigen Hände darauf zu legen.

Er kletterte das Treppchen zum Ruderhaus hinauf, verfolgt von der Ahnung eines lebenden Wesens an Bord, dessen Atem wie ein Echo seines eigenen Keuchens klang. Er beglückwünschte sich zu dem unvernünftigen Tun, mit dem Messer zwischen den Zähnen geschwommen zu sein, wie früher, wenn er mit seinem Bruder in den Wochen der schwärmenden Fische zum Tauchen ging, und sie in den Tiefen des Meeres Tridenten, Delphine und Sirenen zu finden wußten, aber auch jene prinzessinnenhaften Medusen, die mit ihrer gallerten Masse jeden Märchenprinzen tödlich umarmten, der sie zu küssen versuchte. Er berührte das Steuerrad mit heiliger Ehrfurcht, und das polierte Holz versetzte ihn sogleich in eine andere Welt, die nicht wirklich war, wie dieses New York, von dem alle so schwärmten, sondern ein Reich wie aus dem Märchen, wie aus einem Film, so einem, wie dieser verfluchte Film, der ihn abgelenkt hatte, und ihn jetzt vor seinen eigenen Männern als Feigling und Verräter dastehen ließ. Dann vernahm er eine verborgene Stimme, die seinen Namen rief.

8

»Reino?«

Der Übergang vom Mondschein zum Schatten, aus dem sein Name herüberdrang, machte ihn blind und unbeholfen. Erst nach einigen Sekunden erkannte er Stefano, der einen österreichischen Soldaten im Arm hielt. Reino berührte mit den Fingern die Wange seines Bruders und fühlte heiße Tränen. Dann sah er, daß auch der andere Junge schluchzte, schniefte und zitterte. Sein Bruder hielt ein Messer umklammert. Er machte den Eindruck, schon lange Zeit in derselben Position zu verharren. Reino nahm seinen Kopf in beide Hände und küßte ihn aufs Haar.

»Bist du verwundet, Stefi?«

»Nein, Bruder.«

»Warum weinst du dann?«

Die Frage riß alle Dämme ein, Tränen quollen wie Sturzbäche hervor, begleitet von Seufzen und Stöhnen. Auch der österreichische Junge verlor jetzt jede Selbstbeherrschung, und beide Körper zuckten und bebten unter Schluchzen und Schniefen. Stefano klammerte sich verzweifelt an seinen Bruder.

»Töte ihn nicht, Reino!«

Als er die Bitte vernahm, musterte er aufmerksam den Soldaten. Er hatte dunkle Augen und eine runde Nase, war etwas dicklich, wie die Kinder, die beim Erreichen der Pubertät Fett ansetzen. Allem Anschein nach ein richtiges Muttersöhnchen, und die Uniform, immer noch bis zum

Hals zugeknöpft, sah an ihm unwirklich aus. Sie erinnerte Reino eher an einen Nußknacker aus seiner Kindheit.

»Wie heißt du, Kleiner?«

»Wolf.«

»Wie weiter?«

»Wolf Michael Pretzlik. Ich komme aus Graz.«

»Keine Ahnung, wo das ist.«

»In Österreich.«

»Woher kannst du unsere Sprache?«

»Wir lernen sie, bevor wir hergeschickt werden, Herr.«

Der österreichische Junge ergriff Reinos blutige Hand und preßte sie an seine Wange. Als dieser sie zurückziehen wollte, küßte er sie verzweifelt.

»Töten Sie mich nicht. Bitte!«

Reino entwand ihm seine Hand und trat an ein Fenster auf der Backbordseite. Er konnte das Feuer auf dem Sand sehen, im Kreis herum die zwölf Verschwörer, reglos, fern, wie von einem anderen Stern. Aber er kannte sie seit Kindertagen, hatte Basketball und Domino mit ihnen gespielt, Hausaufgaben mit ihnen gemacht und die Nationalhymne gesungen, mit ihren Schwestern getanzt, sich unter Zitronenbäumen mit ihnen geprügelt und im Kaufhaus *Europa* kleine Diebereien mit ihnen begangen. Und jetzt saßen sie dort, unwirklich bleich im fahlen Mondlicht, und waren ihm so fern.

Stefano trat zu ihm und warf einen Blick nach draußen. Die jungen Männer am Strand, durch die dem Schiffsrumpf anhebende Flut jetzt deutlich zu erkennen, kamen ihm gespenstisch vor.

»Warum sitzen sie noch am Strand, Reino?«

»Sie warten.«

»Worauf?«

»Daß ich ihn töte.«

»Warum du?«

»Sie haben alle anderen umgebracht. Warum hast du ihn nicht vorher getötet?«

»Ich konnte nicht, Reino. Ich tauge für so was nicht.«

»Niemand taugt für so was, bevor er es zum ersten Mal tut.«

Sie warfen einen Blick hinter sich. Der uniformierte Junge hatte den Kopf zwischen die Knie gesteckt, verkroch sich in seiner Angst. Reino sprach leise, aber nachdrücklich auf seinen Bruder ein.

»Du hättest ihn sofort töten müssen. Ohne ihm ins Gesicht zu blicken, ohne seinen Namen zu kennen, ohne mit ihm zu heulen wie eine Schwuchtel.«

Stefano rieb sich die kobaltblauen Augen, als wolle er die Bilder fortwischen, die ihn bedrängten.

»Vielleicht«, sagte er, immer noch schluchzend. »Ich bin kein Mann wie du oder die anderen. Vielleicht hast du ja recht, und ich bin schwul.«

»Aber du bist mein Bruder, und ich mache einen Mann aus dir, Stefi. Und wenn ich dich dahin prügeln muß. Du kannst nicht als Feigling auf der Insel leben. Man würde dich schneiden oder dir vor die Füße spucken.«

»Ich will weg von hier. Weit fort, Bruder. Wo es keinen Krieg und keine Armut gibt.«

»Dann wird unser Name als der eines Feiglings in Erinnerung bleiben. Du und ich wir sind nicht irgendwer, Stefi. Wir haben den Zorn des alten Coppeta in unseren Adern. Freiheit ist uns wichtiger als unser Leben.«

»Ich werde nicht freier, wenn ich dieses Kind töte.«

»Ein Kind wie dieses könnte unserem Vater die Kehle durchgeschnitten haben.«

»Wie dieses, aber nicht *dieses*, verdammt noch mal, Reino. Ich kann ihm kein Haar krümmen. Ich versteh' nichts von diesem Krieg, weiß nicht, wofür ich kämpfen soll, mir fehlt der Mut zum Töten, Bruder, es schnürt mir die Kehle zu.«

Reino legte seine Hand auf die Stirn des Jüngeren. Kein Wunder bei diesem Fieber, daß er wirr redete. Er wischte ihm den Schweiß mit seinem eigenen Hemd ab und versuchte die Hand zu öffnen, die das Messer umklammert hielt.

»Laß es los, Stefi. Ich tu' es für dich.«

Stefanos Körper schnellte zurück, daß er gegen die Kajütenwand prallte. Hielt er vorher das Messer umklammert, so war seine Hand jetzt mit dem Griff verschmolzen. Drohend hob er den Dolch gegen seinen Bruder. Der österreichische Junge blickte auf. Als er die beiden einander drohend gegenüberstehen sah, begann er wieder zu weinen. Das Schiff schwankte in der Flut, alle drei verloren das Gleichgewicht, und Reino ergriff Stefanos Handgelenk.

»Laß los, verdammt. Laß los!«

Der Dolch fiel zu Boden, glitt unter eine geöffnete Kommode, in der Navigationskarten und Kompasse lagen, und Reino ergriff ihn instinktiv. Dann stürzte er zur Tür, riß sie auf und bedeutete seinem Bruder, nach draußen zu verschwinden.

»Warte an Deck auf mich.«

»Ich geh' hier nicht raus.«

»Es wird dir nicht gefallen.«

»Wenn du ihm etwas antust, bringe ich dich eigenhändig um.«

»Du bist verrückt, Stefi. Lieber bringst du deinen eigenen Bruder um als den weinerlichen Fettsack da?«

Stefano ging zu dem Jungen und ließ sich an dessen Seite nieder. Der Österreicher suchte an seinem Körper

Zuflucht und drängte sich in die Umarmung seines Beschützers.

»Los, geh an Deck!«

»Nein, das tu' ich nicht.«

»Ich hab' genug von diesem Theater. Die Jungs warten auf mich.«

»Sie warten nicht, Reino. Sie sind starr vor Schreck.«

»Ich muß tun, was die Jungs getan haben. Das ist alles.«

»Warum denn, Bruder? Nur diesen Gespenstern da draußen zuliebe, die sich vor Angst in die Hosen machen?«

»Ich habe sie dazu angestiftet. Ich kann nicht hinter ihnen zurückstehen.«

»Sie haben alle umgebracht. Reicht das nicht?«

»Alle, bis auf den da. Wie, sagtest du, war dein Name, du Dreckskerl?«

Der Soldat kam schwankend auf die Beine und antwortete mit fester Stimme, als sei ihm sein Schicksal schon vollkommen gleichgültig: »Wolf Michael Pretzlik.«

»Hast du schon einmal von Josef Coppeta gehört?«

»Nein, Herr. Verzeihung, Herr.«

»Vor vielen Jahren ...«

Auch Stefano war aufgestanden.

»Vor zwanzig Jahren war der doch noch gar nicht geboren. Hör auf mit dem Theater, Reino!«

Verwirrt von der mitleidigen Logik seines Bruders, wandte er sich ab und spielte einen Moment lang mit dem Gedanken, das Messer in das Holz des Steuerrads zu stoßen und es wieder herauszuziehen, doch dann trat er ans Fenster und betrachtete den Mond. Das war also die weiße Bestie, die die Dichter inspirierte! Der Friedhof unter den Sternen und Kometen. Er war es, der die Gezeiten des Meeres lenkte und das verfluchte Licht, das es in Finsternis tauchte. Sein eigener Bruder hatte ihm die Waffe aus der Hand genommen! Warum hatte er nicht einfach gehandelt?

Nie mehr würde er zulassen, daß die Zeit seine Entscheidungen hinauszögerte. Die Zeit stand mit der Resignation und Feigheit im Bund. Sie ist der Schweinehund auf deinen Fersen, der dir das Herz herausreißt und dich im Dreck liegenläßt. Wolf Michael Pretzlik würde jetzt sterben, er selbst etwas später. Ihn umbringen, hieße der Zeit einen Streich spielen, und eine Leiche mehr oder weniger hatte für die Zeit keine Bedeutung. Auf die gleiche Weise hatte der Mond den Kopf des alten Coppeta rollen sehen, nach dem Säbelhieb eines entschlossenen Mannes, der nicht gezittert hatte, wie er jetzt zitterte mit dem Dolch in der Hand, der ihm seinen Fingern zu entgleiten drohte.

»Töte ich ihn, sterbe ich. Töte ich ihn nicht, töten sie mich«, sagte er zu sich selbst, und kratzte die trockenen Reste einer an der Scheibe zerdrückten Fliege vom Glas.

Er fixierte das Steuerruder mit Kurs aufs Festland. Während er seine feuchten Hände am Holz trockenrieb, kam er zu dem Schluß, daß Nachdenken schadete. Seine ganze Selbstsicherheit und sogar seine Gesundheit rührten daher, daß er seinem Herzschlag vertraute, der ihm sagte, daß er ein Mann der Tat sei. Sein Bruder aber, sein armer kleiner Bruder hatte das verzagte Herz eines Ziegenhirten. Für sein weiteres Leben konnte er ihn sich nur mit einem Hirtenstock in der Hand über die Berghänge stapfend vorstellen. Er, Reino, hingegen war Zukunft, Planung. Und als er die Freunde aufwiegelte, aus den Österreichern Hackfleisch zu machen, hatte er das nicht aus besinnungsloser Freiheitsromantik getan.

Sein Entschluß beruhte ganz allein auf dem vollkommenen Freiheitsdrang eines jungen Raubtiers, das keine

Kette an seinem Hals duldete und schon gar keine steife Uniform mit goldenen Knöpfen, die ihm die Luft abschnürte. Schließlich besaß er nur diesen einen Körper. Wie konnten diese Soldaten mit ihren geschorenen Köpfen und den spitzen Helmen über sein Leben verfügen und über seinen Tod, wenn er sich nicht dem Kaiserreich unterwarf?

»Komm her«, befahl er seinem Bruder.

Sie gingen durch den Kajütengang zum Heck, wichen Taurollen und Kübeln aus und blieben an der Ankerwinde stehen. Das Schiff mußte recht neu sein, denn die Ankerkette wies nicht die geringste Spur von Rost auf. Sie hatten keine Schwierigkeit, den Anker zu lockern, und zogen ihn am Seil hinauf, das sie an Deck säuberlich einrollten. Dann legte Reino seinem Bruder den Finger unter das Kinn und zwang ihn, ihm in die Augen zu schauen.

»Das ist die Lösung, die ich dir anbiete. Wir lassen es treiben.«

Er hob den Dolch und zwang Stefano, dieser Abmachung zuzustimmen. Stefano zeigte sein Einverständnis, indem er ihm beide Hände auf die Schultern legte. Dann drehte er sich zur Seite und starrte eine Weile auf das Feuer am Ufer, das allmählich niederbrannte, weil niemand es schürte.

»Alles wird gut, Stefi«, sagte Reino.

Und mit einer kraftvollen Bewegung, die keinerlei Gegenwehr zuließ, hob er ihn hoch und warf ihn über Bord. Als er ihn wieder auftauchen sah, gab er ihm ein Zeichen, zum Ufer zu schwimmen. Stefano jedoch kraulte wütend auf die Strickleiter zu, die Reino inzwischen aber eingeholt und damit jeden Zugang zum Schiff abgeschnitten hatte.

Dann nahm Reino den Dolch und ging ins Steuerhaus.

9

An der malizianischen Küste tanzt man bei allen großen Festen – und für die Hochzeit von Hieronymus und Alia Emar war dies eine euphemistische Bezeichnung – die Turumba, einen fröhlichen Rhythmus, der auf zwei Arten getanzt werden kann.

Die eigentliche Turumba ist die »Salonturumba«, die mit leichten Klavier- und Geigenklängen beginnt und sich in Tempo und Lautstärke allmählich steigert, ähnlich wie bei Zigeunertänzen, doch mit dem Unterschied, daß die Männer bereits in einem frühen Stadium den Frauen die Hände um die Taille legen und mit Bewegungen, die sie schon in den ersten Schuljahren lernen, hin und her schwingen und plötzliche Sprünge vollführen, wie man es weder in Europa noch in Afrika und nicht einmal in Südamerika kennt.

Die andere Art von Turumba ist die »prostitutive«, im Volksmund auch »Puffturumba« genannt. Die Dorffeste beginnen gewöhnlich mit der konservativen und enden in neunzig Prozent aller Fälle – je nach bacchischer Großzügigkeit des Gastgebers und nächtlicher Außentemperatur – mit der liberalsten.

Bei dieser, die heutzutage zu den Eckpfeilern der malizianischen Folklore zählt, lassen die Männer ihre Hände von der Taille der Frau bis zu ihren Brüsten hinaufgleiten. Die Damen, verständnisvoll, wie sie sind, waren vorher schon zur Toilette und haben sich ihres Büstenhalters entledigt, damit der spontanen Berührung nichts Hinderliches im Weg sei.

Als nächstes reißen die Männer den Frauen das Höschen vom Hintern und nehmen es zwischen die Zähne, als wäre es eine Trophäe, die zur Puffturumba erst die richtige Stimmung aufkommen ließe. Jede Zweideutigkeit fahren lassend, reiben die Männer ihren Unterleib rhythmisch an den strammen Hintern der Inselbewohnerinnen, während Geigen und Piano dazu mittlerweile orgasmisch jaulen und jubilieren.

Unter den entsprechenden Voraussetzungen steigert sich so eine Puffturumba zu einer Choreographie, bei der die Männer mit den erbeuteten Höschen wirbeln, als winkten sie jemandem auf dem Bahnsteig. Dazu stampfen sie mit den Schuhen auf die Erde, derweil die Damen – vielleicht im Schutz des Staubs, den das Stampfen der Männer aufwirbelt – ihre Röcke bis zur Taille heben und den scharfäugigen Beobachter einen Blick auf die verwirrende schwarze Vegetation erhaschen lassen, die – so will es die Natur –, den Schamhügel unserer Inselbewohnerinnen ziert.

Zivilere Versionen dieses Höhepunkts kennt man aus südlichen Gegenden, auch Amerikas, wo der mindere Grad an Barbarei dafür sorgt, daß die Frauen nicht Hintern, Muschis und Brüste entblößen, und die Männer darauf verzichten, ihnen die Höschen herunterzureißen. Beim Fußestampfen benutzen sie statt dessen ein in den meisten Fällen sauberes weißes Taschentuch, das bei besonders hitzigen Verläufen jedoch mit diesen oder jenen Sekreten oder auch Rotweinflecken besudelt sein kann.

Freitag nacht, während der Film, der die Inselbewohner begeistert und das Leben der Coppetas für immer erschüttert hatte, schon auf dem Schiff und damit auf dem Weg zurück nach Agram war, wurde an Land die erste Turumba in Angriff genommen, um das samstägliche Hochzeitspaar in Stimmung zu bringen. Der Besitzer des Kaufhauses *Europa* hatte jedoch ausdrückliche Weisung erlassen, jedes Abgleiten in eine Puffturumba habe den unwiderruflichen Ausschluß des Verursachers zur Folge. Und damit jeder sich die Vernunft zum Ratgeber wählte, wurden ausschließlich alkoholfreie Getränke wie Orangensaft, Limonensirup, Fruchtfleischtunke, Holunderwasser und Mandelmilch ausgeschenkt.

Rolando – auch der Lange Roland genannt –, der vom Marinestützpunkt auf dem Festland als Hafenmeister nach Gema entsandt worden war, wurde in seinem musikalischen Tatendrang durch das Eintreffen eines Jungen unterbrochen. Dieser teilte ihm atemlos mit, der Kapitän des Schiffes mit dem Film und dem Projektor an Bord tickere von hoher See eine dringende Meldung an die Küste, und die Warnlampe des Telegrafen höre nicht auf zu blinken. Mit wenigen ausholenden Schritten war der lange Offiziersanwärter, der seinen Posten aufgrund eines Morsefernkurses erhalten hatte, im Hafenbüro. Er stellte den Kontakt her, und der Ticker verkündete »mit Befremden«, daß man bei nördlichem Kurs in der »Konfusion« des Morgengrauens steuerbords einen steuerlosen Schoner gesichtet habe, der wie »eine Nußschale« auf den Wellen tanze und, falls die Windrichtung sich nicht ändere, mit aller Wahrscheinlichkeit an den Klippen der Insel Curica zerschellen werde.

Weiter hieß es in der gemorsten Nachricht, im Licht des »vergeßlichen« Morgens habe der Kapitän mit eigenen Augen gesehen, daß sich kein Mensch an Deck befinde. Da er diesem Phänomen in seiner zweiundvierzigjährigen Laufbahn auf See zum ersten Mal gegenüberstehe, habe er beschlossen, weder seine Passagiere noch den Film, der dringend in einem Dorf namens Aemona erwartet wurde, einer möglichen Begegnung mit Gespenstern auszusetzen. Er werde daher nicht eine Meile von der ihm vorgegebenen Route abweichen. Jedoch empfehle er Roland, mit einigen Männern zu der »Erscheinung« hinauszurudern und sich ihrer »Substanz« zu vergewissern.

»Was sagt er?« fragte der Wachjunge, als der Lange Roland zwei Seiten mit dem entzifferten Text vollgeschrieben hatte.

»Dummes Zeug«, brummte Rolando.

Er zerknüllte die Blätter und wollte sie schon in den Papierkorb werfen, als ihm einfiel, daß es keine bessere Spur gibt als die, die man nicht hinterläßt. Da hielt er mitten in der Bewegung inne, zündete ein Streichholz an und verbrannte die alarmierenden Schriftstücke, bis der letzte Fetzen zwischen seinen Fingern zu Asche geworden war. Er wuschelte dem Jungen liebevoll durchs Haar, gab ihm ein Bonbon und schob ihn hinaus auf die Straße. Dann gingen sie, diesmal gemächlich, zum Tanz zurück.

Als sie den Saal betraten, hatten die Turumbatänzer ihr Hüftenschwingen jedoch aufgegeben und sich um den tschechischen Schiffspassagier Jan Paruda geschart, der die Journalisten in der fernen Hafenstadt mit einer Meldung quälte, die er »Das Geisterschiff« nannte, welches auf der Überfahrt gesichtet worden war. Mit der nasalen Stimme und dem für Tschechen typischen Sington am Ende eines Satzes versetzte er die Tänzer und Zuhörer mit seinen Ausführungen in Angst und Schrecken.

Er war nicht nur Augenzeuge gewesen, sondern sein unerreichbarer Geruchssinn hatte ihn auch in die bevorzugte Lage versetzt, »Gerüche und Geräusche von altem Kahn wahrzunehmen, von faulig Holz und rost'gem Eisen«. Offenbar blieben diese Materialien in einem Zustand ekelhaften Verrottens auch nicht ohne Wirkung auf das Meer selbst, denn während das Schiff mit knurrendem »Wehklagen« dahintrieb, verursachte es ein Geräusch »von sauren Wassern auf saurem Wasser und bewegte das alte Schiff auf altem Wasser«. Der leiernde und ein wenig klagende Tonfall des lyrisch veranlagten Tschechen ließ den Zuhörern die Haare zu Berge stehen, fürchteten sie doch, eine unbekannte schreckliche Prophezeiung könne die Insel in der Hochzeitsnacht (»Holocaust«, flüsterte man an der Bar) ihrer geliebten Alia Emar und des verschwenderischen Hieronymus heimsuchen. Dem Irrsinnsblick des Tschechen Paruda war aber auch die Ladung des Schiffs nicht verborgen geblieben; »Säcke« nämlich, »Säcke, die ein finsterer Gott wie graue Tierkadaver, rund und ohne Augen, aufeinandergehäuft hat«.

Der Journalist Pavlovic fand den Kollegen der schreibenden Zunft, der mit der Zunge sah, was er mit den Augen nicht hatte wahrnehmen können, hochinteressant. Welch eine Wortgewalt, dachte er. Mit nicht mehr als drei, vier Metaphern hatte er das Publikum in seinen Bann gezogen und sprachlos gemacht. Als der Informant seinem Interviewer zu verstehen gab, nicht mehr weitersprechen zu können, da er den Mund voller Tränen habe, läutete er dieses angekündigte Schweigen mit dem Satz ein: »Dann sank Nebel herab, und der Nebel umfing das Schiff von allen Seiten. Unmöglich zu sagen, welchen Kurs es nahm. Das weiß nur der alte Meeresgott allein.« Beim Aufstehen schnippste der Journalist ein paar Tabakkrümel von seiner Hose und kam zu der Einsicht, daß dies die Stunde seines Triumphes war, der Sieg des Reporters über den Dichter.

Seine Reportage »Doppelnacht«, die er unter freiwilligem Schlafentzug in die Tasten gehämmert hatte, nachdem er Augenzeuge des Hinterhalts geworden war, steckte in der Gesäßtasche seiner Hose – zusammen mit einem Telegramm, das ihm die Reservierung einer Doppelkabine auf dem Passagierdampfer *Königin Luise* bestätigte, welcher mit deutscher Pünktlichkeit am Mittwoch morgen von Genua aus in See stechen sollte.

Die Reisebedingungen entsprachen ziemlich genau den weisen Ratschlägen, die der weltgewandte Pavlovic sich selbst gegeben hatte:

1. Die »Doppelnacht« würde gleichzeitig in drei Zeitungen veröffentlicht werden, und zwar erst am Sonntag, da er so mehrere Fliegen mit einer Klappe schlagen konnte: Die kaiserliche Armee würde ihre Truppen kaum vor Montag morgen zur Insel in Bewegung setzen, und soviel Dampf sie ihren Schiffen auch machen mochten, vor Dienstag würden sie Gema nicht erreichen können. Bis dahin würde die männliche Bevölkerung zu hundert Prozent das Eiland verlassen haben. Sein Wunsch, den Artikel noch am selben Morgen veröffentlicht zu sehen, war zwar groß, aber sein Ehrgeiz, den Ruhm eines Starreporters zu ernten, noch größer. Er würde sich noch ein paar Stunden gedulden müssen. Unter keinen Umständen wollte er die Hochzeit des Jahrhunderts versäumen, weder die dazugehörenden Turumbas, die er in beiden Varianten beherrschte, noch die Hochzeitsreportage selbst, die er – in eine wollene Decke gehüllt und einen trockenen Martini schlürfend – an Deck des Ozeandampfers schreiben würde.

2. Das Honorar für seine Exklusivberichte dürfte sich zu einer erklecklichen Zahl von britischen Pfunden summieren, genug, um sich damit – inklusive Überfahrt in der Touristenklasse der *Königin Luise* bis zu ihrem Bestimmungshafen – in einem Land seiner Wahl niederlassen zu können.

3. Der *Salzburger Zeuge* würde ihn zu einem festen Monatsgehalt als Korrespondent einstellen, ganz gleich in welchem Land, und wäre es Finis Terrae.

Der junge Stefano stürmte in den Saal.

»Was haben sie gesagt?«

»Ein Geisterschiff«, lachte Rolando.

»Was hatte es an Bord?«

»Angeblich Säcke, irgendwelche Säcke.«

»Wie viele Säcke?«

»Säcke, mehrere Säcke. Was interessieren dich die Säcke?«

»Wie viele Säcke?« schrie Stefano zum Befremden der Anwesenden. Der ungarische Pianist rieb sich die Hände, als spüre er Gewalttätigkeit in seinen Fingerkuppen.

Pavlovic ergriff den Jungen am Arm, bugsierte ihn freundlich auf die Straße und ging mit ihm in Richtung Hafen.

»Was der Lange Roland sagt«, wandte er sich an Stefano und besprühte dessen Gesicht mit seinem explosiven Speichel, »ist die offizielle Version. Alles, was man von diesem Schiff zu hören kriegt, ist Unsinn, kompletter Unsinn.«

»Es hieß aber ›Säcke‹.«

»Säcke, na und? Komplette Säcke voller Unsinn.«

»Aber wie viele?«

»Wieso willst du das wissen? Warum, zum Teufel, interessiert dich ein Sack mehr oder weniger?«

»Weil es für mich einen großen Unterschied macht, ob es zehn oder elf Säcke sind.«

Der Journalist mobilisierte seine Instinkte und versuchte in den Augen des Jungen zu lesen, von welch sonderbarem Wahn dieser besessen war. Doch der Versuch, in die Zukunft zu sehen, zerfloß in kobaltblauer Tiefe. Stefanos Augen erzeugten einen unwiderstehlichen Sog, den der Journalist, wenn er ihn beschreiben müßte, als »einen Blick, in dem man eintauchen konnte« definieren würde. »Und ertrinken«, fügte er für sich hinzu. Wäre der Junge nur ein bißchen aufgeweckt, könnte er eine kometenhafte Karriere als Filmschauspieler machen. Statt dessen stapfte er weinerlich und wütend über die Insel, während seine Leute ihrer Freiheit durch Tanz und Blut Ausdruck verliehen.

»Dann hat«, versuchte Pavlovic es mit einem Schuß ins Blaue, »die Nacht der kurzen Messer also nicht dann geendet, als sie zu Ende war?«

»So blöd, das einem Reporter zu erzählen, werde ich nie sein.«

»Dein Bruder hat es aber getan. Und das wird dazu führen, daß die Existenz deiner Familie auf diesem Scheißhaus für Schildkröten einen ehrenvollen Platz in der Geschichte einnehmen kann.«

»Was hat Reino erzählt?«

»Alles. Ich war Augenzeuge des Hinterhalts. Und dessen, was danach kam.«

»Was haben Sie gesehen?«

»Daß sie die Leichen auf den Schoner gebracht haben.«

»Und dann?«

»Was, und dann?«

»Wenn Sie mit Reino gesprochen haben, muß er Ihnen doch gesagt haben, wie es in dieser verfluchten Nacht weitergegangen ist. Ich muß es wissen.«

»Reino sagt nur das Nötigste.«

»Hat er Ihnen nicht erzählt, was hinterher auf dem Schiff passiert ist?«

Pavlovic strich sich katzenhaft über die Bartstoppeln. Seit drei Tagen hatte er sich nicht rasiert, weil die Ereignisse zu aufregend gewesen waren und er seinen Artikel mit Herzblut geschrieben hatte, unter dem Druck, den massenhafter Tod erzeugt. Aber mit derselben Kurzbündigkeit, mit der er sich über die Wangen fuhr, hatte er sich vielleicht etwas entgehen lassen, das seinen Artikel zunichte machen konnte, bevor er überhaupt erschienen war.

»Weißt du es?«

»Ich wollte Gewißheit, um eine Entscheidung treffen zu können.«

Abgesehen von dem flüchtigen Lächeln, das über seine Lippen huschte, verzog der Reporter keine Miene. Der große Zauderer Stefano Coppeta, der Prinz Hamlet der malizianischen Küste, versicherte also, eine eigene Entscheidung treffen zu können. Über was, und in welchem Jahrhundert denn, Junge?

»Wenn es so wichtig für dich ist, warum fragst du ihn dann nicht selbst?«

»Weil ich nicht mehr mit ihm spreche.«

Ein Boot mit den Farben von Curica legte am Kai an. Es brachte Verstärkung in Form von Geigen, Baß und Kontrabaß für den Hochzeitstanz. Die Musiker trugen schon ihre Sonntagsanzüge und waren entschlossen, noch am Kai ihr Honorar mit Don Hieronymus zu verhandeln.

»He, Junge!« rief Pavlovic leutselig. »Eine tolle Rasur hast du. Deine Wangen sind glatt wie Nonnenbrüstchen. Wie kriegst du denn das hin?«

Stefano befühlte mit der Hand seine Wangen, und empfand dieselbe Wonne wie einige Stunden zuvor vor dem Spiegel. Er brauchte dem Schmierfinken von der Zeitung nicht auf die Nase zu binden, daß die perfekte Rasur der reinen Verzweiflung entsprungen war. Der musterte ihn, als taste er sein Gesicht mit den Augen ab.

»Mit dem Schiff ist gestern eine Ladung Rasierklingen eingetroffen. Man kann sie im *Europa* kaufen.«

»Welche Sorte?«

»Drei verschiedene. Gillette gold, Gillette blau und Fremdenlegion.«

»Und welche empfiehlst du?«

»Für Ihre Stoppeln die Blauen. Sie sind zwar teurer, dringen aber bis zu den Kapillarwurzeln vor.«

»Bis zu den Kapillarwurzeln. Wo hast du denn diesen…«, er suchte nach einem gemäßigteren Adjektiv für »idiotisch«, … »kultivierten Ausdruck her?«

»Aus der Reklame in der *Republika.* Stand in derselben Ausgabe, in der sie mein Gedicht abgedruckt haben.«

»Ah, das Gedicht. Auch so ein Waterloo, was, Don Stefano?«

Obwohl er die Ironie nicht verstand, zog eine jähe Röte über Stefanos Gesicht, und seine berühmten Kobaltaugen funkelten in einer anderen Art von Unschuld.

Pavlovic ließ ein paar Münzen in seiner Hosentasche klimpern und deutete mit dem Kinn zum Kaufhaus *Europa.*

»Gillette blau, also.«

Warum weckte der Anblick dieser behäbigen breiten Schultern in ihm den Wunsch, einen Stein zu nehmen und ihn dem Journalisten ins Kreuz zu werfen? Warum war die Erde ein solcher Haufen Scheiße, der blind durchs Universum trieb? Warum vor allem war es so schwer, zwanzig Jahre alt zu sein?

Stefano fuhr sich noch einmal mit den Fingern über die glattrasierten Wangen und schlug dann wütend die Zähne in sein rechtes Handgelenk, um nicht die bange Frage zu den Sternen hinaufzuschreien.

Hatte sein Bruder Wolf Michael Pretzlik umgebracht?

10

Pavlovic kannte sich in Geschichte gut genug aus, um zu wissen, daß Troja leicht zu erobern war, wenn sich das Pferd erst einmal in der Stadt befand.

Der hitzige Reino Coppeta hatte ihm den Ort des Hinterhalts verraten, weil er Angst vor der Anonymität hatte. Er selbst hielt zwar auch mehr davon, Geschichte zu gestalten, als sie zu schreiben, dennoch war er scharfsinnig genug, zu erkennen, daß die Tat zwar das wichtigste ist, die Geschichte aber die Tat jedesmal wiederholt, wenn sie einen Leser findet, der den Lauf der Welt verstehen will. Reino war die Seele des Aufstands gewesen, das Protozoon, das die Inselbewohner mit seinem »Heldentum« angesteckt hatte. Gleichwohl hatte der Anführer, der Bannerträger, der Trompetenschall des Freiheitskampfes in der Nacht der kurzen Messer nicht an der Spitze seiner Männer gestanden.

Während er selbst gesehen hatte, wie die Waffen der Insel die Leiber der österreichischen Soldateska vom Herzen bis zur Lunge durchbohrten, hatte der Tambourmajor der Truppe dem Revolverhelden George Barnes im *Luzerna* ungläubig staunend in die Mündung gestarrt. War dieser Zauber des Kinos eine Art um sich greifender Virus, der Reino der Wirklichkeit soweit enthoben hatte, daß er vergaß, sich in der entscheidenden Schlacht an die Spitze seiner Leute zu stellen? Oder war sein Filmtrauma nur ein billiger und gemeiner Trick gewesen, um sich nicht die Hände schmutzig machen zu müssen? Man kannte ja diesen Typus des wortgewaltigen Kommandeurs, der seine

Leute in den Tod schickt und später, im lauschigen Exil, gerührt ihre Todesanzeigen liest.

Heute hatte sein apathisches Brüderchen Stefano sich dazu entschieden, nie wieder das Wort an ihn zu richten; was doch wohl bedeutete, er wählte die Strafe der Mißachtung für einen… Es widerstrebte ihm, das Wort »Verräter« zu denken. Aber da es sich ja nur um eine Hypothese handelte, dachte er das Wort sozusagen in Klammern.

Eine kleine Abbiegung nach rechts genügte, um dem Kaufhaus *Europa* den Rücken zu kehren und zum Tanzsaal zurückzugehen. Die von Curica gekommene musikalische Verstärkung hatte sich bereits zu den örtlichen Musikanten gesellt, und die von der Turumba aufgewirbelte Staubwolke gab zu den hoffnungsvollsten Spekulationen Anlaß: Wenn es bei der Generalprobe schon so entfesselt zuging, konnte das morgige Fest nur eine Orgie werden. Dem Geruch und der einen oder anderen vorwitzig aufblitzenden Pobacke nach zu urteilen, hatte man das Alkoholverbot mit militanter Begeisterung umgangen.

Reino Coppeta entdeckte er hinter einigen abgestellten Theaterkulissen, wo dieser soeben die Bluse von Constanza Lazio, eines zwischen Schultern und Taille ausgesprochenen reizvollen Mädchens, aufzuknöpfen versuchte. Die Kleine hinderte ihn kokett daran, aber nicht besonders energisch. Unterdessen stimmten die Tänzer draußen in dieser speziellen malizianischen Intonation, der auch größere Erhitzung nicht den Schmelz zu nehmen vermag, die neueste Turumba an, die da hieß:

Der Mond über dem nächtlichen Meer
schaut durch die Wolken so barsch
und wenn ich dich heute nicht sehe
bin ich auch morgen am Arsch

Der Reporter beschloß, sich seinem Gegenüber ohne Umschweife mit einer direkten Geraden bemerkbar zu machen.

»Hallo, du Held«, sprach er ihn an, wobei er sich mit dem Zeigefinger ein imaginäres Stäubchen vom Nasenflügel wischte.

Ohne ihn anzublicken, beugte Reino zärtlich den Kopf über die obere Halbkugel der linken Brust des Mädchens, küßte durch den Stoff die triumphal aufgerichtete Spitze derselben und zog sich mit gemessener Bewegung von dem Brandherd zurück, indem er behutsam die Bluse wieder zuknöpfte, die er zuvor so begehrlich aufgeknöpft hatte. Dann schloß er die erotische Hand zu einer eisernen Faust, wirbelte in einer einzigen Bewegung herum und ließ diese Faust mit der ganzen Kraft seiner zwanzig Jahre auf Pavlovics Kieferknochen krachen. Dieser ging zu Boden und riß im Fallen eine mit sevillanischen Tänzern bemalte Schiebewand mit sich.

Auf der harten Erde entschied der Journalist, daß seine Lage die strategisch richtige war, um sich das christliche Hinhalten der anderen Wange zu ersparen.

»Komisch«, sagte er, das Risiko in Kauf nehmend, daß der andere ihm den Kehlkopf zertrat, »daß du mich schlägst, bevor du meinen Artikel gelesen hast.«

Reino schaut mit hochgerecktem Kinn und verächtlicher Neugier zu ihm hinunter.

»Was haben Sie über mich geschrieben?«

»Morgen kannst du es lesen. Die Ausgabe wird äußerst begehrt sein, denn sie enthält einen Augenzeugenbericht, eine Besprechung des Films mit George Barnes und der Hochzeitsvorbereitungen im einzelnen. Das zweite Thema interessiert dich ja vielleicht mehr als das erste, obwohl ich dir beim ersten Thema einen Untertitel gewidmet habe.«

Bei diesen Worten ergriff er einen Besenstiel, um sich vor dem nächsten Fußtritt schützen zu können.

»Ich will es jetzt wissen. Wie lautet der Untertitel?«

»›Glanz durch Abwesenheit.‹«

Der Uppercut traf Pavlovic noch am Boden. Reino war bleich geworden und befahl Constanza Lazio, sich aus den Kulissen zu verziehen. Er schluckte und rieb sich die Faust.

»Ist er schon gedruckt?« Und nach einer Pause, etwas leiser: »Oder noch verhandelbar?«

»Verhandelbar.«

»Verzeihen Sie die Handgreiflichkeit«, sagte der Junge mit gesenktem Kopf.

Trotz ausgerenkten Kinns mußte Pavlovic innerlich lächeln. Die Bewohner von Gema waren wirkliche Meister des Euphemismus. Dieses Massaker in seinem Gesicht als Handgreiflichkeit zu bezeichnen, klang ausgesprochen artig. Er akzeptierte von dem Jungen eine Flasche Slibowitz, und bevor er den ersten Schluck durch die Kehle rinnen ließ, anästhesierte er seinen Kiefer mit einem kräftigen Gurgeln. Dann bedeutete er ihm, sich neben ihn zu setzen.

»Held oder Verräter?« begann Pavlovic das Verhör.

Reino vernahm die Frage und preßte seine Fäuste auf die Ohren, als wären die angebotenen Alternativen donnernde Glockenschläge, die in seinem Kopf dröhnten. Diese einfache, verdammte Frage rief zum ersten Mal in seinem geradlinigen und klaren Leben ein Gefühl in ihm wach, das völlig neu für ihn war: Zwiespältigkeit, Zweifel. Sein nächster Satz kam ihm selbst befremdlich vor: »Kommt darauf an, durch welche Brille man es sieht.«

»Das ist mir ein bißchen zu subtil. Jeder der Jungs hat sich einen Österreicher vorgenommen. Was war denn, von der aufwiegelnden Rhetorik abgesehen, dein Beitrag auf diesem Wohltätigkeitsfest?«

»Das kann ich nicht sagen.«

»Warum nicht?«

»Meines Bruders wegen.«

»Stefano.«

»Wenn ich es Ihnen sage, breche ich ihm das Herz.«

»Mach mal halblang, Reino, nur in Romanen werden Herzen mit Worten gebrochen. In der Wirklichkeit nimmt man dafür Messer. Und in der vergangenen Nacht hat eines gefehlt: deines.«

Der Junge riß ihm die Flasche Slibowitz aus der Hand und setzte sie an die Lippen. Er ließ den Kopf zwischen die Knie sinken und machte einen so untröstlichen Eindruck, daß sogar Pavlovic sich genötigt sah, ihm übers Haar zu streichen. Reino hatte einen gehetzten Blick, als er aufschaute.

»Es hat keines gefehlt.«

»Dank deiner Angaben war ich selbst an Ort und Stelle, und du hast gefehlt. Wie willst du mir das erklären?«

»Das kann ich Ihnen nicht erklären.«

»Gut, Reino«, sagte Pavlovic, während er aufstand. »Dann lassen wir alles so, wie es ist.«

»Was soll das heißen?«

»Glanz durch Abwesenheit.«

Der Junge sprang auf und drückte den Journalisten gegen die Mauer.

»Das können Sie nicht tun.«

»Junge, du hast es mir heute schon mehr besorgt als der kleinen Lazio. Kannst du nicht langsam zur Besinnung kommen?«

»Wenn Sie mich als Drückeberger hinstellen, stürzen Sie uns alle ins Unglück!«

»Wen, alle?«

»Mich, meinen Bruder. Und den alten Coppeta!«

»Dein Vater hat sich wie ein richtiger Mann benommen und dafür mit dem Leben bezahlt. Niemand diffamiert einen Helden.«

»Aber es gibt noch etwas Schlimmeres. Ihr Artikel würde nicht der Wahrheit entsprechen.«

An der Neugier, die sich in Pavlovics Gesicht abzeichnete, konnte Reino ablesen, daß er sich in eine Falle manövriert hatte. Er lockerte den Druck und biß auf dem Nagel seines Ringfingers herum.

»Wieso nicht?«

»Behalten Sie es für sich, wenn ich es Ihnen sage?«

»Junge, wenn du so etwas von einem Journalisten verlangst, ist das, als würdest du versuchen, einem Affen die Banane zu entreißen.«

»Das ist die einzige Möglichkeit. Abgemacht?«

Pavlovic fuhr sich mit beiden Handflächen über die Wangen und notierte im Geiste, daß er im *Europa* die Rasierklingen kaufen mußte. Gilette blau hatte der Kleine empfohlen. Er fragte sich unwillkürlich, ob die ganze Menschheitsgeschichte nicht eine endlose Abfolge unbedeutender Taten von unbedeutenden Menschen, wie die dieser verwirrten jungen Männer war, die ohne jedes Echo in unbedeutenden Zeitungen wie der seinen festgehalten wurden.

»Abgemacht«, antwortete er wenig begeistert.

Reino säuberte umständlich den Rand des Flaschenhalses und hielt die Flasche dann so, daß ihm der Slibowitz direkt in die Kehle rann – ein Kunststück, das man auf Gema im letzten Jahr der Grundschule lernte, welches durch einen glücklichen Zufall auch das letzte überhaupt mögliche Schuljahr war.

»Doktor Pavlovic, in dieser Nacht hat es noch einen Toten gegeben, den Sie nicht mitgezählt haben.«

»Und du bist verantwortlich für diese ... *Statistik*?« flüsterte Pavlovic, seine stilistische Brillanz auskostend.

Großer Gott! Welcher Einfallslosigkeit des Schicksals war er aufgesessen, als er den Posten eines Korrespondenten an der malizianischen Küste akzeptiert hatte, anstatt sich nach Portugal schicken zu lassen? In Lissabon wäre er wahrscheinlich längst zum Chefredakteur des Ressorts Gastronomie befördert worden.

Reino fuhr sich mit der Zungenspitze über die Lippen. Ein Rest von Slibowitz brannte in seinen Mundwinkeln.

»Es ist nicht meine Art, wüste Drohungen auszustoßen, aber ich schwöre bei meinem Vater, daß ich Ihnen den Hals umdrehe, wenn Sie das veröffentlichen.«

Voller Wehmut dachte der Reporter, daß er sich in einem solchen Fall den Kauf der Rasierklingen sparen konnte, und auch die aalglatte Rasur sich erübrigte, mit der er zum Rhythmus der Turumba auf dem Hochzeitsfest eine der Dorfschönen zu umgarnen gedachte.

»Ich schwöre bei deinem Vater, nicht eine Zeile darüber zu schreiben«, sagte er, setzte sich auf den Hocker, den der Junge ihm hingestellt hatte, und zog seinen Notizblock hervor.

Dann zog er mit den Zähnen die Kappe seines Füllfederhalters ab und ließ sie zwischen den Lippen baumeln.

11

Um drei Uhr morgens an diesem warmen, schlaflosen Samstag trieb die Atemnot Alia Emar aus den weißen Kissen ihres Bettes, dessen vier Pfosten schimmernden mittelalterlichen Lanzen nachempfunden waren, an das Fenster im zweiten Stock des Hauses ihrer Eltern. Als sie den ersten Schwall frischer Luft einsog, hob sich ihr Busen, bis das rosafarbene Band ihres Nachthemds aufsprang, als habe ein geschickter Liebhaber den Knoten mit seinen Zähnen gelöst.

Sie hielt die belebende Luft in ihren Lungen und ließ sie erst nach einer Weile mit einem langen tonlosen Pfeifen in die Nacht entweichen. Dann atmete sie den nächsten Schwall ein, den ihre Bronchien wie einen Segen empfingen. Dieser Atemzug belehrte sie, daß sich vor ihrem Fenster alle Düfte des Dorfes stauten, der Früchte und der Heckenblüten, der Mentholhauch des Eukalyptus, das schwere Aroma des Jasmins, der salzige Geruch des Brandungsschaums, der herbe Duft der Harztropfen im hohen Wald.

Und diese Brise sollte sie mit Hieronymus nach New York entführen? Das Schiff war soweit fertig, aber wie ging es dann weiter? Sie hatte nie begriffen, wann ihr in ihrem dörflichen Alltag die Furcht vor der Ferne abhanden gekommen war. Instinktiv wußte sie, daß sie mit der Landschaft ringsum verwachsen war. Ihre Welt hatte keine Risse, und ihr Leben war erfüllt – untrennbar war der Gesang von der Stimme, der Kuß von den Lippen, das

Licht von der vibrierenden Luft, der flimmernde Sonnenstaub von den Heiligen auf den Wandbehängen in der Kirche.

Passend zu diesem Bild ertönten vier Glockenschläge aus mattierter Bronze, viel zu tief und zu ernst für die Ausdehnung und die Schwerelosigkeit der Insel. Der Wind bewegte Alia Emars Nachthemd, und mit einer schützenden Bewegung schlug sie die Arme vor die Brust und suchte nach Erleuchtung. Warum hatten die Glocken *jetzt* geläutet, wenn sie doch seit ihrer Geburt in dieser kargen, vergessenen Landschaft immer nur sonntags um sieben zur Messe oder um fünf Uhr nachmittags zu einer Beerdigung geläutet hatten? Noch nie hatte sich der Pfarrer außerhalb dieser Regel bewegt, denn die dreißig Stufen zum Glockenturm hochzusteigen, bereitete ihm Schmerzen im linken Knie.

Andererseits wohnte der Begebenheit, da es immerhin drei Uhr morgens war, ein gewisser Wahnsinn inne. In der ganzen belanglosen Geschichte der Insel hatte noch nie jemand das aus der venezianischen Besatzungszeit übriggebliebene düstere Metall zu solch früher Morgenstunde zum Klingen gebracht. Vielleicht war es das Vernünftigste, dachte Alia Emar seufzend, wieder ins Bett zu gehen und die Deutung dieses sonderbaren Vorfalls den Träumen zu überlassen.

Statt dessen zog sie ihr Nachthemd über den Kopf, griff entschlossen zu dem dünnen grünen Sommerkleid aus dem reichen Aussteuerfundus, mit dem Hieronymus sie in den vergangenen Monaten beschenkt hatte, warf es sich mit einer leichten Bewegung über und lief barfuß zur Kirche.

Ihre bloßen Füße kannten jeden Kiesel, Bach und Brombeerstrauch und führten sie ohne Stolpern zu dem

Gotteshaus, in dem sie getauft worden war und auch die erste Kommunion empfangen hatte, bei der ihr Blick von derselben Güte gefärbt gewesen war wie bei der Heiligen Jungfrau aus Gips. Die Kirche hatte eine beunruhigende Geschichte, die sie nicht genau kannte, und in dieser Nacht wollte sie Gewißheit haben. In den rustikalen Grundstein waren Engelsmotive gemeißelt und Hunde, aus deren Schwänzen Flammen schlugen oder auch Apostel mit staubzerfressenen Gewändern – Staub, den der stetige Wind gegen die Mauern blies. Jeder Eroberer hatte den Zierat seiner Kultur in der Kirche hinterlassen, und so sah man in der geheiligten Halle byzantinisches Rauschgold, asiatische Miniaturen, arabische Halbmonde, Tempeltänzerinnen hinter perfiden Schleiern sowie venezianische Gondeln und Mantillen.

Alia Emar hatte nie verstanden, warum ihre Insel sich in einem Jahrhundert mit Licht und höfischem Leben füllte und sich in einem anderen entvölkerte, bis der Wind nur noch die irrlichternden Schaumkronen der Brandung aufwirbelte und an den abgestorbenen Weinstöcken zerrte. Die Reblausepidemie hatte hier genauso gewütet wie in den Weinbergen von Bordeaux, so daß der Rebensaft auf den herzoglichen Gütern und in den Wirtshäusern Frankreichs tatsächlich knapp zu werden begann.

In dieser reinen, klaren Nacht hatte sich der Wind zu einer erfrischenden Brise gemildert. Aber nicht einmal der Mistral, der vor einigen Wochen noch für Turbulenzen gesorgt und Sandfontänen bis zur Kirchturmspitze hochgewirbelt hatte, war in der Lage gewesen, die schwere Glocke auch nur einen Zentimeter zu bewegen. Alia Emar mußte über ihren Gedankengang unwillkürlich lächeln, als sie das Portal erreichte. Denn selbst wenn der Mistral mit aller Kraft gewütet hätte, wäre er kaum so feinsinnig gewesen, die Stunde mit vier rhythmischen Klöppelschlägen einzuläuten.

Fünfundfünfzig Jahre lang hatte die Glocke am Fuß des Turms der Pfarrkirche von Gema gestanden, ohne daß man eine Technik gefunden hätte, sie nach oben zu bringen. Zahllose Inschriften – der Liebe und Obszönitäten – waren mit Messern oder mit rostigen Scheren in die geduldige Oberfläche ihrer Bronze geritzt. Der erste, der über dieses Phänomen geschrieben hatte, war der Journalist Pavlovic gewesen. »Die beschriebene Glocke« hatte er seine Reportage genannt und sie mit einer »Anthologie der wesentlichen Texte« enden lassen, die er mit einem auf Gema bis dahin unbekannten Wort bezeichnet hatte: *Graffiti.* Der seiner Meinung nach beste religiöse Aphorismus lautete: »Alle Götter waren unsterblich.« Und seine Nummer eins in Sachen verbitterte Liebe: »Die Eifersucht ist eine Leidenschaft, die mit Eifer sucht, was Leiden schafft.« Und der schweinischste: »Hier hab' ich's mit dem Papst getrieben.«

Oben angekommen, wußte Alia Emar nicht, ob es eine Eingebung war, aber als sie ihre Hand über die kalte Oberfläche des Metalls gleiten ließ, spürte sie das leise Nachbeben im geheimen Schmelz der Bronze, und es leitete seinen Kitzel bis in ihre Schläfen. Sie schloß die Augen und legte ihre Wange auf die Oberfläche, gab sich ganz diesem Vibrato hin, das ihr offenbar etwas mitteilen wollte. Sie zweifelte nicht, daß sie in diese Kuppel aus Stein und Staub geführt worden war, um ein Zeichen zu entziffern, das vielleicht Gott ihr gab, indem er sie in sein Haus geleitete. Da sprach sie mit flüsternder Stimme die Frage aus, die ihr seit Monaten auf der Zunge lag:

»Morgen werde ich sterben, nicht wahr?«

12

Im dunkelsten Winkel des Glockenturms leuchtete ein Flämmchen auf. Der Junge mit der Zigarette zwischen den Lippen sog tief den Rauch ein, und die Glut erhellte sein Gesicht. Danach stieß er einen Rauchvorhang aus, durch den ein Leuchtkäfer flog. Alia Emar ging zu dem Jungen hinüber, bat mit einer Handbewegung um die Zigarette und nahm wortlos zwei Züge mit dem Gefühl, vom Turm in die Tiefe zu stürzen.

»Was tust du hier?«

»Das siehst du doch. Ich rauche mir einen Gedanken.«

Er hielt ihr wieder die Kippe hin, und Alia nahm noch einen begehrlichen Zug.

»Was hast du gedacht?«

»Dasselbe, was du deinen Gott gefragt hast.«

»Und?«

Der Junge hielt den Rauch lange in seinen Lungen und blies ihn dann gemächlich aus. Sie folgte ihm mit ihrem Blick, bis er sich in der Nacht verlor.

»Gott gibt uns die Fragen ein, aber eine Antwort gibt er uns nicht.«

»Was willst du wissen?«

»Warum ich ein Feigling bin. Man gibt mir ein Messer in die Hand, und ich kann noch nicht einmal einen Pfirsich damit schälen.«

»Wenn es darum geht zu töten, sind wir alle feige.«

»Nicht mein Bruder. Bevor er darüber nachdenkt, was er tun will, hat er es schon getan.«

»Er war bei dem Hinterhalt dabei, nicht?«

»Woher weißt du das?«

»Am Fuß des Felsens sieht man Blutspuren im Sand. Das ganze Dorf war da und hat es sich angeschaut. Hast du jemanden getötet?«

»Ich?«

»Oder dein Bruder?«

»Gebe Gott, daß er es nicht getan hat.«

Alia Emars Fingerkuppen betupften die Lider des Jungen, danach fuhr sie mit beiden Daumennägeln über seine flammenden Wimpern. Es ist – dachte sie –, als würde man durch eine versiegelte Wohnung streifen. Stefanos Kobaltaugen nahmen kein Ende, und sie würde sie niemals besitzen, niemals die Sammlerin jener funkelnden Juwelen sein, jener feurigen Fackeln, hinter denen der Abgrund lauerte. Die Sonne war noch nicht aufgegangen, doch der hellrote Streifen, der sie ankündigte, reichte vollauf, um Licht in das kleine Dorf zu tragen.

Dem ersten Hahnenschrei gesellte sich nach einer Minute ein weiterer hinzu, wenig später waren es Hunderte.

»Es heißt, die österreichische Armee käme auf die Insel und würde uns alle umbringen.«

»Wer sagt das?«

»Pavlovic. Er schläft mit der Schiffspassage unterm Kopfkissen.«

»Warum solltest du ihm glauben? Er ist ein feiger, zynischer Mensch.«

»Vielleicht. Aber er ist ein Patriot.«

Alia Emar nahm die ganze Insel in ihren Blick. Sie kannte jedes Haus, den Schmuck vieler Wohnzimmer, die in den Kalendern ausgestrichenen Monate, die Betten aus weißem Metallgestell wie im Krankenhaus, die Risse in den Wänden der Klassenzimmer, die schmalbrüstigen kleinen Brüder ihrer Freundinnen, das Nest der Kormorane, die deutsche Waage, auf der in diesem Augenblick das Brot gewogen wurde, das danach mit dem Korbdreirad von Haustür zu Haustür ausgeliefert wurde. Sie kannte jedes Lied, das die Kinder auf dem Dorfplatz pfiffen und jede Derbheit, mit der Verehrer und Bewunderer ihre Hüften und Fesseln belegten – Pumas auf dem Sprung, bereit, ihr die Ohrläppchen und sogar die Fersen mit heißem Speichel und Sperma zu benetzen. Und diese Handvoll Kleinigkeiten sollte das Vaterland sein?

»Hier ist noch nie etwas passiert. Und jetzt hat die Politik alles durcheinandergebracht.«

»Es ist etwas passiert. Unvergeßliche Dinge sind passiert.«

»Dann sage mir, was? Nenne mir wenigstens eines.«

»Der Meteorit, der am Felsen des Langen Schattens eingeschlagen hat.«

»Ach was. Sternschnuppen fallen überall herunter.«

»Aber du hast ihn zuerst entdeckt.«

»Wir waren in einer Gruppe, und einige sind zurückgeblieben, weil er noch Funken sprühte.«

»Ich war in dieser Gruppe, und ich weiß, daß du schneller gelaufen bist als alle andern.«

»Wovon redest du überhaupt?«

»Von den Dingen, die passieren. Deine Kommunion, zum Beispiel. Du bist in Begleitung deiner Eltern durch das Dorf geschritten und hast eine Spur von Schnee hinterlassen.«

»Schnee in Gema? Ihr Coppetas seid total verrückt. Du und auch dein Bruder.«

»Und an dem Tag, an dem du mit Fieber im Krankenhaus lagst, als man dir kalte Tücher auf die Stirn legte, hast du da mit starren Augen auf die Wand geblickt und in einer fremden Sprache, die niemand verstand, erzählt, was du gesehen hast?«

Alia Emar stieß ein Lachen aus, dessen Echo sich unter der Turmkuppel fing. Stefano betrachtete sie ernst wie ein Notar, bis er sich von der Freude, die die blitzenden Zähne des Mädchens versprühten, anstecken und auch ein Lächeln entlocken ließ, und seine zwingenden Augen sich ihr freundlich näherten.

»Das also ist für dich das Vaterland?«

»Ich glaube wohl«, antwortete Stefano, unvermittelt ernst.

»Dann rechne mal nach, Stefi. Nach dem, was du aufgezählt hast, beschränkt sich dein Vaterland einzig und allein auf meine bescheidene Person.«

»Und natürlich auf alles, was dich umgibt. Ich mag nicht in eine Uniform gesteckt und aus all dem herausgerissen werden.«

Der Zeitungbote mußte jetzt am Hafen sein und die *Republika* vom Dampfer abholen. Das Schiff lief um diese Zeit geräuschlos im Hafen ein, doch bei der Abfahrt ließ der Kapitän das Nebelhorn tuten, wie er es mit dem Pfarrer vereinbart hatte, damit dieser sich den schweißtreibenden Weg in den Glockenturm sparen konnte, um dort um fünf Uhr morgens zum *Dominus* zu läuten. Für diesen Dienst gab es einmal im Monat eine Flasche alten Tokajers, den der Priester in den Kirchenkatakomben gelagert hatte, lange bevor die Reblaus die Weinstöcke verdorren ließ.

»Das heißt also, du fühlst dich vollkommen glücklich auf der Insel?«

»Na ja, ganz so toll ist es nicht. Aber wenn ich das Gefühl habe, mir fehlt etwas, schreibe ich Gedichte.«

»Gedichte, Stefi? Ein Verehrer hat mir jetzt erst ein

paar Zeilen in der *Republika* gewidmet. Hast du sie gelesen?«

»Nein«, entgegnete Stefano hastig und mußte seine Faust auf die Lippen pressen, um nicht loszulachen. »Wie waren sie?«

Alia Emar wollte schon wieder das Komplizengelächter des Jungen abrufen, indem sie ein spontanes »Mehr als mies« verlauten ließ, als plötzlich eine ahnungsvolle Blässe – der kirchlichen Höhe angemessen, in der sie sich unterhielten – sie innehalten und ihren Text in ein kaum hörbares »Genial« umwandeln ließ; laut genug jedoch, daß Stefanos Gesicht die Farbe einer norwegischen Touristin nach dem ersten Sonnentag am Strand von Gema annahm.

»Wenn ich für diesen Mann das Vaterland bin, dann wundert es mich nicht, daß er das Gedicht geschrieben hat, um meine Hochzeit zu verhindern.«

»In Kürze legen die Boote an, die das Hochzeitsessen bringen. Aus jedem Haus bringt man mir Geschenke. Wir werden Walzer und Turumbas tanzen, und am Montag morgen, noch bevor die Sonne aufgeht, werden wir alle tot sein.«

Die Braut warf sich Stefano an die Brust und hielt ihn so fest, als solle sein Herz frische Luft in ihren Kopf pumpen. Die Worte des Jungen hatten sie wie eine Ohrfeige in die Wirklichkeit zurückgeholt.

»Du kennst die Antwort auf die Frage, die ich Gott hier oben stellen wollte, nicht wahr, Stefano?«

Der Junge blinzelte und preßte dann die Augenlider fest aufeinander, versuchte sich auf die felsige Tiefe zu konzentrieren, in der abgründige Wellen ähnliche Inschriften hinterließen, wie jene, die er in seinem Hirn eingemeißelt fühlte. Mit geschlossenen Augen stammelte er seine Unsicherheit hinaus: »Etwas Schlimmes wird dir zustoßen, Alia Emar. Ich habe so ein Gefühl, aber keine Worte.«

Sie preßte sich wieder an ihn. Doch den Jungen verließ alle Kraft, und er murmelte verstört: »Werde ich diese Nacht sterben?«

Er hielt sie an den Schultern ein kurzes Stück von sich und streichelte sanft ihre Ohrläppchen, fast so, als hätte er etwas verloren. Sie schaute ihm in die Augen und sah sie hinter Schlieren sonderbar verhangen. Sie legte einen Finger auf seine Nase, ließ ihn über Nasenrücken, Kinn und Brust zum Gürtel seiner Hose hinuntergleiten und legte dann die ganze Hand auf die harte Wölbung seines Geschlechts. Der Junge senkte den Kopf und wurde wieder rot bis über die Ohren.

»Du bist heiß«, flüsterte sie.

Sie streichelte sein Glied und hielt danach die Finger – feucht von Sperma, das durch den Hosenstoff gedrungen war – an ihre Nase und beroch sie mit verwirrter Ehrfurcht.

Dann ging sie langsam zur Treppe, drehte sich noch einmal zu Stefano um und sagte mit ernster Stimme: »Danke für die vier Glockenschläge.«

»Bitte?«

»Die vier Glockenschläge. Hättest du nicht geläutet, wäre ich nicht gekommen.«

Der Junge ging zu dem Mädchen und spürte bei jedem Schritt, wie ihm die Halsader schwoll.

»Ich habe die Glocke nicht angerührt.«

Jetzt vernahm man das lärmende Tuten des Weckdampfers und den Fluch eines Nachbarn, der das Schiff verwünschte und seine angebetete Mutter gleich dazu.

»Aber du hast sie gehört, oder? Jedenfalls sind wir zwei jetzt auf demselben Turm.«

»Alia Emar, nein.«

Das Mädchen starrte einen Moment auf seine Fingernägel, führte die Hand zum Mund und biß auf den Knöchel des Mittelfingers. Danach strich sie mit einer geschmeidigen Bewegung ihr Haar nach hinten.

»Ist gut, Stefano«, sagte sie.

Dann stieg sie die Treppe hinunter.

13

Die Schlaflosigkeit griff wie eine Epidemie um sich. Auch Hieronymus blieb die ganze Nacht wach, obwohl er sich vorgenommen hatte, an seinem Hochzeitstag jünger und strahlender denn je auszusehen. An Geld hatte es ihm nie gefehlt, wohl aber an Wurzeln. Aus diesem Grund gab er sein Geld mit skeptischer Großzügigkeit aus und produzierte sich damit, den Inselbewohnern kleine Freuden zu bereiten. Die Filmvorführung war dafür ein Beispiel. Natürlich kannten ein paar unstete Geister auf der Insel die siebte Kunst von Besuchen in Agram her. Der eine oder andere hatte sogar schon auf Schiffen gearbeitet, in denen die Fässer mit Tokajer Wein transportiert wurden, und hatte Geschichten von den neuesten Zaubertricks der Brüder Lumière mit nach Hause gebracht.

Zu einer anderen Zeit und an einem anderen Ort wäre Hieronymus ein seinem Volk dienender Fürst gewesen. Als er zum ersten Mal die Gestade Malizias betrat, hatte er nur den Bruch mit bestimmten Familientraditionen gesucht. Die Krankheit seines Vaters, eines berühmten Bankiers aus Salzburg, mit Verbindungen zur Politik, ließ dessen baldiges Ende ahnen und damit auch ein Ende seiner Sohnespflichten. Soweit Hieronymus sich erinnerte, hatte er nie auch nur einen halbwegs bedeutungsvollen Satz mit seinem Erzeuger gewechselt.

Da sein Vater zu Lebzeiten schon knausrig mit dem Taschengeld gewesen war, rechnete Hieronymus nicht mit einem großartigen Erbe, sondern eher mit ein paar Aktien oder langfristig angelegten Papieren, von deren tröpfelnden Zinsen er bis ins hohe Alter würde leben müssen. So verhinderte sein Vater, daß er ein Vermögen verschwendete, das dieser mit Sparsamkeit und Fleiß zusammengetragen hatte.

Verträumt zuerst und später lustlos besuchte er die Hochschule, wo er ein besonderes Interesse am internationalen Recht entwickelte; und das auf einem Kontinent, der mit einem Bein im Krieg stand und nicht nur alle Gesetze brach, sondern sogar die elementarsten Menschenrechte. In allen übrigen Fächern hob er sich aus der Menge der Mittelmäßigen nicht heraus, selbst dann noch nicht, als ein paar Kommilitonen mehrere Nächte opferten, um ihn auf ein Examen vorzubereiten. Allein die hervorragenden Noten in seinem Lieblingsfach verschafften ihm einen Durchschnitt, der knapp über dem geforderten Minimum lag, weil auch die Lehrer ihm gewogen waren und seine Noten nach oben aufzurunden pflegten.

Bedachte man außerdem, daß die meisten seiner Lehrer angesehene Kunden bei der Bank seines Vaters waren, von dem sie Kredite und Hypotheken zu Vorzugszinsen bekamen, deren Zahlung manchmal sogar vergessen werden konnte, so waren seine Zeugnisse durchaus als Handelsbilanz zu sehen.

Hieronymus' Interesse an internationalen Angelegenheiten veranlaßte den Professor seiner Fakultät, ihn zu einem Seminar nach Lübeck mitzunehmen. Baron von Vietinghoff hatte – beunruhigt über faschistische und autoritäre Auftriebe in seiner Heimat – angesehene Intellektuelle und junge Talente in sein Institut eingeladen, um mit ihnen zu diskutieren, ob internationales Recht deutsche Politik in die Schranken zu weisen vermöchte, falls der extreme Nationalismus der Deutschen zu Fanatismus und Krieg gegen die Nachbarn führte.

In einem weiteren Absatz wurde zur Diskussion von Themen wie der Vorrangigkeit der Menschenrechte über nationale Gesetzgebungen angeregt, für den Fall, daß durch Folter und politisch motivierte Verbrechen die Rechte ethnischer Minderheiten oder Oppositioneller verletzt wurden. Das in einer eigenen Mappe zur Verfügung gestellte Belastungsmaterial, vom Gastgeber »Schlangenei« genannt, kam Hieronymus so unabweislich vor, daß er darauf eine nervöse Lebensmittelallergie entwickelte und während des einwöchigen Seminars blaß und hohläugig nichts anderes zu sich nahm als ein Apfelkompott zur Mittagszeit.

Als er auf dem Rückweg mit der Eisenbahn durch Bayern fuhr, konnte er nicht umhin, den Wohlstand des Landes zu bewundern, seine saftigen Wiesen und sanft geschwungenen Hügel, wie sie schon die Romantiker gemalt hatten. Er beschloß, aus Österreich auszuwandern und sich in einer weniger geschichtsträchtigen Gegend niederzulassen. Nicht umsonst hatte er, als er sich in Wien Mitte von seinem Professor verabschiedete, dessen These zugestimmt: »Geschichte ist ein einziges großes Gemälde von Unheil und Verbrechen.«

Am nächsten Tag erforschte er mit Hilfe einer Lupe den Globus, drehte ihn langsam und markierte jene Gegenden, die seiner Meinung nach für habgierige Militaristen uninteressant waren. Nach einer halben Stunde wünschte er sehnlichst, es möge einen anderen Planeten geben. Am Ende waren es drei Orte, die sein Vorstellungsvermögen in Erregung versetzten:

New York, die verrückte Metropole, in der die Herren nachts Champagner schlürfend überdrehte, kokainsüchtige Blondinen ritten, tagsüber Wolkenkratzer bauten und in Büros mit Ledersesseln und samtbezogenen Tischen Poker spielten.

Chile, ein exzentrisch schmaler Saum am Ende der Welt, der über einer Kappe aus polarem Eis schwebte und keines Menschen Begehrlichkeit, so dachte er, herausfordern konnte.

Und diese kleinen, von der malizianischen Küste verstreuten Inselchen, die nur mit einem Vergrößerungsglas erkennbar waren und weder Gold noch Uran, weder Kupfer noch Nickel, weder Kobalt noch Kohle, weder Eisen noch Zinn produzierten, sondern höchstens Olivenöl, weißen Wein von französischen Stöcken, Basketballspieler und Turumbatänzer, und die – das kam als Sahnehäubchen hinzu – nur einen Steinwurf entfernt lagen.

Eine Woche später bekam sein geographischer Eifer durch den Tod des Vaters unerwartete Aktualität. In seiner letzten Stunde bat dieser den Arzt um eine Opiumspritze direkt in die Vene, und seine beiden Kinder, ihn an den Händen zu fassen und für ihn zu beten. Hieronymus' Schwester Paula kannte alle Gebete auswendig und sprach mit lauter Stimme die apokalyptischen Texte, deren Grauen durch die unmittelbar folgende Auferstehung und allgemeine Glückseligkeit ein wenig gemildert wurde.

Der Sterbende unterbrach sie, um einer Sorge Ausdruck zu verleihen, die ihn schon gequält hatte, seit der Krebs bei ihm diagnostiziert worden war.

»Glaubst du, meine Tochter, daß meine soziale Stellung im Jenseits anerkannt wird? Glaubst du, daß man zwischen Leuten wie uns und einfachen Arbeitern einen Unterschied macht?«

»Das garantiere ich dir, Vater«, antwortete Paula ohne mit der Wimper zu zucken. »In der Bibel wimmelt es von

Versen, die besagen, daß irdische Privilegien im Himmel erhalten bleiben.«

Mit letzter Kraft wandte sich der Vater daraufhin an Hieronymus: »Und was ist mit dem Kamel und dem Nadelöhr?«

Der Junge nutzte den Umstand, daß sein Vater die Augen geschlossen hielt, hob fragend die Schultern und bat seine Schwester stumm, den Hieb für ihn zu parieren.

»Vater«, antwortete diese, »hierbei haben wir es mit einem Gleichnis zu tun, das eine ganze Reihe von Interpretationen zuläßt.« Als sie merkte, wie ihr Vater in Erwartung des bevorstehenden Abschieds ihre Hand umklammerte, beschloß sie, das Urteil so lange hinauszuziehen, bis sein Atem vollständig zum Stillstand gekommen war. »Allen Versen, in denen Tiere vorkommen, wohnt eine phantasiebedingte Verschwommenheit inne, die zu ganz beträchtlichen Zwiespältigkeiten führt. Die farbige Vorstellungswelt der Dichter führt darüber hinaus zu Wortspielen, die, rückwärts gelesen, das Gegenteil von dem besagen, was sie eigentlich aussagen. Nehmen wir doch nur einmal das Kamel. Was hat ein solches Tier in unserer Fauna und Lebenserfahrung zu suchen? Oder hast du, Vater, in deinem ganzen Leben schon einmal ein Kamel gesehen? Ich glaube nicht, daß man Dinge aus einer Kultur, die so stark an die malerische und oft extravagante örtliche Geographie gebunden ist, in unsere nüchterne, asketisch-geistige übertragen kann.«

Paula legte eine strategische Pause ein, die lange genug dauerte, um an ihrem Ende feststellen zu können, daß der Alte seinen Geist aufgegeben hatte. Da sagte sie »et cetera« und fügte ein »Amen« hinzu, löste mit einiger Anstrengung ihre Hand aus der des Verstorbenen, half Hieronymus bei demselben Problem, und nachdem sie dem Toten die Hände unterm Kinn gefaltet hatte, bekreuzigte sie sich mit ernster Miene, wobei sie sich nach dem letzten Balken des imaginären Kreuzes mit einem Finger über ihre Wimpern fuhr, als wolle sie eine Träne fortwischen.

Nachdem der Bankier auf dem Kommunalfriedhof beigesetzt worden war, begaben sich die Geschwister zur Kanzlei ihres Anwalts, um sich über die Einzelheiten des Testaments aufklären zu lassen. Paulas Erwartung wurde nicht enttäuscht und sie mit der Fortführung der Bankgeschäfte betraut. Sie bekam das Haus am Kaiserdamm, das blaue Opel-Kabriolett mit der außen liegenden silbernen Hupe, die Gemäldesammlung, die nichts Großartiges enthielt, bis auf einen jungen Maler vielleicht, Modigliani mit Namen, der in Frankreich lebte und dem eine größere Zukunft denn Gegenwart prophezeit wurde. Er hatte seinen Platz im Familienvermögen nur aufgrund der zufälligen Garantieleistung für einen geplatzten Kredit gefunden, mit der man sich in eine Linzer Brauerei hatte einkaufen wollen.

Was Hieronymus betraf, so wurde sein Vermögen in einem beiliegenden Brief behandelt, vom Vater unterschrieben, in dem dieser Kriterien darlegte, Maßnahmen empfahl und allgemein geopolitische Lehren erteilte. Der Anwalt schob seine Brille auf die Nasenspitze und las den Brief mit monotoner Stimme vor, um so, wie er sagte, den überwältigenden Schmerz von sich fern zu halten, den er wegen des Todes seines Freundes und Klienten empfand.

Sohn,
obwohl Du von Kindesbeinen an ein sonderbarer Junge gewesen bist, liebe ich Dich. Schon als Kind hast Du solche Ungereimtheiten von Dir gegeben, daß ich Dich den »Dichter« genannt habe. Ich hoffe, Du bist von dieser

Heimsuchung jetzt genesen. Ich habe Deiner Schwester das Bankhaus vermacht, weil sie diejenige ist, die weiß, was sie tut. Hätte ich Dir das Kommando über diesen Dampfer anvertraut, würdest Du ihn in der ersten Pfütze auf Grund setzen. Deswegen bekommst Du ein Bankkonto mit einem Kapital, das alles in allem den Passiva entspricht, die Deine Schwester zu verwalten haben wird. Nutze es auf vernünftige Weise. Kauf Dir ein Haus in Deutschland, der neuen Macht. Eröffne ein Café am Mozartplatz. Der Tourismus in Richtung Süden wird auch unserer Stadt zugute kommen, denn niemand wird so ungehobelt sein wollen, sich an der malizianischen Küste das Fell bräunen zu lassen, ohne vorher in Salzburg ein bißchen Kultur getankt zu haben. Gib Dein Geld vor allem nicht für übermäßiges Essen aus und heirate nicht eher, als bis Du sicher bist, daß man Dich um Deiner selbst willen liebt und nicht wegen des Geldes, das Du erbst. Du hast alles, um die Frauen glücklich zu machen, also keine Panik. Ganz besonders aber flehe ich Dich an, Dein Studium zu beenden. Nicht alle Anwälte sind Diebe, zumindest nicht immer. Der Beweis dafür ist unser lieber Doktor Gesner. Der Titel macht aus Deinem Geld nicht mehr, aber wenn Du Doktor der Rechte bist, macht es mehr Umstände, es Dir zu stehlen.

Nachdem das Testament verlesen war, begaben sich die Geschwister zu Fuß zur Bankzentrale. Vorher kauften sie in der Bäckerei Pabst zwei Bienenstiche, zu denen sie einen Cappuccino mit stolzem Milchschaumhäubchen tranken, und schmunzelten, als sie im Spiegel ihre Ebenbilder mit zwei weißen Schnurrbärten erblickten. An verschworene Spiele aus der Kinderzeit erinnert, wischten sie sie nicht ab, sondern ließen sogar die Belustigung der Kellnerin über sich ergehen, die sie kichernd auf die weißen Flecken an ihren Oberlippen hinwies.

Sie traten auf die Straße und gingen in ihrer humorigen Stimmung zur Bank. Um die Trauer zu vervollständigen, setzten sie schwarze Sonnenbrillen auf, und Paula bat die Sekretärin ihres Vaters, Kassierer und Angestellte in der Schalterhalle zusammenzurufen, sie habe ihnen eine wichtige Mitteilung zu machen. Mit ihrem Bruder ging sie die Stufen der großen Marmortreppe hinauf, blieb auf halber Höhe stehen und wandte sich um. Eine Minute lang stand sie dort schweigend, und es sah aus, als bete sie, dann hob sie ihr milchbärtiges Gesicht und sprach das traditionelle »Meine Damen und Herren«. Als sie eine gewisse Unruhe unter den etwa zwanzig Angestellten wahrnahm, fragte sie, ohne sich an jemanden speziell zu wenden, ob es irgendeinen Grund zu Verwunderung oder Besorgnis gebe.

Die Versammlung verneinte vehement, und nur der alte Türsteher glaubte seine Haltung wahren zu müssen, indem er sagte: »Es ist nur der Kummer um den Tod Ihres geliebten Herrn Vaters.«

»Verstehe«, antwortete Paula, wandte sich zu ihrem Bruder und zeigte mit dem Finger auf ihn: »Du hast einen Milchbart auf der Lippe.«

Hieronymus wischte ihn sich hastig ab, und dann hob sie stolz ihr Kinn, damit der einzige Milchbart jetzt in einsamer Großartigkeit herrsche.

»Ich nehme an, meine Damen und Herren«, fuhr sie fort, »daß Sie sich schon darüber im klaren sind, daß ich jetzt die alleinige Direktorin dieser Bank bin. Mein Motto soll ab jetzt lauten: Strenge und Disziplin.«

Nachdem die Angestellten an ihre Plätze zurückgegangen waren, begaben Paula und Hieronymus sich in das väterliche Büro, wo sie auf der mit Leder eingefaßten

Schreibunterlage zwei Dossiers vorfanden, auf die der Verstorbene mit Füllfederhalter die Namen der Erben geschrieben hatte. Als der Jüngere auf dem dritten Blatt den Betrag las, der auf seinem Konto deponiert worden war, dachte er mit Unbehagen, daß er jetzt genug Geld hatte, um für den Rest seines Lebens allen nur denkbaren Lastern zu frönen und immer noch etwas für einen eventuellen Nachkommen übrigzulassen. Paula ihrerseits stellte fest, daß alles, wie von Doktor Gesner vorgelesen, seine Richtigkeit hatte; und nur ein versiegelter, an sie adressierter Briefumschlag gab der Zeremonie noch einen Hauch von erwartungsvoller Spannung. Nachdem sie ihn aufgerissen und in einem Zug durchgelesen hatte, reichte sie ihn mit einem gleichgültigen Lächeln an ihren Bruder weiter. Der Text bestand nur aus wenigen Zeilen: *Ein letzter Rat noch. Da die meisten unserer Kunden aus Bayern kommen, empfehle ich Dir, Dich diskret von unserem jüdischen Personal, dem Türsteher Friedman, der Kassiererin Meerapfel und dem Buchhalter Liliencorn zu trennen. Besorge ihnen irgendwas, damit sie nicht auf der Straße stehen.*

Paula betrachtete ihren Milchbart im ovalen Schreibtischspiegel und rieb ihn nun mit dem Finger ab.

»Wie fandest du meine ›Inthronisierung‹?«

»Energisch.«

»Ich hab's ihnen gezeigt, was?«

»Du hast mit ihnen den Fußboden gewienert.«

»Ab jetzt wird die Bank wie ein Schweizer Uhrwerk laufen.«

»Mit deutscher Zuverlässigkeit.«

Hieronymus ging nach draußen und nahm einen Wagen zur Universität. Er holte das *Handbuch des internationalen Rechts* aus seinem Spind, weil er die vage Gewißheit verspürte, es könnte ihm eines Tages noch dienlich sein, ging dann in die Mensa, wo er ein Mineralwasser trank und beim Hinausgehen seine übrigen Lehrbücher fröhlich vergaß. Danach begab er sich zum Büro des Rektors, bat die Sekretärin mit dem Haarknoten, den runden Brillengläsern und den nikotinfleckigen Zähnen um das Buch mit den Einschreibungen und überzeugte sich davon, daß sie seinen Namen mit roter Tinte strich.

»Sie machen Ferien?«

»Genau.«

Die Frau notierte den Abbruch des Semesters und bat ihn dann um Angabe der gesamten Dauer seiner Abwesenheit.

»Oh, schreiben Sie einfach ›unbestimmt‹ oder ›unendlich‹.«

Ein Anflug von Zorn wölbte die Augenbraue der Sekretärin.

»Ich werde ›vierzig bis fünfzig Tage‹ schreiben, mein junger Herr Franck. Ich glaube nicht, daß Ihrem Herrn Vater das gefallen würde, was Sie da tun.«

Hieronymus zog einen Fünfschillingschein aus der Tasche und warf ihn mit der Energie seines neuen Standes auf den Tisch.

»Gut, daß Sie mich daran erinnern. Kaufen Sie von dem Geld bitte einen Blumenstrauß und stellen Sie ihn auf sein Grab.«

Zwei Häuserblocks weiter südlich gab es einen kleinen Laden mit dem akademischen Namen Elektro-Klinik, wo allerlei Kleinkram verkauft und repariert wurde. Der Besitzer war ein kleingewachsener Spanier mit kurzen Fingern, der sich eine Juwelierlupe ins rechte Auge klemmte, wenn er das Innenleben alter Radioröhren untersuchte.

»Was zu reparieren, Meister?«

»Im Moment nicht. Ich komme wegen des Aushangs in Ihrem Fenster.«

»Welcher Aushang?«

»›Gehilfe gesucht‹.«

»Ach, der ist schon alt. Für einen Gehilfen wirft das Geschäft längst nicht mehr genug ab.« Ein Funke von Begeisterung huschte über sein Gesicht, und mit einem wonnigen Lächeln rieb er sein Ohrläppchen. »Verstehen Sie was von Radios?«

»Ich kann sie ein- und ausschalten.«

»Und von diesem großartigen Talent abgesehen, wissen Sie, wie so ein Apparat funktioniert? Das innere Geflecht seiner Drähte und die Arbeit jedes einzelnen ›Organs‹?«

»Nein, nein. Nichts davon.«

Der Spanier verlor nach dieser Aussage keineswegs seinen Humor. Im Gegenteil, er schien die Situation zu genießen.

»Und Sie wollen mein Gehilfe werden?«

»Mhh, mhh.«

»Glauben Sie mir, junger Mann, ich weiß Ihr enormes Interesse und Ihr brillantes akademisches Wissen in Sachen Elektrotechnik zu schätzen, aber ich kann so eine qualifizierte Hilfe nicht bezahlen.«

Hieronymus nahm einen Konus mit feinsten Kabeln unterschiedlicher Dicke in die Hand und rührte mit dem Finger in einer Schachtel voll Sicherungen.

»Das ist kein Problem. Ich bezahle Sie dafür, daß Sie mich als Gehilfen nehmen.«

Die Glocken der Kathedrale schlugen viermal, und beide Männer lauschten dem Geläut mit übertriebener Ehrerbietung. Der Elektriker räusperte sich: »Verletzt es

Ihre Gefühle, wenn ich Sie nicht als ›Gehilfe‹ einstelle, sondern Ihre gehobene Stellung als die eines ›Lehrlings‹ bezeichne?«

»Keineswegs. Lehrling scheint mir sehr passend.«

Der Spanier sprang zur Seite und machte ihm den Weg frei, damit er auf seine Seite des Verkaufstisches kommen konnte.

»Woher kommt Ihr Interesse am Rundfunk, Herr …?«

»… Franck, Hieronymus Franck.«

»Sind Sie vielleicht verwandt mit dem Bankier Franck?«

»Überaus, Herr …«

»Torrentes. Und in welchem Grad?«

»Ich bin sein Sohn. Nun ja, sein verwaister Sohn«, berichtigte er sich.

Der Spanier ging unruhig von einem Ende des Lädchens zum anderen, stolperte dabei über Utensilien, stieß gegen Kartons und Stapel alter Zeitungen und sogar gegen einen Schiffsanker. Er hatte von einer Sekunde zur anderen vollkommen die Fassung verloren.

»Dios mío!« rief er aus, immer noch stolpernd und zugleich bemüht, das Durcheinander wieder in Ordnung zu bringen. »Sie haben ja keine Ahnung, welche Menge Geld ich Ihrem Herrn Vater schulde! Auf allem, was Sie hier sehen, lasten Hypotheken. Auf der letzten Schraube noch. Sie müssen ja einen schrecklichen Eindruck von mir bekommen haben. Aber wie ich schon sagte, das Geschäft wirft nicht genug ab für zwei. Um die Wahrheit zu sagen, nicht einmal für einen, wie Sie sicher schon gemerkt haben. Die Leute sind einfach nicht modern. Das Radio ist für sie nur ein Konzert von Geräuschen. Aber alles wird anders, Herr Franck, wenn ich meine Erfindung zu Ende bringe. Dieser Laden hier, und verzeihen Sie mir die Vertraulichkeit, ist nämlich nur Fassade. Ja, mein Herr, nichts

als Fassade. Was einzig zählt in dieser Bruchbude, verehrter Herr, ist das, was sich hinter diesem Vorhang befindet. Gestatten Sie?«

Er schob die Bahnen aus dickem dunklem Stoff zur Seite, und um vier Uhr nachmittags in Salzburg stand die Sonne südlich genug, um Torrentes' Privatgemach hell erstrahlen zu lassen. Nur im Kabinett des Dr. Frankenstein, dachte Hieronymus, wäre eine solche Ansammlung von Apparaturen vorstellbar. In einer Badewanne lagen Kannen und Becken, antennenartige Metallteile, leuchtend gemaserte Kristalldetektoren. Flüssigkeiten von unwirklichen Farben knisterten, wenn für Sekunden ein Flämmchen über sie hin zuckte.

Torrentes betrachtete verzückt, was der andere mit Entsetzen sah. In einem Anfall von Vertraulichkeit ergriff er den Arm des Jungen und zerrte an ihm, als sehe er das Gelobte Land vor sich.

»Sehen Sie«, rief er. »Um die Geräusche zu eliminieren, muß ich nur die Statik unterdrücken. Wenn es mir gelänge, das Flämmchen kontinuierlich springen zu lassen, ohne daß es zwischendurch aussetzt, wäre der Empfang so klar, daß man ohne jede Verzerrung die Werke Mozarts hören könnte, die von den Londoner Philharmonikern übertragen werden. Aber Österreich, mein Herr, fördert das Geschäft, nicht die Kunst. *Dios mío,* Ihr Herr Vater muß mich hassen.«

»Er ist gestern gestorben.«

»Er muß mich sehr gehaßt haben.«

»Von ganzem Herzen, Herr Torrentes«, antwortete Hieronymus und verhalf damit dem kleinen Erfinder zu einer unerwarteten Schuldnerpersönlichkeit, für die, so ahnte er, der kleine Mann empfänglich war.

»Aber wenn es mir gelingt, das Flämmchen ohne Unterbrechung in Gang zu halten, werde ich ihm alles mit Zinsen und Zinseszinsen zurückzahlen.«

»Machen Sie sich darüber nur keine Sorgen. Stellen Sie mich einfach als Gehilfen ein, damit ich in die Welt des Radios eintauchen kann, denn nichts interessiert mich mehr.«

»Einverstanden.«

»Ich bezahle Sie für Ihren Unterricht und lerne dabei, welche Schritte vonnöten sind, um die Statik zu unterdrücken.«

»Ausgezeichnet, junger Herr Franck. Aber es ist wirklich nicht nötig, daß Sie mich bezahlen.«

»O doch, auf jeden Fall.«

»Nun, sagen wir einen Schilling pro Tag.«

»Auf keinen Fall. Ich schätze Ihr Talent viel zu hoch, um mich als knauserig zu erweisen.«

»Dann legen Sie den Betrag fest, junger Mann.«

»Wieviel schulden Sie der Bank insgesamt, Herr Torrentes?«

Der Mann brach in lautes Lachen aus, wobei er seine motorischen Fähigkeiten wieder falsch einschätzte und sich den Kopf am Wandkalender anstieß.

»Ich habe vollkommen mein Gedächtnis verloren. Ich weiß nicht, wo ich geboren bin, und ich spreche kaum noch Spanisch. Wie soll ich mich da an die Summe meiner Außenstände erinnern!«

Der frischgebackene Waisenknabe zog ein in grünes Leder gebundenes Scheckheft aus der Innentasche seines Jacketts und schrieb mit pompöser Schrift, die ihn nicht als Anfänger auf diesem Gebiet auswies, zweitausend Schilling auf das oberste Exemplar und reichte es seinem Meister mit einem *»Voilà«*.

»Ich weiß nicht, warum Sie mir diesen unermeßlichen Gefallen tun. Eine solche Menge Geld übersteigt mein

Vorstellungsvermögen. Es ist die Summe vieler Jahre Vergeblichkeit. Warum tun Sie das, mein lieber Freund?«

»Aus Liebe zur Kunst, Meister.«

»Sie meinen aus Liebe zur Technik.«

»Nennen wir es Liebe zur Poesie, Herr Torrentes. Ich ertrage die Salzburger Symphoniker nämlich auch nicht, und ihren Dirigenten, diesen Braille, noch weniger.«

»Sprechen Sie den Namen nicht aus! Er war ein schauderhafter Erster Geiger, zupfte einen erbärmlich schlaffen Darm …«

»Ein Salieri, also. Wann beginnt der Unterricht?«

»Auf der Stelle, Herr Franck. Möchten Sie eine Tasse Tee?«

»Mit dem größten Vergnügen«, erwiderte der Lehrling Hieronymus Franck und streckte die Arme in einem triumphalen Gähnen.

14

Er selbst nahm den Kurswechsel vor und bestieg das erste Schiff, das nach Süden fuhr. Der Zielhafen der *Valeria Luperca* lag in Griechenland, doch der Kapitän hatte die Angewohnheit, zum Kalfatern kleinere Inseln anzulaufen, vor deren Küsten er Säcke mit Schmuggelgut über Bord warf, die von Ruderbooten aufgesammelt wurden, deren Besatzungen aussahen, als wären sie im Zuchthaus angeheuert worden. Hieronymus ließ sich durch die Verzögerungen jedoch nicht entmutigen.

Er brauchte einen neuen Rhythmus, eine andere Zeit, dünner besiedelte Räume, Begegnungen mit Sonne und Luft, die ihm etwas Männliches ins blasse Antlitz zeichneten. Die Umstände konnten günstiger nicht sein. Ein junger französischer Dichter war zum Beispiel nach Afrika entflohen, weil er seine okzidentale Seele entgiften wollte. Und wie man den *Salzburger Nachrichten* entnehmen konnte, hatte er solchen Erfolg damit, daß er sogar zu schreiben aufhörte, obwohl der große Verlaine ihn für ein Genie hielt.

Als das Schiff an einer Insel des Archipels anlegte, wurde Hieronymus' Aufmerksamkeit von einer gewaltigen Glocke gefangengenommen, die neben einer Kirche stand und für den Turm, für das Dorf und für die ganze Insel viel zu groß war. Diese tönende Bombe hatte eine Kathedrale verdient und nicht so ein Kuhdorf. Wenn die Bewohner eine solche Extravaganz akzeptierten, folgerte er daraus, würden sie auch eine weitere tolerieren. Den

Bootsführer, der ihn an Land brachte, fragte er mit dem unternehmerischen Instinkt des alten Bankiers Franck darüber aus, woran es in Gema am meisten mangelte.

Der Ruderer teilte ihm wehmütig mit, die Insel sei die gottverlassenste von allen, stehe allerdings in dem Ruf, die schönsten Mädchen der ganzen malizianischen Küste hervorzubringen. »Alle heiß wie die Katzen und jungfräulich bis zur Heirat. Keiner der jungen Männer hier wandert aus«, erklärte der Galgenvogel heiter, »obwohl es an Gelegenheit nicht mangelt. Nachdem die Schiffe ihre kleinen Schmuggeleien über Bord geworfen haben, gehen sie auf endlos große Fahrt. Die Männer hier aber wählen ihre Frau schon als Kind, und der Gedanke, ihre künftige Braut den hormongesteuerten Avancen anderer Kandidaten zu überlassen, nagelt sie hier im Hafen fest.

Wir hatten auch ruhmreiche Zeiten, nur reich wurden wir nicht. Stellen Sie sich vor, hier in Gema gab es einmal ein richtiges Luxuskaufhaus, wie die großen Kaufhäuser in Konstantinopel oder Paris. Da drüben, das war es, das blaue Haus mit dem weißen Mast. Die Schiffe versorgten es mit Grundnahrungsmitteln und exotischer Feinkost. Und heute, Sie sehen es ja, heruntergekommen, verfallen, eingeschlagene Fensterscheiben, ein Rattenloch und Fledermausnest, öffentliches Scheißhaus. Aber vor zehn Jahren hätten Sie es sehen sollen! Ein Palast, ein orientalischer Basar, jede Menge Matrosen, ein Fest!

Auch ohne Arbeit zu haben, konnten die Leute von dem leben, was der Handel ringsum übrigließ.

Weinstöcke, Oliven, Fische, etwas Marmor, Öl, lauter Naturprodukte. Aber die Reblausepidemie hat die Weinstöcke zerstört. Unsere Weine wurden sogar in Frankreich gekauft. Arbeiter aus Italien und Griechenland kamen zur Weinlese. Danach hat das Kaufhaus geschlossen, aus

Gründen, die ich nicht nennen möchte, mein Herr. Eine unaussprechliche Tragödie, mein Herr.

Keiner unserer Invasoren hat je den Versuch unternommen, sich auf der Insel niederzulassen. Sie wußten, welche Opfer sie das gekostet hätte. Die Türken haben es einmal versucht. Man hat ihnen den eigenen Krummsäbel an die Kehle gesetzt und sie wieder nach Hause geschickt. Nein, Chef, wenn man hier eine Kultur aufbauen will, eine Zivilisation, wie die österreichische, dann muß man jeden einzelnen hier an die Wand stellen und die Insel mit fleißigen, strebsamen Menschen besiedeln: Chinesen, Japanern, protestantischen Engländern.«

Für Hieronymus war die Unterhaltung mit dem Bootsführer aufschlußreicher gewesen als viele Jahre Universität. Die Beschreibung dieses Nichts, einfach himmlisch! Er hatte genug Bücher in seinem Koffer, um ein paar Monate zu überstehen, und genug Geld, um gebratenen Fisch und Wein zu kaufen. Er war gesund und sah gut aus: Warum sollte er nicht eine von diesen hübschen Bräuten erobern, die der Mann doch in den höchsten Tönen gepriesen hatte. Was er aus dem *Handbuch des internationalen Rechts*, Kapitel »Zoll« noch wußte, sollte ausreichen, ihm die Steuerfahnder vom Hals zu halten. Mit kleinen Erpressungen hier und da könnte er vielleicht ein illegales Lieferantennetz aufbauen und damit einen Laden betreiben, der, wer weiß, vielleicht einmal strahlender und mit seinen Tapeten, Gobelins, polierten Möbeln, Vorhangstoffen und einem Lederbuffet noch prachtvoller sein würde als der vorherige. Das verwahrloste Gebäude würde er spottbillig erwerben, wenn es ihm die Gemeinde nicht sogar schenkte – als Reverenz gewissermaßen an den Einfluß des Kaiserreichs in seinen ungeliebten Kolonien.

Am Kai fragte er die Leute, ob zufällig eine kinderlose Familie ihr letztes Mitglied verloren habe und irgendein leerstehendes Haus auf diesem abgeschiedenen Flekken Erde seinen müden Knochen als Nachtlager dienen könne. Als er tags darauf jedoch das blaue Haus kaufte und dem Schatzmeister des Ortes, Lucas Lausic, einen Scheck in sprichwörtlicher Schönschrift überreichte, ging schnell das Gerücht um, der Fremde trage sich mit verqueren Absichten. Ein Wohnhaus dieses Ausmaßen, mit so vielen Balkonen, Bildern und versteckten Innenhöfen konnte nicht das Heim eines alleinstehenden Mannes sein.

Tief im Hinterstübchen konnte der Österreicher doch wohl nichts anderes ausbrüten, als die Einrichtung eines Bordells. Vom ersten Tag an preßten die Inselbewohner den Neuankömmling in das Schema ihrer Vorurteile. Sein Eintreffen schlug ein wie ein Meteorit in die übliche Ereignislosigkeit und nahm sogleich mythische Ausmaße an. Der ruchlose Eindringling hatte nichts anderes vor, als die schönsten Töchter der Insel dem heimischen Herd zu entreißen und sie für märchenhafte Beträge den Schiffsbesatzungen anzubieten, die keinen anderen Grund hatten, in diesem Nichts an Land zu gehen, als die berühmte Unschuld und Frische der Mädchen, welche die »armen, aber ehrlichen« Männer der Insel von den Tröstungen einer Hochzeit träumen ließen, die in der gemeinsamen Geschichte, den Banden des Blutes und der Hoffnung auf bessere Zeiten verankert war.

Diese gegen Hieronymus gerichtete Theorie wurde von den realistisch denkenden Gemeinderatsvertretern heftig angefeindet, nachdem man erst einmal festgestellt hatte, daß der Scheck des Neuankömmlings gedeckt war. Auch der Pfarrer von Gema schlug sich auf diese Seite. Er ahnte, daß mit der freien Entfaltung des reichen Fremden auch seine Kirche am Aufschwung teilhaben würde. Man konnte schlecht Almosen von den Gläubigen erwarten, wenn diese selbst von Almosen lebten. Wären da nicht die Gewürze, der Wein und die Oliven, die die Inselbewohner ihm sonntags mitbrachten, der eigensinnige Priester wäre längst verhungert. Wenn die Diözese wuchs, konnte man vielleicht mit einigem Geschick sogar eine Subvention vom Erzbischof in Agram erwirken. Vermutlich, so argumentierte der Priester für sich, trug sich der Fremde tatsächlich mit dem Plan eines Bordells, weil er die strategisch günstige Lage der Insel zwischen Europa und Griechenland erkannt hatte, einem Land, das den Bewohnern von Gema etwa so vertraut war wie der Südpol. Aber, wetterte er gegen die Widerspenstigen, nie im Leben würde sich dieser weltgewandte Fremde den Dolchen tugendhafter Väter und argwöhnischer Bräutigame aussetzen. Er könne nur ein »Erholungszentrum der Lust« bezwecken, in dem die Hitze männlichen Wartens von Frauen aus anderen Häfen gemildert würde, Expertinnen in Bauchtanz, Foxtrott, Shimmy, Charleston und vielleicht Turumba.

Eine Woche später konnte der Geistliche durch einen Spalt der mit Motiven vom heiligen Franziskus und dem Wolf reich beschnitzten Kirchentür beobachten, wie Hieronymus mit offenem Mund das Wunder der tausend Tonnen schweren Glocke bestaunte, die grazil wie ein Schmetterling unter dem Turmdach hing.

Wohl wissend um die Neugier von Fremden und Touristen auf dieses Wunderwerk der Ingenieurskunst, hatte der Priester die Geschichte dieses Wunders auf ein Pergamentblatt geschrieben, dem er mit einem Bad in Linoleum und arabischen Gewürzen ein knittriges Aussehen und die Patina eines Dokuments aus der Renaissance verlieh. Auf diesem bestätigte ein gewisser Michelangelo, daß es ihm mit Gottes Hand und eigenem Kopf gelungen sei, eine Kuh fliegen zu lassen, und nicht nur das; denn nach dieser glücklichen Erfahrung habe er gefolgert, daß man fliegende mechanische Körper entwerfen könne, die gleich aus Stein gemeißelten Riesenvögeln Menschen durch die Luft von einem Land in ein anderes beförderten. Mit diesem Dokument stellte Pfarrer Pregel Michelangelo als Vater der Luftfahrt dar und die bescheidene Insel, »auf der er Gottes Dienst ohne jeden anderen Lohn verrichtete, denn Sünden im Beichtstuhl und Oliven im Klingelbeutel«, als Ort der Inspiration, an dem der Multigenius das Flugzeug erfunden und sich die Sixtinische Kapelle ausgedacht hatte.

»An jedem Ort der Welt wäre dies, meine Damen und Herren, eine Reliquie, vielleicht sogar ein nationales Monument, ein Kulturerbe der Menschheit. Die Ferne jedoch hat Gema mit Gleichgültigkeit für seine Geschichte, Kunst und Kultur gestraft. Man hat das Können der ägyptischen Baumeister und ihre Pyramiden gefeiert und betet in Lourdes für ein paar ebenso rührende wie unwissenschaftliche Wunder. Was jedoch ist das im Vergleich zu dieser Glocke, die, sollte sie ihren magischen Halt verlieren, ein Loch in die Erde risse, das bis in die Hölle führt. Kämen jedoch Touristen auf die Insel und würden für die Glocke einen Obulus entrichten, eine visionäre Spende, wie sie wahren Mäzenen anstand, könnte er, Pfarrer Pregel, dieses Stück roher Natur zu einem Ort der Geschichte, vielleicht sogar zu einem Wallfahrtsort machen.«

Mit dem Füllhalter zwischen den Zähnen zeigte er daraufhin eine kurze Liste spendenfreudiger Touristen vor, die ihren Beitrag zur Kirche geleistet hatten, und deren Namen in Michelangelos Glocke graviert würde, zum

Ruhm ihrer Familien und des Herrn im Himmel, wenn der Heilige Vater persönlich diese Kirche zum heiligen Erben der Menschheit erklärte. Dann würde unweigerlich eine Reichsmark, ein Pfund Sterling oder auch der eine oder andere Franken im Klingelbeutel landen. Doch voller Jammer dachte der Pfarrer an die spärliche Zahl der Sommergäste und die Unzahl von Gesetzesbrechern, die nur für kurze Zeit an Land kamen, weil sie Zuflucht vor der Justiz suchten. Würde jemand dafür sorgen, daß mehr Leute auf die Insel kämen, aus welchen Gründen auch immer, so wäre sein Dienst an Gott mehr als vergolten. Trotz der drückenden Mittagshitze trat er also auf die Straße – die Hand schon vorgestreckt, um die des Fremden zu schütteln – und gesellte sich zu Hieronymus, um mit gleichfalls hängendem Unterkiefer den unmöglichen Halt der Glocke zu begutachten.

Hieronymus ergriff förmlich die dargebotene Hand und streckte gleich darauf den Zeigefinger nach oben.

»Herr Pfarrer, wie alle Welt bin auch ich teils gläubig und teils ungläubig, je nachdem, wie die Dinge liegen. Ich bitte Sie daher, mich wie ein vernunftbegabtes Wesen zu behandeln und mir nicht mit Wundern und ähnlichem Quatsch zu kommen. Ich habe ein wenig Ingenieurswissenschaften studiert und mich etwas mit Statik beschäftigt, und was ich hier sehe, scheint mir – wenn die Glocke nicht aus Pappe ist – schlicht unmöglich.«

Der Priester räusperte sich, um die übliche Rede abzulassen, und streichelte dabei in der Tasche seiner Soutane den Schlüssel zur Krypta, wo Michelangelos Manuskript aufbewahrt lag, als in einem Akt von Ketzerei der Touristentext auf seinen Lippen umgewandelt wurde. Anstatt mit einem lächelnden »Michelangelo…« zu beginnen, sagte er: »Ein Bordell.«

»Wie bitte, Herr Pfarrer?«

»Das beste wäre, Sie richteten ein Bordell ein. Das hat zwar ein paar Nachteile, aber viel mehr Vorteile.«

Der Erbe des Bankiers Franck aus Salzburg ließ seinen Blick eingehend über die Stirn des Priesters gleiten und auf den buschigen Augenbrauen ruhen, die nach unten gebürstet waren wie auf einer Karikatur, die Kinder von einem traurigen Menschen malen, und schaute ihm dann fest in die Augen.

»Herr Pfarrer, ich verstehe Deutsch, und ich verstehe das meiste des hiesigen Dialekts. Aber wenn Sie Bordell sagen, meinen Sie dann – verzeihen Sie den Ausdruck – ein Puff?«

»Genau, mein Herr. Was diese Insel braucht, ist ein Puff.«

Hieronymus klopfte seine Taschen nach Zigaretten ab. Er bot dem Priester eine an, der sie ohne zu zögern annahm, dann zündete er beide Glimmstengel an.

»Wie kommen Sie, Herr Pfarrer, zu der ungewöhnlichen Annahme, daß dies der Grund gewesen sein könnte, der mich nach Gema geführt hat?«

Der Priester zog ein paarmal tief, damit ihm die Zigarette nicht ausging.

»Durch eine objektive Analyse von Soll und Haben. Oder besser gesagt, nach einer langen Auflistung der Mängel, die es einem armen Dorfpfaffen wie mir unmöglich machen, in der Kirchenhierarchie aufzusteigen.«

»Herr Pfarrer, ich finde es hochinteressant, was Sie sagen, aber ich fürchte, wir haben es hier mit etwas zu tun, das man in der Dramaturgie als *Gegenbesetzung* bezeichnet.«

»Meine Seminarzeit liegt schon lange zurück. Könnten Sie mich über diesen Punkt aufklären?«

»Gewiß. *Gegenbesetzung* nennt man im Theater, wenn eine Rolle mit einem Schauspieler besetzt wird, der moralisch und physisch dieser Rolle gar nicht entspricht. Wenn man beispielsweise die Rolle des Christus mit jemandem besetzt, der ein rotes Gesicht und Hörner auf dem Kopf hat, der einen Dreizack schwingt, nach Schwefel stinkt und feurige Drachen aus den Nasenlöchern bläst.«

»Was Sie da erzählen, hört sich so grauenvoll an, daß ich es fast für einen Seitenhieb halten muß.«

»Nichts dergleichen, Herr Pfarrer. Nur … wenn ich Sie richtig verstanden habe, wären Sie der erste Priester dieser Welt, der sich darauf versteift, ein Bordell zu brauchen. Worüber lachen Sie?«

»Über das Wort ›versteift‹. Es kommt mir sehr *ad hoc* vor.«

»Ich sehe, Sie haben Ihr Latein noch nicht vergessen.«

Der Priester legte dem Fremden einen Arm um die Schulter und führte ihn zum nächsten Schattenplatz. Sie nahmen noch einen letzten Zug von ihren Zigaretten, dann verkündete der Priester abschließend: »Ein Puff und ein Kaufhaus.«

15

Obwohl die meisten Leute glaubten, Reino Coppeta sei imstande, über Leichen zu gehen und sogar beim Begräbnis seiner Mutter Turumba zu tanzen, litt auch er in dieser Nacht an Schlaflosigkeit. Der Schlaf floh ihn vor allem wegen der Liebelei zwischen Stefano und Alia Emar. Diese Geschichte mit Süßholzgeraspel, anonymen Gedichten, Schwäche vorm Feind und Lobreden auf die Passivität behagte ihm ganz und gar nicht. Er war auch nicht mit des Bruders Unbeholfenheit in Sachen Liebe gesegnet. Stünde er in dem törichten Bann von Alia Emar, würde er seinem Sinn für Prioritäten folgen und die Braut erst mal flachlegen; auch wenn ihm der Österreicher dafür am nächsten Tag auf dem Dorfplatz die Eier abschneiden sollte. Die Kleine war schön, keine Frage; wie diese perversen Engel im Alter von siebzehn Jahren so sind, bei denen Unschuld und Laster sich paaren.

Die Zeit zur politischen Tat war gekommen, und es brachte ihn schier um den Verstand, daß jemand von seinem eigenen Blut, ein Coppeta, sich mit solchen Hirngespinsten abgab. Wenn die Österreicher seinen Bruder jetzt umbrachten – zuerst der vom Kaufhaus und dann das Expeditionskorps –, würde der sich mit derselben unbedarften Einfalt seinem Herrn befehlen, mit der dieser ihn an der malizianischen Küste in die Welt gesetzt hatte. Er würde sterben, ohne einen Fick und ohne Feindberührung gehabt zu haben. In zwei erregenden Momenten seines Lebens hätte sein armer kleiner Bruder auf den Ruhm verzichtet, den die Geschichte für ihn bereit hielt.

Sich wie eine Memme aufzuführen – das war typisch Stefano! Er selbst jedenfalls mußte nach dem Besäufnis, nach der ausschweifenden Stimmung beim Hochzeitsball noch genügend klaren Verstand behalten, um die Flucht vorzubereiten. Er wollte weder seinen Bruder noch seine zehn Gefolgsleute von österreichisch-ungarischen Bajonetten durchbohrt, aufgereiht am Kai liegen sehen oder ins Meer geworfen als Köder für die Schwertfische. Seine kleine Gefolgschaft wandelte wegen der Morde immer noch wie im Schlaf. Auf dem Hochzeitsfest aber würde sie schon nach zwei oder drei Slibowitz Metaphysik und roten Mohn durch Brüste, Schenkel und erotisches Gerangel ersetzt haben. Doch wenn alle nur Augen für die schwarzen Dreiecke der Inselschönen hatten, wer sollte dann der hellsichtige Stratege sein, der die Flucht organisierte, wenn mordlüsterne Truppen ihren Fuß auf die Insel setzten und anfingen, Bäuche und Hälse aufzuschlitzen?

Noch ein anderes Thema machte ihm Sorgen. Wenn im Morgengrauen die Schiffssirene den Asphalt auf dem Kai zum Tanzen brachte, würde der Milchmann kommen, ihm das Frühstück auf die Bank vor seiner Haustür legen und dazu die druckfrische Ausgabe der *Republika*, soeben von den Rotationsmaschinen in Aspalathon ausgespien. Der aalglatte Pavlovic hatte versprochen, die Würde seines Namens zu wahren und zu berichten, *wie er es ihm erzählt hatte*, was auf dem gespenstischen Kanonenboot passiert war. Er konnte dabei in Einzelheiten schwelgen und Metaphern bemühen, wie er wollte, Hauptsache Reinos Ehre würde so gewahrt, wie die Ereignisse auf dem Schiff für Stefano im dunkeln blieben. Was hatte er überhaupt mit dem Satz gemeint, »eine Metapher verbirgt genausoviel, wie sie zeigt, und zeigt soviel, wie sie verbirgt«? Seine Welt war bisher klar gegliedert gewesen, und nun versuchte ein Haufen Zyniker, Speichellecker und Feiglinge ihm das Bild zu trüben und seine Energie mit Tränen und Metaphern aufzuweichen. Was hatte Pavlovic, der »Patriot«, mit Hilfe seiner, Reinos, vertraulichen Dienste wohl zu Papier gebracht? Sollte er auch nur einen Millimeter über das hinausgehen, was er mitteilen konnte, ohne Reinos Namen zu nennen, wäre Stefano imstande, einen sauberen Brudermord hinzulegen und die Österreicher um das Vergnügen zu bringen, ihm bei lebendigem Leib die Eier abzureißen. Wen interessierte schon, was aus dem Fettsack Wolf Michael Pretzlik geworden war? Außer dessen Vater vielleicht.

Warum mußte sein eigener Bruder Zweifel in sein Hirn und seine niemals zögernden Hände streuen? Wäre Barmherzigkeit demokratisch verteilt wie die Ameisen oder wie das Moos in den Fugen der Hauswände, würde er vielleicht spontanes Mitgefühl entwickeln, wenn er dieses Gefühl im Alter von elf Jahren nicht ausgeschöpft hätte. Stefano und er hatten Gott auf Knien angefleht, ihre Mutter nicht sterben zu lassen. Doch was hatte der Priester zu ihnen gesagt? »Es gibt kein Mittel. Der Krebs zerfrißt ihr die Knochen. Morphium, um den Schmerz zu lindern, ist das einzige Rezept, aber es kostet Geld.«

Jahre später, als die beiden Jungen an einem regnerischen Sonntag vor der Hostie niederknieten, war der Pfarrer vor ihnen stehengeblieben und hatte gesagt: »Ihr seid allein aufgewachsen und christlich erzogen worden. Ich erteile euch die Absolution und erkläre euch zu würdigen Söhnen von Josef Coppeta und eurer Mutter. So hört nun zum einzigen und letzten Mal, was die gute Frau, Gott hab sie selig, mir auf dem Totenbett anvertraut hat: *In jedem Menschen wohnt ein Wolf und ein Lamm. Reino hat viel von dem einen und nichts von dem anderen. Stefano hat viel von dem anderen und nichts von dem einen. Sorgen Sie dafür, Herr Pfarrer, daß sie Frieden schließen mit den Tieren, die in ihnen wohnen.*«

Die Erinnerungen entspannten ihn, und er schlief ein – zur ungünstigsten Zeit. Er hörte den Milchmann nicht kommen, und anstatt die *Republika* neben der Blechkanne, fand er eine handschriftliche Notiz, mit einem Messer ins Holz der Bank genagelt.

Bruder,
Es gibt nur einen Weg, den Tod zwischen uns beiden zu vermeiden, denn ich habe nicht den Mut, dir das Leben zu nehmen. Jedesmal wenn du geschluckt hast, habe ich deinen Kehlkopf hüpfen sehen, aber ich habe das Messer nicht ansetzen können. Es war, als hätten mich Mutter oder der liebe Gott am Handgelenk festgehalten. Ich will dich nie mehr wiedersehen, und darum verlasse ich heute die Insel, ohne festes Ziel, aber für immer.

Stefano

Reino trank einen großen Schluck Milch direkt aus der Flasche und wußte nicht, ob er wütend oder traurig sein sollte. Stefano hatte seine Worte wahr gemacht, hatte Hemden, Hosen und Schuhe in Vater Coppetas alte Ledertasche gepackt und sich aus dem Staub gemacht. Reino ging zur Tür des Nachbarn, hob die Milchflasche hoch und zog die *Republika* darunter hervor. Die Schlagzeile nahm die ganze obere Hälfte der Titelseite ein, und die zwei Worte waren wie in Druckerschwärze gemeißelt:

»Die Doppelnacht«. Der Junge rannte in sein Zimmer, warf sich aufs Bett und verschlang den Artikel mit gierigen Augen.

16

Welch großartiges Doppelfest, um eine neue Ära einzuläuten! Eine Zeit der Liebe und der Würde, romantischer Versprechen und ihrer Einlösung. Welch ein Tag, an dem die ganze Einwohnerschaft die Hochzeit zweier illustrer Kinder dieser Insel feiert! Unsere unvergleichliche Alia Emar wird ihren göttlichen Körper dem wieder Fleisch gewordenen des Herrn Hieronymus Franck zur Seite legen, der nach jahrelanger Abstinenz nun sein Trauergelübde bricht, um die schönste unserer Jungfrauen zum Altar zu führen. Hieronymus Franck ist einer von uns, und als einen solchen wollen wir ihn achten und schätzen. Vor zehn Jahren kam er offenen Herzens hier an und hat sich auf diesem kargen Stück Land niedergelassen, weil ihm die Landschaft gefiel, weil er den Frieden verehrte, in dem wir lebten, und weil Alia Emar die Leidenschaft in ihm entzündet hat.

Schweigen wollen wir von alten Gerüchten, von gewagten Theorien und xenophoben Parolen, die unsere unscheinbare Historie bereichert haben, und beispielsweise einer Liebesgeschichte wie der von Marta Matarasso und Stamos Marinakis nicht dasselbe Gewicht beimessen, wie den mythischen Abenteuern eines Josef Coppeta oder jenem baumeisterlichen Wunderwerk, die schwere bronzene Glocke in den zwiebelhautzarten Turm unserer Pfarrkirche zu hieven und dort oben fest zu verankern.

Heute nacht wollen wir in die Kirche gehen und den Brautleuten die besten Wünsche und bescheidenen Geschenke überreichen, die unsere geschrumpfte dörfliche Ökonomie noch ermöglicht, und Walzer und Turumba tanzen, bis Leib und Seele außer Atem sind.

Doch nicht nur Hochzeitsglück ist in den nächsten Stunden angesagt. Unser Volk und die ganze Welt sollen durch diese Reportage erfahren, daß noch während der Hochzeitsvorbereitungen eine Gruppe unserer tapfersten jungen Männer die Bühne des freudigen Festes verließ, um im Schutz der Nacht eine patriotische Aufgabe zu erfüllen, die sie eines Tages – wenn die Freiheit gekommen ist – im Marmor unserer Geschichtsschreibung verewigen wird.

Während die Tische gedeckt wurden und Musiker vom Festland ihre Zigeunergeigen im Saal des *Luzerna* stimmten, stellte sich eine Handvoll Helden, keiner von ihnen älter als zwanzig Jahre, einer gespenstischen Invasion der österreichischen Armee entgegen, die im Dunkeln unsere Küste überfiel, um die jungen Männer zu rekrutieren, die mit den Hochzeitsvorbereitungen beschäftigt waren, und im Angesicht ihrer hilflosen Mütter all jenen die Kehle durchzuschneiden, die sich der schmählichen Rekrutierung durch eine fremde Macht hätten widersetzen wollen.

Unsere Jungs jedoch agierten lautlos, um Mütter und Bräute nicht zu beunruhigen. Sie fochten – allein mit ihrem Mut und ihren Messern – auf den lieblichen Sandstränden unserer Kindheit einen ungleichen Kampf gegen schwerbewaffnete Bataillone.

Sind die Herzen jedoch von Gerechtigkeit und Menschenwürde beflügelt, werden taktische Nachteile durch Tugend und Ansporn in Ruhm verwandelt. Unüberwindlich wie Götter, schwärmten unsere tapferen jungen Männer aus, um einen zehnfach überlegenen Feind zu bekämpfen. Soviel Wasser enthält das Meer, soviel Feindesblut trank der vaterländische Sand! Stolz erblühen wird darauf die Blume der Freiheit.

Im Lauf des Kampfes ließen sie sich instinktiv von einer Strategie leiten, die Niccolò Machiavelli bereits 1513 in seinem Traktat *Der Fürst* beschrieben hat: »Der Feind muß entweder begnadigt oder entschlossen vernichtet werden; denn wenn man ihm nur eine moralische Niederlage beibringt oder demütigt, wird er Rache üben. Bringt man ihm aber unersetzliche Verluste bei, wird er sich von dem Schlag nicht mehr erholen, und man hat nichts mehr von ihm zu fürchten.«

Ein Ereignis, dessen Augenzeuge der Schreiber dieser Zeilen war, beweist die Richtigkeit dieser Aussage und leuchtet aus eigenem Glanz in dieser strahlenden Nacht unter dem Licht des Mondes. Nachdem die Sendboten der Sklaverei ausgeschaltet waren, blieb nur noch die Nachschau, ob sich auf dem mächtigen Schiff, mit dem die Angreifer gekommen waren, noch weitere befanden. Mit unvergleichlichem Mut warf sich einer unserer Söhne daraufhin ins schäumende Meer. Mir zittert weder Stimme noch Feder, wenn ich seinen Namen nenne, um auf einer einzelnen Person all den Dank abzuladen, den wir unseren großartigen jungen Männern schulden. Ich nenne ihn nicht nur, weil seine Tat außergewöhnlich war, sondern weil er mit ihr den Lorbeer dieser kämpferischen Familie erneuert hat, die den bekanntesten unserer Männer in ähnlichem Kampf verloren hat. Meine Damen und Herren, hier und heute schreibe ich mit goldenen Lettern den Namen Reino Coppeta, Sohn unseres hochverehrten Josef Coppeta.

Der kühne Junge schwamm mit entschlossenen Zügen zu dem ominösen Schiff, wohl er in der Helligkeit des Schaums leicht zu entdecken gewesen wäre. Ohne zu zögern und geschmeidig wie eine Wildkatze enterte er auf der Steuerbordseite das gut ausgerüstete Schiff. Mit nichts als seinem freiheitsliebenden Herzen und einem geschliffenen Dolch in der Hand stürmte er die Kommandobrücke und fand dort, feige zusammengekauert, noch einen Soldaten, zitternd und heulend vor Scham, nicht mit seinen Kameraden gefallen zu sein. Als er Reino Coppeta über sich stehen sah, warf sich das nichtswürdige Subjekt zu seinen Füßen nieder und winselte um Gnade, wozu es Gott und seine verwitwete Mutter anrief. Tränen eines Mannes konnten das Herz unseres Helden jedoch nicht erweichen; sie füllten es nur mit fremder Scham, so daß er dem Österreicher mit einem Schnitt durch die Kehle fuhr, der ihm fast den Kopf abgetrennt hätte.

Dann schrieb er mit einer Kaltblütigkeit, die das ganze österreichisch-ungarische Kaiserreich herausforderte, ein einziges Wort mit dem Blut seines Widersachers auf die Planken des Decks: Willkommen. Mit zyklopischer Kraft zog er danach den Anker an Deck und überließ das Kanonenboot den Strömungen des Meeres. Und dort treiben sie nun ins Nichts hinein, der Leichnam und seine Botschaft. Gemeinsam dümpeln sie auf den Wellen dahin, bis ein Schiffbrüchiger sie finden mag und voller Entsetzen die Worte murmelt: »Gnade Gott denen, die sich den unerschrockenen Bewohnern der malizianischen Küsten entgegenstellen.«

Feiern wir also, liebe Landsleute! Auf daß sich zum Lärm der Turumbas die Balken biegen, der Wein in bacchischen Kaskaden durch eure Kehlen rinne, die Mädchen uns mit dem Duft ihrer Mieder beim Tanz erfreuen, die Liebe wie eine Leuchtkäferexplosion die Leiber der Pärchen entzünde, das Hochzeitspaar in der Seide seiner Bettwäsche bis in den siebten Himmel hinauffahre, die Fingerfertigkeit Meister Policzers der Geige wahre Fieberträume entlocke, die Arpeggien des Pianos uns mit ihrer Rhapsodie aufwiegeln, und die ganze Natur in lauten Jubel ausbreche über diese strahlende Doppelnacht von Liebe und Freiheit.

Pavlociv, Korrespondent

17

Die *Jordan*-Flotte schickte ihr größtes Schiff zur Insel. Die Begeisterung für die Hochzeit hatte Leben in die gelangweilten Dörfer gebracht. Das Gerücht, in der Samstagnacht passiere etwas ganz Besonderes, hatte zum Ausverkauf der Passagen der dritten Klasse, der Decksklasse und natürlich der Luxuskabinen über dem Steuerhaus geführt. Zwei privilegierte Passagiere hielten diese beiden Prunkkabinen besetzt. Eine von ihnen war Paula Franck, die nicht nur eine detaillierte Liste der letzten Gewinne der Bank mit sich führte, sondern auch einen kiloschweren Stapel österreichischer Presse. Darin bescheinigten die Leitartikler der durch Nachlässigkeit und Einfallslosigkeit geschwächten Monarchie, das Kaiserreich nur wieder auf die Beine bringen zu können, wenn es im Süden einen Krieg begänne, der den Menschen Mut machte und den nördlichen Nachbarn ein wehrhaftes Land vorführte. Der Süden war für Paula Franck diese Kulturwüste, die sich bis zu den unnützen Inseln vor der malizianischen Küste erstreckte. Ein sieches Österreich konnte nur genesen, wenn es unten etwas gewann, womit es die von oben beeindrucken konnte.

Ihr extravaganter Bruder hatte sich für diese Gegend entschieden und krönte diesen Fehltritt nun noch damit, daß er eine Inselbewohnerin ohne Geld und Status heiratete, ohne Land und ohne Zukunftsaussichten, ohne Herrschaftssprache und viel zu unreif für eine Verbindung mit einem fast Fünfzigjährigen. Sie selbst hingegen hatte ihrem Namen und ihrer Bank zu Glanz verholfen, indem sie den hochadeligen Thaddäus von Auertal geheiratet hatte. Dieser war für ihre Reize gerade zu einem Zeitpunkt empfänglich gewesen, als das Familienvermögen aus dem Fenster geworfen wurde und sein aristokratischer Vater sämtliche Familiengüter beim Bankhaus Franck mit Hypotheken belasten mußte. In seinem Abschiedsbrief hatte sich der Alte auch an Paula gewand und geraten, mangels anderer Mittel und angesichts der Undenkbarkeit, daß ein Mann seines Standes ins Gefängnis ging, die Finanzkraft der Bank mit der Tradition des Adels zu vereinigen, das heißt, die Allianz von Geld und Klasse zu vollziehen und damit jene Modernität einzuläuten, an der es Salzburg so sehr fehlte.

Paula bezweifelte, daß im Fall des Krieges die Besitzungen eines Österreichers in Feindesland nicht konfisziert würden. Der alte Anwalt, der ihr vor Jahren das Testament vorgelesen hatte, riet ihr jetzt, ihren Bruder zum Verlassen dieses öden Landstrichs zu zwingen, der für nichts anderes geschaffen war als für Massaker, von denen nur die Geier erfuhren.

Trägheit und Extravaganz hatten Hieronymus an diese Küste verschlagen, an der man nur die immer gleichen Feste mit Weißwein und Oliven zu feiern wußte, anstatt die Herausforderungen des jungen Jahrhunderts anzunehmen, das gewaltige Fortschritte verhieß. Noch vor dem Jahr 2000 sollten die Menschen fliegen und die Medizin sie unsterblich machen können. Paulas vordringlichstes und hauptsächlichstes Ziel war es also, ihren Bruder dazu zu bringen, Anker zu lichten und mit seinem Schiffchen zur nächsten ausländischen Küste zu segeln, selbst wenn es nur Italien war, und von dort weiter bis nach Nordamerika, wo er beispielsweise ein Kino aufmachen könnte. Das war das Geschäft des Jahrzehnts: Den Leuten die Köpfe mit Bildern zu füllen, bis sie ihr armseliges Leben darüber vergaßen. Ein jeder hatte etwas zu vergessen, und darum war es äußerst lukrativ, Geschichten auf der Leinwand zu erzählen.

Nun, so direkt würde sie es nicht formulieren. Sie würde den Erguß des kleinen Bruders und das Jauchzen der Braut abwarten, und beim triumphalen Frühstück am Adriatischen Meer würde sie ihn mit Worten zu umgarnen wissen, die ihr die Morgenzeitungen vom Festland lieferten. »Wann?« würde Hieronymus sie fragen. »Jetzt«, würde sie sagen. »Ich schlage dir nämlich nichts anderes vor, als Flitterwochen ohne Rückfahrkarte. Eine Entführung aus dem Serail. Du und dein kleines Nuttchen, ihr schaukelt auf den Atlantikwellen, und wenn du ihre kleinen Orgasmen satt hast, beauftragst du einen guten New Yorker Anwalt mit der Scheidung.«

Vor dem Anschnitt der Hochzeitstorte würde sie ihm das herrliche Geschenk überreichen, das sie bei dem besten Juwelier Münchens in Auftrag gegeben hatte: einen goldenen Kompaß. »Damit du nicht die Orientierung verlierst, Kleiner«, würde sie mit einem boshaften Lächeln sagen.

Etwas jedoch beunruhigte sie an dieser Überfahrt, die eher eine diplomatische Mission als der Ruf des Blutes war. Wer mochte dieses unscheinbare Männchen im Paletot sein, das ihrer geschäftsmäßigen Freundlichkeit auswich und den Luxus der ersten Klasse oft verließ, um sich in den erstickenden Bauch des Schiffs hinunterzubegeben? Er verhielt sich wie ein Taschendieb oder wie der Angestellte einer Anwaltskanzlei, dem die Familie eine Kreuzfahrt geschenkt hat, die seine eigenen Mittel weit übersteigt. Und was reizte ihn an dem Unterdeck des Schiffes, wo man sich Ruderer aus Madagaskar vorstellen konnte, angepeitscht von einem erbarmungslosen Piraten, der sie der Küste von Malizia entgegentrieb?

Gemählich schaukelte das Schiff im Dunkel der Nacht. Da drang durch die Decksritzen plötzlich ein merkwürdiger Glanz, und eine Art Blitz erleuchtete den Ozean, um dann in Schaumfransen zu zerfließen. So wie der Zickzack des Blitzes am Himmel dem Donnerschlag vorausgeht, so war auch diese Helligkeit einer unangenehmen Erschütterung vorausgegangen, wie die Silberkugel dem Kanonendonner vorauseilt. Die verdächtigen Vorkommnisse fielen mit dem Abstieg des kleinen Mannes in Neptuns Reich zusammen, und Paula beschloß, ihn bei der nächsten sich bietenden Gelegenheit mit der Autorität ihres Reichtums und neu erworbenen Adels anzusprechen.

Am Freitag morgen hatte das Schiff die malizianische Küste erreicht und stand gerade im Begriff, Kurs auf die Inseln zu nehmen, als Paula plötzlich von einem unwirklichen Leuchten aufgeweckt wurde, das eine ganze Minute lang ihre Kabine durchflutete, als sei der Mond in ihr Bett gefallen. Sie lief ans Bullauge und sah im Hafen von Aspalathon eine mächtige Flotte vor Anker liegen. Auf den Schiffen erkannte sie das Wappen des Kaiserreichs, und wie ein Blitz ging ihr die Verbindung zwischen diesen Fregatten und den vor ihrem Bankhaus in Salzburg demonstrierenden Arbeitern auf. »Wir haben keine Arbeit, wir gehn zum Militär. Wir haben nichts zu verlieren, der Kommiß kann uns ernähren.«

Sie ging an Deck und wich hastig in den Gang zurück, als sie den Passagier gewahrte, über den sie sich so den Kopf zerbrach. In einen dicken Schal mit andalusischen Stierkampfmotiven gehüllt, saß er auf dem Promenadendeck und starrte gedankenverloren in den heraufziehenden Tag. Paula schluckte einmal, um ihre Kehle zu befeuchten, dann herrschte sie die in einem blau-rot gestreiften Liegestuhl zusammengesunkene Gestalt an: »Guten Morgen, Mann.«

Und wie sie das Wort »Mann« aussprach, hieß es ohne Zweifel »Männlein«.

Hätte der Angesprochene ein Glas in der Hand gehalten, wäre es jetzt auf den Decksplanken in tausend Stücke zerschellt.

»Guten Morgen, Frau Doktor Franck.«

»Ich sehe, Sie kennen meinen Namen, Freundchen. Kommen Sie aus Salzburg?«

»O ja, Madame. Ich wohne in der Kommerzgasse.«

»Eine überaus angesehene Gegend.«

»Wie Zufall oder Zeit so wollten, hat es meinen bescheidenen Laden in die Nähe Ihrer Bank verschlagen, gnädige Frau. Ich bin Ihrer Nachbarschaft und dieses Gesprächs gar nicht würdig. Verzeihen Sie, Lady.«

Er unternahm einen Versuch, sich aus dem Liegestuhl zu erheben, schaffte es jedoch nicht, und Paula legte ihm freundschaftlich die Hand auf die Schultern und drückte ihn sanft in die Bespannung zurück.

»Bitte, gehen Sie noch nicht. Es ist ein Vergnügen, sich auf diesen fernen Gewässern mit einem Landsmann unterhalten zu können.«

»O bitte, Gnädigste. Meine Unterhaltung läßt jede Kultur vermissen. Ich bin mir Ihrer gesellschaftlichen Stellung sehr wohl bewußt. Und außerdem habt Ihr noch Baron von Auertal geehelicht.«

»Sie wissen über mich Bescheid.«

»Nun, über solche Dinge wird geredet... entschuldigen Sie meine Taktlosigkeit... ich bin ein Paria... in jedem Sinn ein Paria.«

»Sprechen Sie schon, Mann.«

»Die Presse. Die elende Salzburger Presse.«

»Und worüber sonst sollte sie reden?«

»Über die Dinge, die in der Welt passieren. Vielleicht tun sich die Sozialistische Partei und die Deutsche Reformpartei zu einer großen Koalition zusammen.«

»Ich sehe nicht, was solche Allianzen Ihnen anhaben könnten.«

»Ach, Frau Doktor, Deutschland und Österreich, das ist wie der Hintern und die Windeln. Schlimme Zeiten stehen uns bevor. Von der Musik gar nicht zu sprechen. In Wien haben sie Schönberg gespielt, und keiner hat über diesen Skandal ein Wort verloren.«

»Schönberg finde ich auch zum Erbrechen.«

»Es ehrt mich, daß eine Person von Rang, wie Sie, meine bescheidene Meinung teilt.«

Paula fröstelte unter einer plötzlichen Brise und übertrieb das Zittern, indem sie komisch mit den Zähnen klapperte. Wenn sie jetzt nicht bald in ihre Kabine kam, würde sie auf der Hochzeit dicke Mandeln haben.

»Entschuldigen Sie meine Neugier, Herr …«

»Oh, mein Name und meine Person sind vollkommen unbedeutend, Madame.«

»Glauben Sie bitte nicht, ich spionierte Ihnen nach, aber ich habe Sie manchmal in die Laderäume des Schiffs hinabsteigen sehen. Nun, und immer, wenn Sie das taten, gab es wenige Minuten später ein höllisches Getöse und seltsamen Lichtschein auf dem Wasser.«

»Ich habe Ihren Schlaf gestört. Ich bin untröstlich, Frau Baronin.«

»Ist schon in Ordnung. Was sind das für weiße Blitze, die den Ozean mit ihrem Licht zu tätowieren scheinen?«

»Oh, das ist eine Erfindung. Schrecklich unpraktisch und unzuverlässig.«

»Was denn für eine Erfindung?«

»Haben Sie davon gehört, daß Professor Langmuir eine mit Gas gefüllte elektrische Glühbirne erfunden hat?

»Nein, keine Ahnung.«

»Das Ende vom Lied wird die elektrische Straßenbeleuchtung sein. Die Verbrechen in Wien werden zurückgehen. Es wird keine dunklen Winkel mehr geben, in denen sich Mörder verstecken können. Obwohl ich wirklich nichts dagegen hätte, wenn jemand Schönberg den Hals umdrehte.«

»Und was verbindet Sie mit Herrn Langmuir?«

»Das Interesse für Licht. Was uns allerdings trennt, ist das Talent. Und die Mittel. Stellen Sie sich vor, er verfügt über ein immenses Laboratorium und einen ganzen Stab von Mitarbeitern, und ich stehe ganz allein mit meinem Unwissen da.«

»Und was wollen Sie entdecken, lieber Freund?«

»Die elektrische Glühbirne ohne Gas.«

»Herr Professor, wenn Ihnen das gelingt, ist Ihnen der Nobelpreis aber sicher.«

Der Mann zog den Schal fester um sich und wappnete sich damit sowohl gegen die Ironie wie gegen die Träume seiner Jugend: Der Mensch ist auf der Welt, um Ruhm zu erlangen oder nichts. »Nichts«, dachte er wehmütig. Und korrigierte sich mit dem Anflug eines Lächelns: »Fast nichts.« Hätte er über das Wissen verfügt, die Materialien, internationale Verbindungen, Sprachkenntisse, und einen Mäzen, der mehr Durchhaltevermögen gezeigt hätte, als sein einziger, unbeständiger Schutzengel …

Aber sein einziges Kapital war die eigene Begeisterung gewesen.

»Wissen Sie, daß den diesjährigen Nobelpreis für Literatur Rabindranath Tagore bekommen hat?«

Die Eignerin des Bankhauses Franck rieb ihre Hände aneinander und hätte gern so eine wärmende Decke gehabt, wie der »Erfinder«. Andererseits stachelte die Kälte ihre Neugier an.

»Der Preis wird auch immer exotischer. Würden Sie Ihren Sohn Rabindranath nennen?«

Der Erfinder patschte sich mit einer fast kindlich zu nennenden Freude auf beide Wangen.

»Hätte ich die unendliche Ehre gehabt, daß eine Frau an meiner traurigen Gestalt Gefallen gefunden und mir einen Sohn geschenkt hätte, hätte ich ihm voller Stolz den Namen eines Mannes gegeben, der da geschrieben hat: ›Meine Tage und meine Nächte habe ich vergeudet unter klugen, verschwiegenen Menschen; das viele Wissen hat mein Haar ergrauen lassen, und nächtelanges Lesen hat meine Augen verbrannt. Während ich hier ein Stückchen suchte und dort ein Fetzchen ordnete, haben die Jahre mich vertrocknen lassen. Zerstöre deinen Schatz, tanze auf ihm, schick ihn zum Teufel! Denn ich weiß jetzt, daß die größte Weisheit darin ruht, zu trinken und unterzugehen.‹«

Der Tag kroch langsam am Horizont herauf, und etwas schläfrig geworden von den Versen des indischen Dichters, schwiegen die beiden und ließen ihre Gedanken zu den ersten Inselchen schweifen, die nach dem Anblick der Flotte jetzt im Meer auftauchten. Von einem Ort in unbestimmter Ferne drang der Klang von vier Glockenschlägen zu ihnen herüber. Paula warf mit militärischer Präzision einen Blick auf ihre Taschenuhr, deren Deckel sie aufspringen ließ und mit einer hoffnungslosen Geste wieder zuklappte.

»Sie läutet viermal, und es ist gerade erst drei.«

»Ob langsam oder schnell, man kommt ohnehin nie ans Ziel. Damit meine ich natürlich nicht Sie, Frau Doktor

Franck«, verbesserte er sich rasch und nahm die Hilfe an, die sie im bot, um sich aus dem Liegestuhl zu erheben. Die plötzliche körperliche Berührung ermutigte Paula, vertraulich seinen Ellenbogen zu drücken.

»Die Blitze über dem Meer, mein Freund. Was ist das?«

»Licht.«

»Elektrisches Licht?«

»Elektrisch, aber unvernünftig. Es herzustellen, kostet ein Vermögen. Um eine Birne zum Glühen zu bringen, brauchte ich eine halbe Tonne Material.«

»Aber es ist Licht, Nachbar. Licht!«

»Zu diesem Preis könnte es jeder herstellen, der nur ein Gramm Pfeffer im Hirn hat.«

»Ein Gramm Pfeffer und wie viele Jahre?«

»Ich weiß gar nicht, wie alt ich bin, Lady. Mein Gedächtnis ist sprunghaft, willkürlich und arbeitet sporadisch. Es birgt wissenschaftliche Kenntnis, Gedichte und Musikpartituren, aber manchmal verlaufe ich mich mitten in Salzburg und finde erst Tage später wieder nach Hause. Mein Verstand ist ein Feuerwerk von Hellsichtigkeit zwischen Abgründen von undurchdringlicher Schwärze.«

Mein Vater, dachte Paula, hätte sich so ein Gespräch nie geleistet.

»Jedenfalls haben Sie sich gut gehalten«, entgegnete sie mit falscher Bewunderung.

»Jedes Wehwehchen eine Trophäe. Jedes Ziel ein Stückchen weiter fort, nur der Tod nicht.«

Die beiden lehnten an der Backbordreling und spürten die salzige Gischt bis an ihre Brauen spritzen.

»Denken Sie doch nur daran, daß Sie als Amateur etwas erreicht haben, das noch keinem Wissenschaftler gelungen ist.«

»Aber zu welchem Preis? Meine Bemühungen sind

zwar konstant, aber unverhältnismäßig gewesen. Ich war auf der Suche nach einem Artefakt von der Größe eines Sperlings und habe einen Elefanten geschaffen, ein Wüstendromedar mit tausend Höckern. Weit interessanter als mein elektrisches Licht sind die guten alten Wachskerzen.«

Die Frau Bankier schlug sich gegen die Stirn.

»Und was führt Sie in diese südlichen Gefilde, Meister?«

Der Mann schluckte etwas Feuchtigkeit, die sich in seiner Nase gesammelt hatte, bevor er antwortete: »Ich beleuchte eine Hochzeit.«

18

Das Arsenal der österreichisch-ungarischen Flotte im Nachbarhafen von Aspalathon bestand aus zwei Fregatten mit je fünfzehn Kanonen auf jeder Bordseite, einem Granatwerfer am Bug und einem Torpedoschacht im Heck; einem Schoner mit doppeltem Antrieb aus Dampf und speziell gefertigten Segeln für die Belastung bei plötzlichen Witterungs- und Temperaturumschwüngen sowie zwei mit Morseapparaten ausgerüsteten Schnellbooten. Achtzig Elitesoldaten waren speziell darauf gedrillt, ihre Bajonette in die Leber der Feinde zu stechen, ohne sich von den dadurch eventuell angerichteten Schäden beeindrucken zu lassen. Dreißig Kanoniere hatte man aufgeboten, deren Zielfertigkeit bei der Eroberung von Tergestre unter Beweis gestellt worden war, wo sie den Minuten- und den Stundenzeiger der Turmuhr der Kathedrale zerfetzt hatten. Die Schiffe führten Kühlschränke mit sich, die die Lebensmittel auch bei glühenden Außentemperaturen frisch halten konnten. Zwei Köche reisten mit, die auf höchsten Befehl direkt aus dem Hotel *Herald* in Graz rekrutiert worden waren und die leckerste Speisen aus zartgliedrigem Hirsch, aber wenn die Not es gebot, auch aus ekelhaftesten Ratten herzustellen vermochten. Auch deutsche Stahlhelme der jüngsten Generation, an denen die mit dem schlechtem Pulver des Feindes verschossenen Kugeln nur so abprallten, waren dabei und soviel Sprengstoff, daß man damit Paris in die Luft jagen könnte.

Admiral Mollenhauer stand weder in dem Ruf, besonders grausam noch zart besaitet zu sein. Er saß und trank gern maßlos, verfügte über eine Gattin in Graz, die er passenderweise geschwängert hatte, bevor er für sein Vaterland auf Kriegsfahrt ging, und in derselben Stadt verbrachte er stets ein paar Nächte mit der göttlichen Asiatin Sigrid Liu. Das exotische Modell ohne gültige Papiere linderte mit ihm und seinen Champagnerküssen die Qualen der Sitzungen in unbewegter Pose bei dem homosexuellen Maler Francis von Kassen, bei denen sie jedesmal zu Eis erstarrte. Der Geiz des Meisters war sprichwörtlich. Er sparte an Brennholz, was er an Ruhm nicht verdiente.

Um seiner Konkubine eine verheerende Lungenentzündung zu ersparen, schickte Mollenhauer jeden Monat eine Fuhre Brennholz und Kohlen zum Atelier und bot ihr sogar an, ein Zimmer in einem Zweisternehotel für sie zu mieten, was sie aber ablehnte, da sie sich als Künstlerin und nicht als Hure verstand.

Mollenhauer hatte also nicht den geringsten Grund, grausam zu sein, da Sex und gutes Essen ihn mit allen Ärgernissen des Lebens versöhnt hatten. Im Kriegsministerium rief es daher auch Verwunderung hervor, daß man einen solchen Lebemann mit einem Vergeltungsschlag betraut hatte, der wahrlich nichts für Lämmer war. In den Büros wurde heftig darüber spekuliert, warum »Molle« nicht seinen Rang geltend gemacht hatte, damit man einen ehrgeizigen Hauptmann von zweifelhafter Moral mit dieser Mission betraute.

Die plausibelste Erklärung war wohl, daß Mollenhauer sich von der Strafexpedition an die malizianische Küste nahezu mythischen Ruhm versprach, den er aus der Ferne und mit Hilfe des skrupellosen Journalisten Pavlovic noch aufbaschen könnte. Er würde ihm die Fußnägel ausreißen, damit er das Hohelied seiner Heldentaten sang. Und war der Artikel erst geschrieben, würde er ihm noch die Fingernägel abreißen, um Pavlovics Gleichgewicht wiederherzustellen. Das Kaiserreich hatte ihm so viele Berufssoldaten unterstellt, daß er sogar gegen die türkische Armee eine gute Figur abgegeben hätte. Außerdem hatte man ihm eine Kanone mit Präzisionszielvorrichtung überlassen, mit der man so genau schießen konnte, daß er damit einen Moskito auf einer Kokosnuß in der Spitze einer Palme hätte treffen können. Man wollte ein zündendes Feuerwerk. Österreich durfte sich in diesem Krieg gegen den Süden nicht mehr verwundbar zeigen, und ein bißchen Klamauk à la *Grand Guignol* wäre sicher ganz beeindruckend für die deutschen Verbündeten, die sich gegen einen Einsatz an der malizianischen Küste noch sperrten.

Die Welt würde ihn mit Schmach beladen, das Kaiserreich jedoch mit Ruhm. Danach würde man ihn mit der höchsten Rente in Pension schicken, ohne ihn großen Massakern auszusetzen, mit denen das Vaterland seinen abenteuerlichen Expansionismus eines Tages vielleicht teuer würde bezahlen müssen. Wenn zehn Ratten an der Küste von Gema seinen Jungs die Bäuche aufgeschlitzt hatten, welcher Grausamkeit wäre dann erst eine reguläre Armee fähig?

Während Mollenhauer sich mit diesen Argumenten in Stimmung brachte, hatte man auf der Insel ein ganz anderes Arsenal in Stellung gebracht, das nach den Worten des Priesters dazu angetan war, »den Leuten die Därme durchzuputzen«. Zu den einheimischen Produkten, die dort angehäuft waren, zählten zweihundertfünfzig Hühner, achtundvierzig Zicklein, zehn Kühe, zweihundertzweiundzwanzig Wachteln, zweihundertzehn Seezungen, drei Badewannen voll Sardinen, ein Schwein, zwanzig Waschkübel Tomaten, fünf Schüsseln Zwiebeln, zwei gehäufte Karren voll Weintrauben, sechs Säcke neuer Kartoffeln, fünf Beutel Blumenkohl, dreihundert Liter Slibowitz, vierhundert Krüge Weißwein, hundert Korbflaschen französischen Rotweins, ein Hektoliter Limonade und eine Dusche, die im Hinterzimmer des *Luzerna* installiert wurde, damit man die Betrunkenen aus ihrem Delirium tremens zurückholen konnte, aber auch, um die traditionellen Spermaflecken auswaschen zu können, die spätestens ab Mitternacht die Kleider der Mädchen und die Hosenlätze der Männer zu zieren pflegten.

Die Jungen, die nicht an dem Hinterhalt beteiligt gewesen waren, ließen sich von Pavlovics glühendem Zeitungsartikel inspirieren. Sie warfen spitzbübisch zwinkernd mit ebenso vagen wie irreführenden Bemerkungen um sich, daß ihre Freundinnen und Eltern daraus schlossen, sie seien ein Teil der Legende. Das verhalf ihnen zu einem Ansehen, dessen Unvernunft sich schon bald zeigen sollte. Die wirklich Beteiligten tranken warmes Bier, rauchten schwarzen Tabak ohne Ende und sangen mit betrunkenen Stimmen wehmütige Turumbatexte, die sie seit ihrer Kindheit kannten. Sie schnitzten von Pfeilen durchbohrte Herzen in den Verkaufstisch des *Luzerna* oder tränkten die Kirchenbänke mit dem Schweiß der Verzweiflung. Als der Pfarrer jedoch anbot, ihnen die Beichte abzunehmen, um sie von ihrer Seelenlast zu befreien, wechselten sie finstere Blicke und antworteten, wenn sie Gottes Hilfe bräuchten, würden sie sich mit ihm direkt verständigen und nicht durch einen Mittelsmann. Der beleidigte Priester prophezeite ihnen daraufhin eine Zeit in der Hölle, nicht wissend, daß ein geniales Werk der französischen Literatur diesen Namen trug.

Unter der Leitung des ungarischen Maestro Policzer hatte man schon um ein Uhr am Nachmittag die *Turumba der Früchte* gespielt, die auf Curica von Reino Acevedo komponiert worden war, einem Portugiesen, der aufgrund seines überschäumenden Temperaments den Fado aufgegeben hatte und sich seit einiger Zeit dem Texten und Komponieren adriatischer Weisen widmete. Im Geschichtsmuseum der malizianischen Küste finden sich noch Aufnahmen aus seinem reichhaltigen Opus, welches von den anständigen Bürgern allgemein als »vulgär, schlüpfrig, abstoßend und verblödend« kritisiert wird.

Nachstehend der Text der erwähnten Turumba, an die man sich trotz ihrer unbekümmerten Fröhlichkeit – aber wegen der Ereignisse, die auf sie folgten – heute eher als blutleere Ballade erinnert. Mitten in den Festvorbereitungen jedoch klang sie so, wie sie war und getanzt und gesungen gab es nichts Vergleichbares.

Turumba der Früchte

Dies ist die Turumba der Früchte, der Früchte,
zu tanzen mit der Braut und mit den Nuttchen,
den Nuttchen.

Ich trinke die Wassermelone, danach ist sie leer
ich esse die Honigmelone, sie sauge ich auf
die Trauben hol' ich mir auch, sehr lecker, sehr lecker
jetzt küß' ich deine Knospen, so hart und so fest.

Dies ist die Turumba der Früchte, der Früchte,
zu tanzen mit der Oma und mit den Nuttchen,
den Nuttchen.

Lutsch mir die Banane, Kleines, ist so gesund,
so gesund

dir küsse ich den Blumenkohl, mit diesem
Duft, diesem Duft
dann beiß' ich auf die Olive deiner Brust,
deiner Brust.
Schon tropft die Orange, komm mit ins Bett,
mit ins Bett.
Dies ist die Turumba der Früchte, der Früchte,
zu tanzen mit dem Pfaffen und mit den Nuttchen,
den Nuttchen.

Der Herr Pfarrer drohte, die Eheringe nicht eher zu segnen, als bis die letzte Strophe entfernt würde; und das ganze Dorf mit einem Federstreich zu exkommunizieren, wie Papst Pius I. es mit den Ketzern von Tunkún getan hatte, als diese die Kerzen des Tempels zu ganz anderen als heiligen Zwecken benutzten. Hieronymus erinnerte den Priester daran, daß er ihn vor zehn Jahren immerhin selbst gebeten hatte, ein Bordell zu eröffnen. Pregel gestand eine Erinnerungslücke ein, und als der Besitzer des *Europa* ihm zwei große Scheine in die Hand drückte, damit er bei seiner nächsten Reise nach Agram eine neue Statue des heiligen Rochus kaufen konnte, kam er zu dem Schluß, daß die Turumba der Früchte in ihrer Frische ja auch etwas Adamisches hatte. Und er nahm sich vor, noch in dieser Nacht daraus eine eigene Komposition über Adam und Eva im Paradies zu entwickeln. Ein Vers dazu fiel ihm gleich ein:

Was tat die Schlange im Garten Eden,
im Garten Eden?
Sie ist zu dick, diese Schlange; laß sie nicht ran,
nicht ran!

19

Aus New York kamen die Säuren und Zünder, die die Hochzeitsnacht samt anschließendem Fest fast vierzig Minuten lang taghell erstrahlen lassen sollten. Das erklärte Herr Torrentes Hieronymus Franck, während er zugleich atemlos die Träger anwies, nur ja nichts von der wertvollen Flüssigkeit zu verschütten, ohne die das weiße Feuer nicht herzustellen war. Die Einwohner, schon leicht euphorisiert von dem Sieg, der ihnen kampflos zugefallen war, und nun darauf wartend, daß es endlich dunkel würde und im *Luzerna* die Post abging, drängten sich am Kai und Umgebung, um mit einer Mischung aus Schrekken und Staunen die unbeschreiblichen Dinge zu betrachten, die der energische alte Mann mit den rosigen Wangen von einem Kran abladen ließ. So etwas hatten sie noch nie gesehen, und es erinnerte sie an Dinge, die sie sich vielleicht einmal in Büchern vorgestellt hatten.

Raumschiffe, Panzer aus Kristall, Dromedare aus Blech, Schweinshaxen aus Eisen, phosphoreszierende Ketten und verchromte Hebeleisen. Die Flügelschrauben aus Stahl, die der Erfinder mit groben roten, fast weihnachtlich anmutenden Handschuhen anfaßte, wucherten in großer Zahl aus der Maschinerie heraus. Es schien, als würden alle diese Teile einen notwendigen Sinn ergeben, so wie die Musikinstrumente einer Kapelle notwendig sind, um melodische Klänge zu erzeugen.

Nachdem Hieronymus höflich die hochmütig dargebotenen Wangenknochen seiner Schwester geküßt hatte, legte er sein ganzes Seelengefühl darein, Torrentes an seine Brust zu drücken, so daß der graue Kopf des Spaniers an seinem Herzen ruhte. Es fehlte nicht an Tränen auf beiden Seiten, und als der betagte Bräutigam seinen Druck verringerte, verhaspelten sich die Worte in Herrn Torrentes Hals, so daß sein Adamsapfel hektisch auf und nieder sprang.

»Oh, Herr Franck, es ist mir so schrecklich unangenehm, mit diesem Blechzeug hier anzukommen, um das Schauspiel eines Flohmarktartisten aufzuführen.«

»Meine Schwester sagt, was sie auf dem Schiff an Probeveranstaltungen gesehen hat, sei spektakulär gewesen.«

»Aber nein, mein Herr. Das ist nur die traditionelle Großzügigkeit Ihrer Familie, die aus ihrem Munde spricht. Ich produziere genügend Licht aus allen möglichen Energiequellen, damit Sie in diesem abgeschiedenen Winkel des Planeten Ihre Hochzeit filmen und sogar Mond und Sterne abbilden können, die ihren Segen dazu geben. Aber zu welchem Preis, Herr Franck! Sie geben ein Vermögen für diesen Fliegenschiß aus, und es ist ein kreißender Berg.«

»So schlimm ist es, nach einem Leben voller Experimente?«

»Augenschein, süßer Augenschein. Doch zu welchem Preis! Eine Erfindung ohne Ziel – wie der Schweif eines Kometen, der uns offenen Mundes hinter ihm herstarren läßt, um sich dann in dieser abscheulichen Unendlichkeit zu verlieren, die uns absolut nichts verrät. *Dios mío!*«

Die drei gingen zum Haus hinauf, und während sich das Personal des *Europa* ums Gepäck kümmerte, legte Paula jedem ihrer beiden Begleiter einen Arm um die Schulter.

»Wie sind Ihre Forschungen vorangekommen, seit Sie bei unserer letzten Begegnung in Salzburg den Wechselstromgenerator erfunden haben, Torrentes?«

»Ich habe doch nichts erfunden, Herr Franck. Herr Nicolas Tesla, der übrigens aus dieser Gegend kommt, hat mir per Korrespondenz aus New York ein paar Wege gewiesen. Stellen Sie sich vor! Diese Berühmtheit nimmt sich Zeit für mich. Und eine Ironie hat er am Leib! Wissen Sie, wie er mich nennt?«

»Keine Ahnung, Maestro.«

»Mein lieber Genius«, ein Anflug von Röte legte sich auf Torrentes' Gesicht. »Er, der den Hochfrequenzgenerator erfunden hat, den Tesla-Transformator, die mechanischen Oszillatoren …«

»Et cetera, et cetera. Aber was war Ihr Beitrag, Maestro?«

Torrentes räusperte sich, und zum ersten Mal hatte Paula das Gefühl, der Mann bekomme festen Boden unter die Füße. Mit einem Mal fehlte ihm das Schwanken des Schiffs, und er klammerte sich an die Dame, als müsse er gleich in Ohnmacht fallen.

»Wird die Kontaktstelle zweier unterschiedlicher Metalle erhitzt oder gekühlt, so entsteht Berührungsspannung. Erinnern Sie sich noch an den Seebeck-Effekt, Herr Franck?«

»Kein bißchen.«

»Macht nichts. Man stellt Elektrizität praktischerweise *indirekt* her, indem man mit Hilfe von Dampfmaschinen Hitze in mechanische Energie umsetzt, und die mechanische Energie mit Hilfe von Dynamos und Hochfrequenzgeneratoren in elektrische. *Voilá!* Haben Sie verstanden?«

»Kein Wort, Maestro. Aber Sie könnten mich ein paar Tage auf meiner Hochzeitsreise begleiten, dann hätten wir Zeit, uns ausführlicher darüber zu unterhalten.«

»Was Sie hier sehen, sind die Dampfmaschinen.«

»Sie sind gewaltig.«

»Wenn es uns gelingen würde, sie zu verkleinern, könnten wir sagen, unser Leben hätte ein Körnchen Sinn gehabt.«

»Na ja, Maestro. Schon Edison hat gesagt: Ich bin nicht gescheitert; ich habe nur tausend Lösungen gefunden, die nicht funktionierten.«

»Jetzt werden Sie ironisch, Herr Franck. Edison ist eine Kapazität, und ich bin nur ein Clown von seinen Gnaden.«

20

Antonio und Magdalena waren soeben dabei, das Passepartout auszumessen, in das sie Pavlovics Zeitungsartikel einrahmen wollten, nachdem sie zuvor ein Jugendbildnis der Frau abgehängt hatten, auf dem sie viel zu schön aussah, um sich weiterhin jeden Tag den Vergleich antun zu müssen. Gänzlich unangekündigt stand plötzlich die vornehme Dame auf der Schwelle des Hauses und nötigte somit das Ehepaar, sich zu erheben, sich hastig die Kleidung abzuklopfen und sich an Schürze oder Hose die Reste der zähen Gummimasse abzureiben, mit der sie soeben hantiert hatten.

»Die Eltern der Braut, nehme ich an.«

Antonio rieb mit einem Taschentuch die Rückenlehne des Stuhls ab, den er der Dame anbot.

»So ist es, meine Dame. Meine Frau Magdalena, ich heiße Antonio.«

»Namen von Christenmenschen, Gott sei's gedankt.«

»Mein Namenstag ist der 13. Juni.«

Die Dame öffnete und schloß einige Male die Metallschnalle ihrer Handtasche, bevor sie weitersprach.

»Ich heiße Paula Franck. Ich bin Hieronymus' Schwester.«

Magdalena fuhr sich mit der Hand über die Wangen und fühlte sie erröten. Die Dame hatte sie mitten in der alltäglichen Hausarbeit überrascht, und außerdem lagen noch die blutigen Servietten herum, mit denen sie ihrer Tochter das Blut gestillt hatte, nachdem diese sich beim

Schälen eines Pfirsichs in den Finger geschnitten hatte. Sie stellte sich vor das Waschbecken und fragte die Besucherin: »Sind Sie zur Hochzeit gekommen?«

Mit einem Seufzer richtete Paula die steifen Wogen ihrer Dauerwelle und bohrte ihren Blick in den der Frau, bis diese verwirrt nach unten schaute.

»Die Hochzeit«, wiederholte sie dann. »Man sagt, Ihre Tochter sei wunderschön.«

»Die Leute übertreiben«, antwortete Antonio.

»Die Leute, die übertreiben, sagen auch, unter anderen *Umständen* könnte Ihre Tochter eine Prinzessin sein, so ebenmäßig seien ihre Gesichtszüge, und so hell strahle das Licht ihrer Seele aus den Augen.«

Magdalena schob ihr einen kleinen Tonbecher hin und zeigte auf eine Flasche im Wandregal.

»Darf ich Ihnen vielleicht einen Slibowitz anbieten?«

Das Ehepaar lächelte nun nicht mehr, und die Mutter füllte den Becher bis zum Rand. Paula schlürfte ein paar Tropfen, nachdem sie das belebende Brennen auf ihren Lippen gespürt hatte.

»Welche Meinung haben Sie von meinem Bruder?«

»Die allerbeste«, sagte Antonio hastig.

»In unserer Familie gilt er als Bohemien.«

»Ich weiß nicht, was das ist.«

»Einer mit wenig konventionellem Geschmack und Benimm. Maler und Tänzer, zum Beispiel. Mein Vater nannte ihn ironisch den *Dichter*.«

Der Mann lächelte und fächerte sich mit einer Handbewegung Luft über die Stirn. Magdalena kreuzte die Arme über der Brust, als wolle sie sich wappnen.

»Hieronymus ist ganz das Gegenteil von einem Dichter, gnädige Frau. Er ist ein wohlhabender Geschäftsmann.«

»Ein Wasserverkäufer in der Wüste, nicht wahr?«

»Ich verstehe nicht recht, gnädige Frau.«

»Was ich Ihnen sagen will, ist, daß Wohlhabenheit relativ ist. Was Ihrer Meinung nach Hieronymus hier erreicht hat, ist das, was er zu Hause verschleudert hat.«

»Wo denn, Madame Franck?«

»Überall dort, lieber Freund, wo nicht dieses Abseits des Planeten ist«, sagte Paula und rieb sich ungeduldig die Nase. »Sagen Sie mir eines ganz offen, Don Antonio. Muß diese Hochzeit stattfinden?«

»Aber ja, meine Dame. Sie wird heute stattfinden. Es ist die Hochzeit des Jahrhunderts. Sie wird sogar gefilmt.«

»O ja, ich weiß. Ich habe den Beleuchter auf dem Schiff kennengelernt.«

Magdalena band sich die Schürze ab, und nachdem sie sie zusammengefaltet und über die Rückenlehne des Stuhls gelegt hatte, zog sie das mit Einlegearbeiten verzierte kleine Kruzifix unter ihrer schwarzen Bluse hervor, so daß es jetzt über der Kleidung hing.

»Was wollen Sie von uns?« fragte sie.

»Dazu beitragen, daß alle glücklich werden.«

»Stört Sie die Hochzeit?«

»Nach außen hin nicht, im Innern aber wohl. Ich bin der Meinung, ein solches Ereignis sollte unter Menschen gleichen Standes und gleicher Würde stattfinden.«

Antonio fühlte, wie seine Frau ihm den Unterarm drückte, und es gelang ihm noch, seine Worte zu mildern, die ihm nach der Beleidigung auf der Zunge lagen.

»Sehen Sie, Madame. Wir sind zwar eine arme Familie, aber wir haben auch unsere Würde. Kein Makel befleckt die Geschichte dieses Hauses.«

»Eine Geschichte, die nirgends geschrieben steht, nehme ich an.«

»Was meinen Sie?«

»Eine Geschichte, die nicht aufgeschrieben ist, ist eine Geschichte, die nicht existiert. Sie ist nur eine Summe privater Erinnerungen, verstehen Sie?«

»Nun, auch unsere privaten Erinnerungen haben ihre Würde.«

»Sie haben recht, Don Antonio. Es gibt Würde in Armut. Und eine Menge Würde unter den Armen, die in ihrem Herzen die moralische Gewißheit des richtigen Vorgehens tragen.«

Der Mann ließ sich sinken und streichelte den Hals der Slibowitzflasche. Plötzlich quälte ihn ein Verdacht. War Hieronymus' Schwester aus eigenem Antrieb hergekommen, um sie in den Staub zu treten? Oder war sie gar nicht die spontane Harpyie, sondern nur die Stimme ihres Bruders, der es in einem Anfall von Feigheit – ausgelöst vielleicht vom Kampf der Einheimischen gegen die Truppen seines Landes – für vernünftiger hielt, sich aus seiner Verpflichtung zu stehlen, die er zuvor so nachdrücklich gesucht hatte? Oder die wunderbare Dame war ein Schutzengel, der den Todesmythos kannte, der über dem Kaufhaus *Europa* lag, und war gekommen, seine Tochter vor diesem Tod zu retten, den er selbst ebenso fürchtete. Mit letzter Kraft goß er sich einen Slibowitz ein.

»Was wollen Sie, meine Dame?«

»Mit Ihrer Tochter sprechen.«

»Das geht nicht.«

»Warum nicht?«

»Sie hat sich beim Pfirsichschälen in den Finger geschnitten. Sie liegt mit erhobenem Arm im Bett, damit das Blut schneller zum Stillstand kommt.«

Paula stand auf und warf einen Blick in den Korridor, der zu Alia Emars Zimmer führte.

»Ich bin eine Frau, und Blut schreckt mich nicht.«

Sie ließ ihren Blick über das Ehepaar gleiten und trank den Schnaps zur Hälfte aus. Die Sonne stand senkrecht auf dem Dach, und sie wunderte sich über sich selbst, wie sie zu solcher Tageszeit so ein Gebräu zu sich nehmen konnte. Das Ehepaar schaute betreten zu Boden, als betete es zu einer höheren Macht, und Paula nahm die Treppe, die sie zu dem Mädchen führte.

21

Als er in das Städtchen Bororo kam, konnte er beobachten, daß einige Leute ihn mit höflicherem Kopfnicken als üblich begrüßten. Eine Art Eingebung ließ ihn ahnen, daß es *Republika*-Leser waren, die ihn als Reinos Bruder erkannten. Bevor er ihnen ihre Illusionen raubte, indem er aus ganzem Herzen verkündete, der mutmaßliche Held sei ein gemeiner Mörder, dankte er mit feierlicher Geste den Ehrenbezeugungen, um den Weg zum Turm möglichst ungehindert zurücklegen zu können.

Doch in der kleinen Bucht, die das Wasser bildet, bevor es sich zum großen Adriatischen Meer erweitert, drang eine Stimme just in dem Augenblick an sein Ohr, als er sich an den Aufstieg machte.

»Stefano Coppeta!«

Er tat, als höre er nicht und kletterte weiter über das ansteigende Geröll, als ein weiterer Ruf ihn innehalten ließ, weil die Mischung aus Ironie, Kenntnis und Autorität ihn wie ein Peitschenhieb traf.

»Dichter Stefano Coppeta!«

Rot geworden wie die untergehende Sonne, konnte er nicht umhin, den Mann zu erkennen, der zu seiner Begrüßung mit den Armen ruderte, als wären es Windmühlenflügel. Es war Pavlovic, der Journalist, der ihn mit ausladender Handbewegung aufforderte, sich zu ihm zu setzen. Schon aus der Entfernung konnte Stefano den Duft von Ćevapčići und gegrilltem Gekröse riechen; und sich als Dichter anerkennend, der aber auch leben mußte, tat er ohne weiteres Zögern den Schritt zum Mittagessen.

»Junge«, schloß ihn Pavlovic in die Arme. »Woher des Wegs und wohin?«

»Der erste Teil der Frage ist leichter zu beantworten als der zweite.«

Der Korrespondent der *Republika* bedeutete ihm, sich zu setzen, und gab dem Kellner mit einem Fingerzeig zu verstehen, daß er noch ein Gedeck auftragen solle.

»Als Journalist kann ich mich mit der Antwort nicht zufrieden geben.«

»Aus der Hölle. Ich komme aus der äußeren und inneren Hölle.«

»Nämlich?«

»Die Insel ist außer sich, und ich bin außer mir.«

Der Kellner stellte ein Glas eiskalten Weins vor ihn hin. Stefano befeuchtete seine Zunge und trank ihn dann in einem Zug aus, wobei sein Blick auf die aufgeschichteten Steine des niedrigen Turms fiel, den man zu Ehren des Dichters Nazor errichtet hatte.

»Darüber würde ich gern Näheres erfahren.«

»Nein, mein Herr. Soviel habe ich gelernt, daß ich nie mehr mit einem Journalisten spreche. Ihr Zeitungsbericht hat mein Leben zerstört.«

»Das war gewiß nicht meine Absicht. Dein Bruder hat erzählt, und ich habe mir Notizen gemacht, wie das jeder Reporter getan hätte. Ich habe außerdem das Gefühl, dich zu einem Ćevapčići einladen zu dürfen, ohne daß du mich deshalb verachten mußt.«

»Ich habe tatsächlich Hunger, Doktor – und wenig Geld.«

»Siehst du, und ich habe Geld genug und wenig Appetit. Was ist auf Gema los?«

Der Junge nahm ein Stück Brot und tunkte es in die Knoblauchsoße.

»Nach Ihrem Artikel hatte ich erwartet, daß Sie an der Hochzeit teilnehmen. Sie jetzt hier sitzen zu sehen, heißt, daß das große Fest in der Anonymität versinkt. Schade.«

»Tut dir das wirklich leid?«

Stefano leerte noch ein Glas Wein und wischte sich mit einer abrupten Bewegung eine völlig unangebrachte Träne ab, die eine Furche durch seine Wange zog.

»Nein, Doktor, in Wirklichkeit macht es mir Freude. Eine Freude, so groß wie der Haß, den ich für Reino empfinde. Daß Sie nicht über die Hochzeit berichten, macht sie praktisch ungeschehen.«

»Magst du es, wie ich schreibe?«

»Ja, sehr. Sie wissen, wie man einen Ballon aufbläst. Ihre Reportagen sind immer spannend.«

»Das ist ein großes Lob, da es von einem Dichter kommt.«

»Machen Sie sich nicht über mich lustig, Herr Pavlovic. Ich habe einmal in meinem Leben ein paar miserable Verse geschmiedet, und das nur aus Liebe, ohne Form und Talent.«

»Und ohne Wirkung, wenn man an die bevorstehende Hochzeit denkt.«

»Und ohne Wirkung.«

Der Kellner brachte die gegrillten Innereien auf einem Rost, unter dem die Kohlen noch glühten, und schon kaute Stefano auf einem Stück Leber. Pavlovic betrachtete ihn amüsiert und leerte ein halbes Glas Wein.

»Was mag die Braut an dem Österreicher finden?«

»Schwer zu sagen. Am offensichtlichsten ist das Geld. Das andere ist die Kultur.«

Kaum hatte er die Worte gesprochen, schwankte Stefano, ob er den Bissen, den er im Mund hatte, ausspucken oder hinunterschlucken sollte. Er kaute eine lange Minute darauf herum und schluckte ihn dann, ohne daß Pavlovic etwas von seinem Dilemma bemerkte.

Mit dem Kinn deutete er nach links oben.

»Der Turm des Dichters Nazor«, sagte er.

Der Journalist nickte bekümmert. Die Erwähnung des Dichters schmerzte ihn. Er hatte sich an diese abgeschiedene Einöde gewöhnt. Nun sollte er ins Ungewisse fliehen und das in einem Alter, in dem andere etabliert waren und irgendwo Wurzeln geschlagen hatten. Wie der glückliche Österreicher auf Gema.

Er wartete, bis der Junge sein erstes Stück Fleisch verzehrt hatte und deutete dann auf das zweite, das ein reines Filetstück war. Stefano machte sich voller Melancholie und Hunger darüber her.

»Und wohin willst du jetzt, mein Junge?«

»Nach New York.«

Pavlovic warf sich auf seinem Stuhl mit dem geflochtenen Sitz theatralisch nach hinten. Er tat, als müsse er sich in stickiger Luft Kühlung zufächeln.

»Hui, das sind große Worte. Hast du denn ein Visum?«

»Was ist das?«

»Eine Genehmigung, die in deinen Paß gestempelt wird und mit der du in die Vereinigten Staaten einreisen darfst.«

Stefanos Blick ruhte auf einem Vogelpärchen, das sich auf dem Turm des Dichters niedergelassen hatte. Dem Journalisten kam plötzlich ein Verdacht.

»Hast du überhaupt einen Paß?«

»Nein.«

»Also, kein Visum und keinen Paß.«

»Sieht so aus.«

Pavlovic zog sein Dokument aus der Tasche, fuhr mit

dem Hemdsärmel über den Tisch und legte es, auf den Seiten mit dem Foto und den Stempeln des Kaiserreichs Österreich-Ungarn geöffnet, vor ihn hin.

»Das ist ein Paß.«

»Wo haben Sie den her?«

»Aus dem Ministerium für Auswärtige Angelegenheiten.«

»Würde ich dort auch einen bekommen?«

»Du hättest dort einen bekommen können.«

»Und jetzt nicht mehr?«

»Hör zu, Kleiner. Um so einen zu kriegen, mußt du deinen Namen sagen. Und du hast das verdammte Glück, Stefano Coppeta zu heißen. Wenn die Küste von Malizia einmal unabhängig wird, benennen sie in der Hauptstadt sicher einmal eine Straße nach dir; aber so lange du Reinos Bruder bist, hast du leider nichts anderes zu erwarten, als den Strick des Henkers um deinen lyrischen Hals.«

Unter dem Tisch streifte sich der Junge mit den Füßen die Schuhe ab und dehnte nachdenklich die Zehen, so daß die Luft zwischen ihnen zirkulieren konnte.

»Sieht ziemlich beschissen aus«, sagte er.

»Außerordentlich beschissen.«

»Aber was soll ich tun? Geben Sie mir einen Rat, Doktor Pavlovic.«

Sie leerten schweigend ihre Gläser, der Journalist trommelte mit den Fingern auf seinem Paß.

»Du gehst nach Italien.«

»Mit welchem Paß?«

»Mit gar keinem Paß, mit gar keinem Visum und auch mit sonst gar nichts.«

»Sie werden mich nicht reinlassen.«

»Da bist du nicht auf dem laufenden, mein Junge. Seit Venetien die malizianische Küste verloren hat, träumen die Italiener davon, sie sich wieder anzueignen. Um dafür ein günstiges Klima zu schaffen, behandeln sie Malizianer wie Landsleute. Also brauchst du bei der Einreise nichts vorzuzeigen.«

»Was Sie alles wissen!«

»Ich kenne eben Länder mit Geschichte und nicht nur mit Landschaften wie diese dämliche Insel hier.«

Der Junge stand auf und bückte sich dann, um seine Schuhe aufzuheben. Barfuß ging er ein paar Schritte auf den Turm zu, blieb stehen, wandte sich zu dem Journalisten um, kratzte sich am Kopf und fragte: »Wenn es nicht zuviel verlangt ist, Herr Pavlovic – in welche Richtung muß ich gehen, um nach Italien zu kommen?«

22

Paula traf die Braut an, wie sie auf ihren verletzten Finger pustete. Das Blut war zum Teil schon geronnen und perlte nicht mehr so hell wie am Morgen. Das Hochzeitskleid auf dem Bett, mit dem Häubchen aus glitzernden Steinen, das eine Krone darstellen sollte, sah aus wie ein liegender Mensch. Trotz der schwülen Hitze wehte ein erfrischendes Lüftchen durchs Zimmer. Sie war immer wieder verblüfft, wie die Leute vom Land es verstanden, Vorhänge und Fensterläden mit Schatten und wehenden Lüften zu kombinieren, um diese Winde herzustellen, die wie ein kühler Segen wirkten. Ohne den Finger zu senken, betrachtete Alia Emar die vornehme Dame in dem eleganten Kleid mit fast kindlicher Neugier. Sie schaute sie an und wartete schweigend darauf, daß diese zu reden begann.

»Ich bin Hieronymus' Schwester.« Sie ging zu dem Mädchen, faßte sie an den Armen und fragte: »Darf ich die Braut küssen?«

Alia Emar lächelte unschuldig, und als Paula ihre Lippen in diese unendlich samtenen Wangen versenkte, erfaßte sie mit einem Mal das Ausmaß der Erregung, in das dieser Körper ihren Bruder gestürzt haben mußte. Ihr fiel wieder der Satz ein, der sie wie eine Litanei oder eine Beschwörungsformel während der ganzen Reise seit Salzburg begleitet hatte: »Unter anderen Umständen wäre sie eine Prinzessin.« Nur, daß man als Prinzessin geboren und nicht dazu gemacht wird, dachte sie bitter.

»Willkommen, *Signora*. Ich hoffe, es gefällt Ihnen bei uns.«

»Sicher gefällt es mir. Es ist alles so … schlicht.«

»O ja.«

»Wie geht es mit dem Finger?«

»Besser. Es war nur ein kleiner Schnitt, aber das Blut quoll wie Lava aus einem Vulkan.«

»Vielleicht hast du etwas in dir, das die Gerinnung hemmt.«

»O nein. Es hat ja schon aufgehört.«

»Es gibt Regionen auf der Welt, wo den Menschen das Blut schlecht gerinnt. Besonders dort, wo es eine große Vermischung gegeben hat. Die ganzen Invasionen, Türken, Italiener, du weißt schon.«

Sie ging um das Bett herum und konnte so jede Einzelheit des Hochzeitskleids bewundern. Die Modistin ihres Bruders war offensichtlich dessen gedankenlosen Ratschlägen in Sachen Mode gefolgt. Hieronymus liebte es, äußerlich so aufzutreten, wie es seiner inneren Stimmung entsprach. War das Mädchen in seinen Augen strahlend, mußte ihr Hochzeitskleid mit einer Ladung glitzernder Pailletten behängt werden.

»Gefällt es Ihnen, Madame?«

»Aber sicher«, entgegnete Paula. »Es sieht aus, als ob der große Edison es entworfen hat.« Sie berührte den Atlas, den Tüll, die Stickereien um die Körbchen herum, und im selben Moment fiel ihr Blick auf die Brüste des Mädchens. »Mein Bruder ist verrückt, aber nicht dumm. Ich glaube nicht, daß Blut ans Kleid gekommen ist, oder?«

»Ich habe nicht einmal daran gedacht, es anzufassen.«

»Im Dorf spricht man von der Hochzeit des Jahrhunderts. Mit Kino und Turumba.«

»Sie kennen die Turumba, Madame?« rief Alia Emar, die strahlenden Augen voller Hoffnung und Zweifel.

»Der Blick, die Taille, die Stimme. Da ist mir auch der Hintern kein Rätsel mehr«, dachte Paula.

»O ja, in Salzburg hört man nur Mozart und Turumbas.«

»Die *Turumba der Früchte* ist jetzt große Mode.«

»Liebes, darf ich mich hier auf die Bettkante setzen?«

»Aber natürlich.«

Das Mädchen hob die Spitze des Hochzeitskleids an, und Paula ließ sich, steif wie ein Schirm im Ständer, auf das Bett sinken.

»Ich möchte, daß wir beiden in aller Offenheit miteinander sprechen.«

Das Mädchen sank vor ihrem Schoß auf die Knie und ergriff ihre Hand.

»Wie es sich in einer Familie gehört.«

Paula schluckte, dachte über diesen Satz nach und entschied sich dann für eine Taktik des Mitgefühls, die körperliche Berührung mit verbaler Schamlosigkeit verband. Immerhin war die Märchenbraut so gefühlvoll gewesen, sie mit dem zur *Turumba der Früchte* gehörenden Text zu verschonen.

»So ist es, meine Liebe.«

Es gab nicht den Hauch von Argwohn oder Doppeldeutigkeit in den Bewegungen und im Blick dieser Nymphe, auf die sich jeder Maler gestürzt hätte, um mit ihr das *Frühstück im Freien* zu malen.

»Dann fragen Sie, gnädige Frau.«

»Ich nehme an, du bist überglücklich über diese doch recht nützliche Hochzeit.«

»Aber nein, Frau Franck. Ich bin voller Zweifel und Ängste.«

»Ach, interessant! Und was beunruhigt dich, mein Kind?«

»Die Liebe. Ich meine, wie weiß man, daß man einen anderen Menschen wirklich liebt?«

»Ich weiß nicht, was du meinst.«

»Das heißt… Ich finde nicht das richtige Wort.«

»Ganz ruhig. Das Thema interessiert mich.«

»Nehmen Sie nur mal die Musik. Zuerst hören Sie Mozart, und wieder Mozart, und immer nur Mozart. Dann sind Sie glücklich. Das heißt, Sie sind voll mit Mozart.«

»Das ist unvermeidlich.«

»Das heißt…«

»Alia Emar, du brauchst nicht immerzu ›das heißt‹ zu sagen. Du bist ein bißchen umständlich, aber du machst dich absolut verständlich.«

»Verzeihung, *Signora*. Also Mozart…«

»… und Mozart und Mozart. Schon klar.«

»Und eines Tages hören Sie die *Fünfte* von Beethoven. Und das, was die Liebe zu Mozart war…«

»Wird Liebe zur *Fünften* von Beethoven.«

»Nein, Madame, denn danach haben Sie zehn- oder zwanzigmal Beethovens Quartette gehört, und die Liebe zu Beethoven ist Ihnen… Das heißt, man geht aus sich hinaus… Das ist doch Liebe, nicht? Wenn man aus sich selbst hinaustritt?«

Paula Franck merkte, wie eine langsame Blässe über ihr Gesicht zog und sich bis zu den Handgelenken ausbreitete. Sollte ihr Brüderchen etwa den Wildfang gezähmt haben? Wie ein vulgärer Professor Higgins hätte sein Zauberstab die rustikale Dorfschönheit in eine Prinzessin verwandelt, die zwischen dem Spektakel der *Fünften* und der schmerzlichen Intimität der Quartette zu unterscheiden vermochte?

»Was hältst du von Schumann?«

»Schumann? Schumann schmerzt, gnädige Frau. Das heißt... er schmerzt, gnädige Frau.«

»Sag mir eins: Kennst du ein Stück von Bernard Shaw, das *Pygmalion* heißt?«

Mit einem Lächeln, das die fröhlichsten Zähne zeigte, die Paula Franck je auf der Welt gesehen hatte, ging Alia Emar zu ihrem Schrank, öffnete die Tür und zeigte triumphierend auf einen Schallplattenspieler der Marke *RCA Victor* und einen Turm von Schellackplatten. Vom Boden bis zum Dach standen Bücherstapel, nach Größe geordnet, damit die Türme nicht umfielen. Die dicksten und schwersten lagen unten und die kleinen Taschenbücher obenauf. Daraus zog sie zwei Exemplare von Shaw, eines auf deutsch und eines auf malizianisch.

»Und all diese Bücher, mein Kind, bereiten sie dir Vergnügen oder sind sie eher zu schwer für dein schönes Köpfchen?«

»Das heißt... Das heißt, es ist wunderbar, gnädige Frau. Auf dieser Insel kann man sich die Zeit nur mit drei Dingen vertreiben: mit Lesen, mit Musik und mit der Suche in seinem Innern.«

»Der Suche in seinem Innern?«

»Es ist wie in einem fremden Land. Ganz oft fühle ich... Ich weiß nicht, wie ich sagen soll, Madame. Es hört sich verrückt an. Ganz oft fühle ich etwas in mir, das viel größer ist als ich.«

»Etwas, das größer ist als du.«

»Es ist Unsinn, ich weiß. Etwas, das sich in meinem Körper befindet, aber keinen Platz darin hat.«

»Hast du einmal von der Seele gehört?«

»O ja, dies fromme Zeug, von dem der Pfarrer erzählt.«

»Wie? Du bist nicht katholisch?«

»Doch. Wie alle hier auf der Insel. Aber ich… Das heißt, ich spreche von Beethoven.«

»Und von Mozart, stelle ich mir vor – und von Schubert und Schumann und von der *Turumba der Früchte*. Wenn wir diese Melomanie auf die Kunst der Erotik übertragen, haben wir es mit einem sehr promiskuitiven Mädchen zu tun.«

»Das verstehe ich nicht.«

»Promiskuitiv ist jemand, der erst mit dem einen geht, dann mit einem anderen, ganz egal ob Mozart oder Schönberg.«

Alia Emar spürte, wie ihre Stimme vor Zorn heiser wurde.

»Schönberg nicht, gnädige Frau. Ich verabscheue Schönberg.«

Diesmal hielt es Hieronymus Francks Schwester nicht auf dem Bett. Sie sprang mit klopfendem Herzen auf und ergriff die Hand am Gelenk, deren Finger noch immer steil in die Höhe zeigte.

»Schwindlerin! Es gibt gar keine Platten von Schönberg. Die Kritiker aus Wien haben sie alle in der Luft zerfetzt.«

Die Frau ließ das Mädchen los, das sich die rote Stelle an seinem Handgelenk leckte. Alia Emar kreuzte zwei Finger auf ihren Lippen, schaute nach unten, als bete sie, und erhaschte einen Blick auf die blutbefleckten Servietten, mit denen die Blutung jenes erotischen Zeigefingers gestillt worden war. Sie stellte sich etwas breitbeiniger hin, denn sie hatte das Gefühl, gleich in Ohnmacht zu fallen.

»Was wollen Sie, gnädige Frau.«

»Offen mit dir sprechen und mir kein Seminar anhören müssen.«

»Was wollen Sie mir sagen?«

»Im Klartext, Kleine. Ich muß ein Gespräch mit dir führen. Von Nutte zu Nutte.«

Alia Emar stieß ihren verletzten Finger zu Paulas Wange vor und drohte, sie aufzukratzen.

»Wenn Sie von Nutten sprechen, dann sprechen Sie bitte nur für sich. Ich bin noch Jungfrau!«

»Man fickt mehr mit dem Kopf als mit dem Fötzchen. Es kommt gar nicht darauf an, ob sie ihn dir rausziehn oder reintun. Auf die geistige Promiskuität kommt es an... Kollegin!«

»Weiß Ihr Bruder, daß Sie hier sind?«

»Er ist ein schlechter Geschäftsmann; und ich bin hier, um mit dir ein Geschäft abzuschließen.«

Das Mädchen ging zum Fenster und zupfte die Gardine zurecht. Mit dem Buchlein von Shaw fächelte sie ihr Kinn.

»Um was geht es?«

»Du kannst mir vollkommen vertrauen, denn außer meinen Bruder gibt es noch etwas, das uns verbindet.«

»Was?«

»Ich habe auch eine Zweckheirat geschlossen. Dank der Anstrengungen meines Vaters behauptet meine Familie in Salzburg zwar eine starke wirtschaftliche Stellung, aber wir sind nicht adelig. Glücklicherweise haben Monarchie und Adel sich auf ihren Lorbeeren ausgeruht, und Österreich ist lahmgelegt. In solchen Kreisen denkt man an zwei Dinge: die Banken um Geld bitten und Krieg führen. Es wird nicht mehr lange dauern, bis unsere bunten Zinnsoldaten an Malizias Küsten aufkreuzen. Und dann müßt Ihr etwas unternehmen.«

»Aber was hat diese Geschichte mit mir zu tun?«

»Sehr viel. Aufgrund der gewaltigen Schulden, die Baron von Auertal bei meiner Bank hat, suchte er nach einem Partner, der ihm diese Last zu tragen half. Er hielt um meine Hand an, und da es mir gelegen kam, gab ich sie ihm. Wir haben aber eine stillschweigende Übereinkunft, die besagt, daß wir das Ehebett nicht miteinander teilen müssen. Doch bei einer Schönheit wie dir und dem Zuchthengst von meinem Bruder zweifle ich sehr, daß eine Nacht vergehen wird, ohne daß er dich mit einigen Hektolitern Sperma vollpumpt.«

»Hieronymus ist ein attraktiver Mann. Viele Frauen, sogar Touristinnen und Kundinnen, machen ihm schöne Augen.«

»Aber er hat dir schöne Augen gemacht. Und in dieser Nacht wird er dir noch etwas ganz anderes machen.«

Alia Emar ließ sich lang auf das Bett und das Brautkleid fallen. Sie nahm einen Orangenblütenzweig, steckte ihn zwischen die Lippen, erhob sich von Bett und Brautkleid, streichelte ihren rechten Oberschenkel und dachte über einen Einfall nach. Sie fühlte sich einer Ohnmacht nahe, die sie in ihrer Seele als das Andante eines Schubert-Quartetts erkannte.

»Ich liebe ihn«, flüsterte sie.

Paulas Bewegung zu ihr hin war ebenso geschmeidig, wie ihre Art, sich auf den Bettrand zu setzen und dem Mädchen die Wange zu streicheln.

»Wie können wir wissen, ob es wahre Liebe ist, was wir empfinden?« fragte sie heiser.

Das Mädchen hörte die Worte und erkannte sie wieder und tat nichts gegen die Tränen, die ihr in die Augen stiegen.

Frau Paula Franck, Baronin von Auertal, immer noch mit der Hand auf der Wange des Mädchens, fragte flüsternd: »Gibt es einen anderen Mann?«

In den Pupillen des Mädchens erblickte sie einen tiefen wäßrigen Schatten. Alia Emar führte ihre Fingernägel an die Lippen und senkte in demütiger Niederlage das Haupt. Überrascht von so einer sentimentalen Regung bei dem jungen Mädchen, das ihr bisher stolz und selbstbewußt erschienen war, beschloß Paula, ihm ohne weitere Umschweife den Todesstoß zu versetzen.

»Das heißt«, flüsterte sie mit falscher Verschwörerstimme, »außer Mozart, Beethoven und Schumann gibt es noch einen anderen?«

23

Da er sich strenge Disziplin abverlangte und sich nur wenig Schlaf gönnte – was seiner Männlichkeit förderlich war –, glitt Hieronymus immer leicht in den Schlaf der Siesta über. Die jugendlich unruhige Lust hatte sich mit den Jahren gelegt, und seine Sexualität verstand sich weitaus besser auf die gemächlicheren Wünsche der Damen als auf intime Zügellosigkeiten. Er schlief königlich im vollkommenen Schatten seiner dicken Vorhänge, auf die von der anderen Seite das Sonnenlicht fiel, gefiltert durch einen riesigen Pflaumenbaum, von dem die Kinder auf dem Schulweg mit ihren Schleudern die Pflaumen herabschossen; in steter Furcht, vom Besitzer des Kaufhauses erwischt und an den Ohren zu ihren Eltern geschleppt zu werden.

Den Baum hatte er gepflanzt, als er Stamos Marinakis' Version von Marta Matarassos Tod gelesen hatte und von Mitleid überwältigt gewesen war. Er konnte in dieser unseligen Erzählung das Nichts körperlich fühlen, die absolute Negation des Seins, die zwar für philosophische Diskussionen belebend sein mochte, jedoch nur von Dichtern und Liebenden schmerzhaft erfahren werden konnte.

Monate später suchte er in den Büchern nach dem Verhältnis von Eros und Thanatos und wollte sich davon überzeugen, daß Stamos' Tragödie höchstens eine winzige Episode innerhalb anderer todbringender Zyklen war, die seine griechischen Vorfahren schon besungen und verstanden hatten. Er grübelte nächtelang über die schrecklichen Minuten, in denen der Witwer den Leib dieses Mädchens begraben mußte, das mit einem tödlichen Krampf die Explosion seines Samens empfangen hatte. Es war jedoch kein angelesenes oder religiöses Ritual, das Hieronymus zum Spaten greifen und die ganze Nacht lang graben ließ, bis er die tiefen Samenkörner des Pflaumenbaums in das ursprüngliche Land versenkt hatte, sondern der kluge Instinkt, Erinnerungen und Wurzeln zu hinterlassen. Und einen Gegenzauber vielleicht.

Von diesem Baum aus hatten Kultur und Natur auf unbeschreibliche Weise seinen Alltag geprägt. Hieronymus wollte *verstehen*, und es genügte ihm nicht, in dem bescheidenen Schauspiel der unzugänglichen Natur an Malizias Küsten nach Hinweisen auf einen Sinn zu suchen. Er umgab sich mit aller Art von Kunst, die sich mit Schmerz, Mysterium und Tod auseinandergesetzt hatte. Im vorderen Teil seines Kaufhauses verkaufte er Stoffe und Lebensmittel, Tabak und alkoholische Getränke, Autoersatzteile und Fahrradpumpen. Doch in einem Zimmer, das dem aufstrebenden Pflaumenbaum am nächsten lag, wuchsen die Bibliothek und eine Schallplattensammlung heran. Auch besaß er Gemälde und Partituren und alte Instrumente, Gelegenheitskäufe, die er manchmal Touristen und Geschäftspartnern, die in seinem Haus vor Anker gingen, vorstellte, um in den Genuß »lebendiger« Musik zu kommen, wobei ihn nicht im mindesten störte, wie dilettantisch die Gäste seine Instrumente handhabten.

Als Marta Matarasso starb, war Alia Emar noch nicht einmal geboren. Hieronymus' künftige Gattin wurde wegen einer fiebrigen Entzündung der Rachenschleimhaut in der kleinen Klinik behandelt, die er sozusagen gegründet hatte, indem er von seinen Einnahmen einen Arzt und eine Krankenschwester bezahlte, die von Curica herübergekommen waren, und was die Inselbewohner in die Lage versetzte, bei ihren Geburten und Infarkten schnell und nach den Ansprüchen moderner Hygiene behandelt zu werden.

Das Nichtvorhandensein dieser Infrastruktur war der alleinige Grund gewesen, daß Marta Matarasso hatte sterben müssen. Die Ärzte waren erst mit dem Schiff am nächsten Morgen eingetroffen und hatten nichts anderes mehr tun können, als frische Anemonen auf das Grab der Braut zu legen, die aus dem Gewächshaus des Schiffes stammten.

Mit diesem selben trauerschwarzen Schiff fuhren Sonnenbrillen, Monokel, Spazierstöcke und chirurgisches Besteck noch am selben Tag zurück. Und bevor sie am Festland wieder von Bord gingen, waren die Blumen schon vom Wind und der gleißenden Sonne zu Staub zerrieben, wie Hieronymus von Pfarrer Pregel erfuhr.

Vor der Siesta hatte der Kaufhausbesitzer die Klinik aufgesucht und mit kindischer Zärtlichkeit die Geburtsakten durchgeblättert, um Alia Emars Geburtsdatum zu finden, während der Arzt und die Krankenschwester Medikamente vom europäischen Festland auspackten, mit denen sie sich für das Hochzeitsfest eingedeckt hatten: Herzmittel, Blutdrucksenker, Brechreizhemmer, Schmerzstiller, Verbände und Desinfektionsmittel, um Stichwunden zu kurieren, die aus Eifersucht, wegen offener Rechnungen oder aus reinem Sportsgeist beigebracht wurden, vor allem aber Blutstiller aus moderner Chemie. Die Schwester hatte gefragt: »Warum so viel?« Sie meinte die blutstillenden Mittel, und der Arzt hatte die rätselhafte Antwort gegeben: »Für alle Fälle.« Ein Lächeln zog über Hieronymus' Gesicht, als er die klinischen Daten der ersten Lebensminuten seiner Geliebten las: dreitausendzweihundert Gramm, achtunddreißig Zentimeter, Geburtsverlauf normal.

Jahrelang war Alia Emar für ihn nur die Kleine mit den zerzausten Haaren und den struppigen Augenbrauen, die mit ihrer Mutter ins Kaufhaus kam, um Kleinigkeiten einzukaufen. Bei den ersten Begegnungen sagte er sich, sie sei ein außergewöhnlich hübsches Mädchen, aber eben noch ein kleines Mädchen, und es gibt keinen Menschen von acht oder neun Jahren, der nicht seine ganze Seele in den Augen trägt. Später verschwindet sie dann teilweise und manchmal auch ganz. Sie war damals also schön wie so viele oder hübsch wie alle.

Der Tag, an dem sich alles änderte und seine Besessenheit begann, war jener, als Alia Emar mit ihrer Mutter ins Kaufhaus kam und einige Dinge für ihren dreizehnten Geburtstag einkaufte. Es war ein unverhältnismäßig aufregender Vormittag, denn die Schmuggler hatten mit den korrupten Zollbehörden ein strategisches Abkommen getroffen, das ihnen erlaubte, aus den Laderäumen der Schiffe auch großformatige Güter zu entladen: Kühlschränke oder Autos waren nichts Unmögliches mehr für die modernen Boote, die dank des neuen Wohlstands angeschafft werden konnten, den Hieronymus Franck im Hafen etabliert hatte.

Einer dieser Importeure, der sich *Smuggler* nennen ließ, bat Hieronymus sogar, Reino Coppeta zu fragen, ob er nicht daran interessiert sei, einen nagelneuen Panzer zu erwerben. Der Österreicher, der sehr wohl abschätzen konnte, wann ein hitziges Temperament sich entzündet, sah davon ab, die Nachricht weiterzugeben. Es gab nichts auf der Welt, das die Küste Malizias für irgendwen begehrenswert machen könnte, wenn es sich nicht gerade um die Zwangsrekrutierung junger Männer handelte. »Sie körnen uns aus wie Maiskolben«, hatte er in den drolligen *Abenteuern des braven Soldaten Schwejk* gelesen. Ein Panzer unter Vögeln, Fischen und Eseln würde den Argwohn der Spione wecken, die den Geruch des Krieges liebten wie französische Kavaliere ein paar Tropfen Parfüm auf den Hintern ihrer Damen. Sigmund Freud hatte in Wien gerade geschrieben: *Wir sind die Nachkommen einer unendlichen Anzahl von Mördern. Die Mordlust steckt uns im Blute. Nun im Krieg werden die Kulturauflagen abgestreift, und die uralten Bestien treten hervor.*

Als der Kaufhausbesitzer hörte, daß Magdalena und Alia Emar Hefe für den Geburtstagskuchen, dreizehn bunte Kerzen und einen Topf englischer Orangenmarmelade kaufen wollten, bat er sie, einen Moment zu warten, bis er ein Geschäft mit Autoersatzteilen abgewickelt hatte, die er nach Griechenland weiterverkaufen wollte. Um ihnen das Warten zu versüßen, setzte er sie an den Ecktisch mit den Illustrierten und legte auf dem Grammophon das *Allegro* aus dem *Konzert Nr. 22 für Klavier und Orchester* von Mozart auf. Sein angeborenes Talent fürs Feilschen ließ ihn so vorteilhaft verhandeln, daß er unwillkürlich lächeln mußte, als er daran dachte, daß seine Schwester ihn für nicht viel mehr als einen drogensüchtigen Bohemien hielt. Als er die Schachtel mit den Geburtstagskerzen öffnete, richtete er seinen Blick zufällig auf das Mädchen. Alia Emar saß lauschend vor dem Grammophontrichter, als wäre sie eine Inkarnation des Hündchens von *RCA Victor*, das in der Wiedergabe die »Stimme seines Herrn« erkennt.

Der vortreffliche Fingersatz des Pianisten und seine glückliche Interpretation elektrisierten das Mädchen bis in die Haarspitzen. Als Hieronymus sich zu ihr hinunterbeugte und sie fragte, ob ihr die Musik gefiele, sprach sie die Worte, die er stets als den Anfang seiner Liebe bezeichnete.

»So bin ich.«

Die Worte trafen ihn wie ein Schlag vor den Kopf. Die Schachtel mit den Kerzen fiel ihm aus den Händen und krachte mit einem unbeschreiblichen Lärm auf die Erde, und seine Kehle wurde rauh, als hätte man sie mit Zement ausgegossen. In diesem Moment einer getrübten Wahrnehmung erkannte er, daß sein Leben doch noch einen Sinn bekam: darauf zu warten, daß die Kerzen sich Jahr für Jahr verzehrten, angefacht durch den Mistral, und die Kleine atemlos die Sechzehn erreichte, damit er bei der Mutter um ihre Hand anhalten konnte. Er packte ihnen persönlich die Geburtstagseinkäufe ein, und ohne daß er darum gebeten oder dafür bezahlt worden wäre, legte er noch Luftschlangen dazu, Papptrompeten aus goldenem Karton mit blauen Sternen, Karten mit kleinen grünen Einhörnern, und zum Schluß aus der Buchabteilung noch die neueste Übersetzung ins Malizianische von *Onkel Toms Hütte*.

»Es ist das einzige von einer Frau geschriebene Buch, das ich habe.«

Ohne es einzuschlagen, band er längs und quer ein rosa Band um das Buch, ließ die Schneide der Schere darüber fahren und machte daraus eine festliche Rosette, die dem Buch das Aussehen eines Geschenks verlieh. Er drückte es dem Mädchen in die Hand, und während die Mutter ihren Anteil der Einkäufe an der Kasse bezahlte, salbte Hieronymus seine Stimmbänder mit Speichel, senkte seine Lippen ans Ohrläppchen der Kleinen und murmelte: »Wenn du es gelesen hast, komm doch mal vorbei, dann sprechen wir darüber.«

In diesem Augenblick endete das *Allegro*, und mit den

in der Luft entschwebenden Akkorden verstummte auch das Grammophon. Die schwere Nadel zog weiter ihre Runden auf dem Schellack, und das Mädchen schien verwirrt darüber, daß Mozart und das Knistern aus demselben Apparat kamen.

Jetzt, viele Jahre danach, bevor er zur letzten Siesta vor seiner Hochzeit einschlummerte, warf er noch einen schläfrigen Blick auf die Turmuhr, die elf Minuten nach zwei anzeigte, und mußte innerlich lächeln über die Launen des Pfarrers, der auf dem Kirchturm die große Glocke viermal kräftig schlagen ließ.

24

In der Gemeindebibliothek von Gema gab es an die hundert Bücher, die meisten davon auf deutsch, fünf oder sechs auf italienisch und ungefähr zwanzig auf malizianisch. Sie befand sich in einem Raum ganz hinten im Rathaus, die Tür stets offen, und keiner, der zuständig war. Stefano hatte dem griesgrämigen Bürgermeister vorgeschlagen, ihn zum Chefbibliothekar zu ernennen, damit sich jemand um die Bände kümmerte, doch der hatte nur erwidert: »Keine Sorge, mein Freund, auf dieser Insel kümmern sich die Bücher um sich selbst.«

Den salomonischen Ausspruch konnte der Bruder des verschmähten Anwärters auf den möglichen Posten eines Angestellten im öffentlichen Dienst bestätigen, als er die Bücher durchblätterte und dabei feststellte, daß viele von ihnen noch nicht einmal aufgebrochen waren. Das einzige Buch, in dem geblättert und sogar das eine oder andere Blatt orgasmisch herausgerissen worden war, trug den Titel *Memoiren einer russischen Fürstin*. Der Rest sah eher unberührt aus, ausgenommen das *Große Wörterbuch Deutsch-Malizianisch*, das *Bildwörterbuch Italienisch-Malizianisch* sowie die Handbücher *Italiano veloce* und *Deutsch, jawohl!*, denen man ansah, was sie unter der intellektuellen Neugier von Erstkläßlern durchgemacht hatten. Es gab kein Wort, das nicht mit Marmelade, Butter, Pflaumensaft, versteinerten Suppennudeln oder marmorharten Popeln gekennzeichnet war.

Reino suchte im deutschen Teil des Wörterbuchs den

Namen seines Vaters und fand ihn mit dem Eintrag: »Josef Coppeta, malizianischer Abenteurer, versuchte erfolglos, die Insel Gema vom Festland unabhängig zu machen.«

Hätte er Streichhölzer dabeigehabt, hätte er nicht nur auf der Stelle das Blatt angezündet, sondern das ganze lumpige Buch.

Unruhig blätterte er im italienischen Wörterbuch, bis er dort auf seinen Vater traf:

»Guiseppe Coppeta, italienischer Nationalheld, versuchte mit einer Kriegserklärung an das österreichisch-ungarische Kaiserreich die malizianische Küste zu befreien und damit dem Gemeinschaftsabkommen mit Venedig neue Geltung zu verschaffen. Er entwickelte zum großen Teil die Strategie der Coppeta-Einheiten, einer Untergrundbewegung, aus der später die Partisanenkämpfer hervorgingen. *Der verrückte Coppeta*, wie er liebevoll genannt wurde, geriet auf einem österreichisch-ungarischen Schiff in einen Hinterhalt und wurde enthauptet.«

Von diesen ermutigenden Zeilen sprang Reino zum Eintrag Coppeta-Einheiten. Vielleicht konnten ihm die von seinem Vorfahren ersonnenen Kriegstaktiken helfen, den frontalen Kampf gegen eine von einem Admiral befehligte Luxusflotte zu gewinnen. Tatsächlich fand er einen Eintrag »Cucú-Einheiten« mit der Erklärung: »inoffizielle Kampfeinheiten, s. Coppeta, Giuseppe«.

Die umfangreiche Bibliothek war alphabetisch nach Stichworten geordnet. Links oben im Regal begann es mit A und dem Stichwort »Afrikanische Spinnen«, dessen Illustrationen noch schauriger waren als die Beschreibungen, und in der Abbildung des Skeletts einer Giraffe gipfelten, die dem Angriff eines Bataillons von fleischfressenden fliegenden Ameisen ausgesetzt gewesen war.

Aus reiner Neugier schaute er sich das letzte Buch unter

dem Buchstaben Y an. Der Titel lautete *Yerbas – Kräuter des Mittelmeers* und empfahl unter anderem Rosmarin als Zutat für Lammbraten und Sesam zur verlockenden Verfeinerung des traditionellen knusprig gebackenen Hühnchens.

Zwischen den beiden Extremen fand sich sein Buchstabe, das K für Krieg. Hier war die Auswahl enorm, was sogar soweit ging, daß man zwischen zwei Titeln wählen konnte: *Der Krieg der Geschlechter* und *Gegen den Krieg*, pazifistische Gedichte der malizianischen Dichterin Maya Goñi, deren erste Verszeile da lautete: »Die Wunde unter dem Herzen Jesu hat die Form der Insel Gema; hier drang die Lanze des heidnischen Soldaten ein.« Da das Ergebnis seiner Suche gleich Null (»Ei, null Überlebende, Reino«) und er ohnehin der Meinung war, daß Bücher – außer Wörterbüchern – zu nichts taugten, nicht einmal dazu, als Kugelfang unters Hemd gesteckt zu werden, trat er wieder ins gleißende Sonnenlicht hinaus, wo die ungeduldigsten Familien bereits zur Kirche gingen und die ersten Bänke besetzten, um dem Ringtausch des Jahrhunderts beizuwohnen.

Im selben Augenblick hörte er vier Glockenschläge und überschlug, daß die Österreicher in ungefähr dreißig Stunden die Insel stürmen dürften.

Das Glockengeläut erinnerte ihn daran, daß der Pfarrer, so geflickt und speckig seine Soutane auch sein mochte, der Vertreter des Vatikans an Malizias Küste war.

Auf dem kleinen Platz vor der Kirche beobachtete Torrentes den Kirchturm durch einen Feldstecher, und bewegte sich unter ungewöhnlichen Verrenkungen in kriminalistischer Manier von da nach dort. Als er das Fernglas von den Augen nahm, kratzte er sich wie ein eifriger Schüler am Kopf, dessen kahle Mitte von einem borstigen

Haarkranz umgeben war. Er hielt Reino am Arm fest und brachte ein gezwungenes Lächeln zustande.

»Sind Sie von hier, junger Mann?«

»Hier sind alle von hier, warum?«

»Ist Ihnen schon aufgefallen, daß mit dieser Glocke was nicht stimmt?«

»Was soll mit ihr nicht stimmen?«

»Sie hält sich nicht an die physikalischen Gesetze.«

»Wenn sie sich nicht an die physikalischen Gesetze hält, hält sie sich vielleicht an andere Gesetze.«

Ohne ein weiteres Wort setzte der Junge seinen Weg zur Sakristei fort. Der Pfarrer hatte die Kirche geschlossen und befohlen, sie solle wie eine Hochzeitstorte geschmückt werden. Hieronymus hatte zu diesem Zweck extra eine Ladung Stoffe zurückgehalten, die für einen türkischen Sultan bestimmt war.

Reino ging zum Schreibzimmer des Pfarrers und traf ihn dabei an, wie er sein Haar mit Pomade bestrich. Er trug ein makellos weißes Meßgewand mit aus Goldfäden bestickten Rändern. Als er Reino bemerkte, griff er nach einem blauen Lappen, rieb sich die Hände sauber und brachte sein honigfarbenes Haar mit ein paar männlichen Kammstrichen in Form.

»Was führt dich zu mir, mein Junge?«

»Ich muß mit Ihnen sprechen, Vater.«

»Da hast du dir einen ungünstigen Tag ausgesucht. Die Hochzeit von Herrn Franck stellt unsere Kirche auf den Kopf. Ober gibt es irgendwo eine Letzte Ölung zu verabreichen?«

»Im Moment nicht«, antwortete Reino finster.

»Dann komm am Montag zurück, Junge, und nimm dir noch ein Bildchen vom heiligen Rochus mit.«

»Am Montag wird es zu spät sein.«

»Huch, das hört sich aber ganz nach neapolitanischer Ballade an.«

»Haben Sie die *Republika* gelesen, Vater?«

Der Priester nahm eine kleine Haarschere, stellte sich vor den Spiegel und schnippelte an seinen wuchernden Koteletten herum, die nicht so ganz zur formalen Strenge der neuen Frisur paßten.

»Klar, Mann. Da hast du dir was Tolles geleistet. Die Österreicher werden nicht lockerlassen, bis sie dir bei lebendigem Leib die Haut abziehen können«, sagte er lächelnd.

»Ich habe nur das Vaterland vor der Invasion einer fremden Macht bewahrt.«

»Verlorene Zeit, mein Junge. Seit der Mensch auf der Welt ist, sind an Malizias Küsten so gut wie alle Rassen und Völker dieser Erde gelandet, und man kann unmöglich sagen, wer hier fremd ist und wer nicht. Vaterland ist das, was bleibt, was ewig ist. Und ewig ist nur der Himmel.«

»Das sagen Sie nur, weil Sie Österreicher sind.«

»Mein Sohn, ich bin Priester. Ein Stellvertreter Gottes auf Erden.«

»Das heißt, Sie sind der Vertreter des Papstes hier auf Gema.«

»Wenn man eine gewisse Distanz abstreicht, ja. Pius X. ißt Wachteln, und ich fresse Würmer, aber die einen wie die anderen sind Gottes Geschöpfe.«

Der Junge kniete nieder, ergriff den Saum des nagelneuen Meßgewands, das von Alia Emars Modistinnen genäht und von Hieronymus Franck bezahlt worden war, küßte es und drückte sein Gesicht in den Stoff.

»Was tust du da, Junge? Komm, komm, steh auf!«

Doch Reino hielt sein Gesicht in die Soutane gedrückt

und sprach mit so erstickter Stimme, daß der Priester ihn kaum verstehen konnte.

»Helfen Sie mir, Vater. Die Wirklichkeit lastet furchtbar schwer auf mir.«

»Selbstverständlich. Ein Tal der Tränen. Das ist Teil unseres Geschäfts, Junge. Aber man muß sie auch mal vergessen können. Dafür gibt es Feste, den Karneval. Wir können nicht jeden Tag in Sack und Asche gehen. Kopf hoch, Reino Coppeta.«

Der Junge warf sein rebellisches Haar zurück, erhob sich, griff nach dem Kruzifix, das auf der Brust des Priesters hing, und drückte lange seine Lippen auf das schlichte Holz.

»O Gott, hilf mir«, flüsterte er.

Der Priester wich zögernd zurück.

»Was genau willst du von mir, mein Junge?«

»Daß Sie mit dem Papst sprechen und ihn bitten, die kaiserliche Flotte zurückzuhalten.«

»Daß ich mit dem Papst spreche? Der weiß nicht mal, daß ich existiere! Für Seine Heiligkeit bin ich nicht mehr als ein Floh auf dem Schwanz eines Hundes.«

»Sie werden uns alle umbringen, Sie können nicht zulassen, daß Ihre Schäfchen vom Wolf gerissen werden. Sie haben gesagt, Sie seien unser Hirte.«

»Aber nicht euer Hehler. Du hast einem vollkommen unschuldigen Soldaten von sechzehn Jahren die Kehle durchgeschnitten, Reino.«

»Es gibt keine unschuldigen Soldaten, Herr Pfarrer.«

»Sie führen Befehle aus.«

»Aber Gott hat uns einen Kopf gegeben, damit wir zwischen gerechten und verbrecherischen Befehlen unterscheiden können. Warum sonst hat Gott den Menschen mit freiem Willen erschaffen?«

»Hör zu, Reino, jetzt ist nicht die Zeit, um über Theologie zu diskutieren.«

»Ich bitte Sie auf Knien, Vater.«

»Auf Knien werde ich für dich beten.«

»Es geht nicht um mich. Sie werden alle Männer der Insel umbringen. Der Ruhm Ihrer verdammten Hochzeit wird mit einer Welle von Blut hinweggespült werden.«

»Ich werde für euch alle beten. Und nun geh!«

»Ich will Ihre Scheißgebete nicht. Sie haben am Sterbebett meiner Mutter versprochen, sich um uns zu kümmern.«

»Was, zur Hölle, soll ich denn tun?«

»Sprechen Sie mit dem Papst.«

Der Pfarrer trat an den Spiegel und betrachtete seine würdige Erscheinung. Die Erregung von vor wenigen Minuten war aus seinem Gesicht gewichen. Das mit Pomade an die Schläfen geklatschte Haar, das ihm vorhin noch als verzeihliche Koketterie vorgekommen war, schien ihm jetzt eher eines Opernbaritons würdig. Warum mußte das Leben so sein? Jahrzehntelang passierte nichts in dieser gottverlassenen Gegend, als daß der Österreicher sein Geschäft eröffnete und Waren nach Griechenland schmuggelte, und dann, an einem einzigen Tag, spielten plötzlich alle verrückt.

Der junge Reino, verrückter als alle, Tambourmajor der Spinner und Schwachsinnigen, ein mondgeborener Wolf, ohne andere Intelligenz als den Instinkt und seine unleidliche Frömmigkeit, raufte sich die Haare wie der von der Krätze befallene Hiob und bat ihn, beim Papst zu intervenieren.

Eine Stunde vorher hatte Alia Emar, die Braut des Jahrhunderts, eine Frau, deren Schönheit das Lob des Schöpfers ins Universum hinausschrie, im Gewimmel der Schatten in seinem Beichtstuhl gekniet und ihn vier Stunden von ihrer Hochzeit gefragt, ob es wahr sei, daß Selbstmord mit der Hölle bestraft werde, selbst wenn es gute Gründe dafür gebe.

»Ist gut. Ich spreche mit dem Papst.«

»Wann?«

»Morgen.«

»Morgen sind wir alle tot. Es muß jetzt gleich sein.«

»Wie stellst du dir das vor? Glaubst du, der Papst läßt jedem seine Telefonnummer da?«

»Keine Ahnung. Aber ich habe sie.«

»Die Telefonnummer von Papst Pius X.?«

Reino übergab ihm einen Zettel und betrachtete ihn mit dem Ernst eines Verstorbenen. Der Priester befühlte das Papier, als zweifle er an seiner Stofflichkeit, und strich sich dann mit der freien Hand über die neue Frisur.

»Mit der Gesundheit des Heiligen Vaters steht es nicht zum besten. Er hat prophezeit, daß 1914 ein großer Krieg ausbrechen wird. Und er haßt den Krieg genauso wie den Modernismus, verstehst du?«

»Kein Wort.«

»Da liegt das Problem.«

»Verstehe ich nicht.«

»Vielleicht ist der Angriff auf Malizias Küste der Beginn des großen Krieges, den der Papst vorhergesagt hat.«

»Dann hat er doch erst recht Grund, ihn zu verhindern.«

»Und damit seine eigene Prophezeiung zu hintertreiben?«

Reino ergriff den feinen Stoff des neuen Meßgewands und riß so zornig daran, daß, als er losließ, der Priester das Gleichgewicht verlor und zu Boden ging.

»Sie sind kein Mann Gottes. Sie sind ein verdammter Dreckskerl, den der Teufel hierher geschickt hat.«

»Diese Gotteslästerung im Hause des Herrn garantiert dir eine doppelte Ewigkeit in der Hölle«, schrie der Pfarrer und kam mit einer zur Faust geballten Hand auf die Beine.

»Sie glauben, der Heilige Vater wird einen Krieg nur deshalb nicht verhindern, weil er eine Wette gewinnen will. Nicht einmal eine Ratte könnte sich so eine Schweinerei ausdenken.«

Der Priester befeuchtete sich die Lippen, begutachtete die Vorderseite seines Meßgewands und stellte fest, daß die blasphemischen Finger des Jungen keine Spuren hinterlassen hatten.

»Ist gut. Rufen wir ihn an.«

Er klopfte sein Gewand ab und zerrte Reino am Ellenbogen zum Ausgang. Am Portal stand – immer noch mit dem Kirchturm beschäftigt – der alte Torrentes im Schatten eines Mauervorsprungs, wie ein Kater, der sich ein unachtsames Vögelchen schnappen will.

Gegenüber vom Kai trafen sie den Telegrafisten in seinem Büro an. Er hatte gegen die Hitze einen kleinen Ventilator vor sich aufgestellt, dessen Propeller sein Haar gegen die Wand blies. Mit einem Lappen, den er um einen Draht gewickelt hatte, reinigte er feierlich den Lauf seines Karabiners. Als er Reino mit dem Priester eintreten sah, spie er höflich auf den Boden und setzte seine Arbeit fort, ohne die beiden zu begrüßen.

»Ich möchte ein Ferngespräch führen«, sagte der Priester.

Der Mann deutete mit dem Kinn zum Telefon und hob dann den Gewehrlauf, um mit einem Auge hineinzuspähen, während er das andere geschlossen hielt.

»Wählen Sie die Nummer der Vermittlung in Agram, dort wird das Gespräch dann durchgestellt.«

»Welche Nummer?«

»Die Eins.«

Der Priester wollte gerade einen Scherz über die Komplexität dieser Zahl machen, als ihm einfiel, daß er davon in einem Roman gelesen hatte, und so unterließ er es. Er wählte und blickte ohne zu lächeln in Reinos versteinertes Gesicht.

»Fräulein, geben Sie mir bitte die 55550 in Vatikan Stadt.«

»Ist das ein R-Gespräch?«

»Nein, das ist ein persönliches Gespräch, das ich selbst bezahle.«

»Wer ist der Teilnehmer, bitte?«

Der Priester ließ seine Brust schwellen und verlieh seiner Stimme einen feierlichen Klang: »Der Papst.«

25

Stefano hörte die vier Glockenschläge, als er auf seinem Weg erschöpft stehenblieb, um einen Schluck lauwarmen Wassers aus der Feldflasche zu trinken. Er dachte nicht eine Sekunde über diesen ungewöhnlichen Zwischenfall nach, sondern drehte sich einfach um und lief behende wie ein Marathonläufer wieder zum Dorf zurück. Der Schweiß rann ihm von Schläfen, Stirn und Nacken bis zu den Füßen. Er lief schneller als die Füchse und Kaninchen, die aus den Büschen sprangen. Er scheuchte mit gellenden Schreien eine Herde Ziegen aus ihrem ewigen, unerschütterlichen Trott über den Kiesweg auf, trat eine Eidechse platt, die benommen von der Hitze im Sonnenlicht lag, das wie ein Meer von Diamanten über ihr zusammenschlug, und benetzte die Felsen mit Schweiß, als er sich diesen mit einer Handbewegung von der Stirn wischte.

Als ein Schwarm Krähen ihm auf dem Weg voranflog wie ein rabenschwarzer Lazarillo, der ihn anstachelte, noch schneller zu laufen, überfiel Stefano eine wahnhafte Vorstellung: Von dem Querbalken, an dem die Glocke im Kirchturm hing, baumelte Alia Emar, und die Zunge hing ihr aus dem Hals wie der rostige Klöppel der Glocke.

Er sah sich selbst an ihrer Seite, wie er mit den Zähnen den Knoten zu lösen suchte, der ihren Hals zusammenpreßte, während er ihr mit fiebrigen Fingern die Augen zudrückte, die die Welt nicht mehr verstanden und sich von ihr abgewandt hatten.

Der angstvolle Lauf ließ die Entfernung endlos erscheinen, doch seine Beine waren schneller als seine Ängste, und nach zwei Stunden konnte er durch die tosende Brandung hindurch die unterbrochenen Takte der ersten Turumbas hören. Mit dem sich neigenden Tag war eine steife Brise heraufgezogen, die seinem panischen Herzen neue Kraft zuführte. Er wollte dem Schlimmsten jetzt auf der Stelle ins Auge blicken und dann zu etwas schreiten, das er an seinem Bruder haßte und zugleich bewunderte: zur Tat.

Ob das der Schlüssel zum Verständnis des Lebens war? Den Körper so zu trainieren, daß er den Gedanken immer voraus ist? Wenn sie von derselben Mutter stammten und dasselbe Maß an Zuneigung abbekommen hatten, warum war er dann derjenige, der sich an jedem Scheideweg verzettelte und nie an ein Ziel kam, während Reino nur darüber nachdenken mußte, wie er am besten seine Untaten verbarg?

Er hatte nichts davon gehabt, Alia Emar mit der eintönigen Zurückhaltung des Schüchternen zu lieben. Jahrelang hatte er an einem Netz aus Träumen gewebt, in dem sie auf eine sinnliche Weise und mit der Vollkommenheit der Schimären ihm gehört hatte, doch zugleich war er der Furcht, die der kruden Wirklichkeit eigen ist, aus dem Weg gegangen.

Andere machten sich am Kai an sie heran, küßten ihre Knie, schlugen Spiele mit geschlossenen Augen vor, um ihr einen Kuß zu rauben, umfaßten beim Tanz ihre Taille und betatschten mit steifen Fingern ihre Brustspitzen, drückten ihre zerbrechlichen Rippen in groben, betont männlichen Umarmungen mit lüstern schimmernden Zähnen.

Auf dem Dorfplatz erhielt er einen weiteren Beweis

seiner Bedeutungslosigkeit. Er hatte die Insel verlassen, um nach New York zu fahren, und kein Mensch schien Notiz davon genommen zu haben. Die jungen Männer ließen den Slibowitz mit der Geschicklichkeit von Postkurieren von einem zum andern gehen und machten anzügliche Witze über ihre festliche Kleidung, die sie von Verwandten aus Agram geliehen hatten, um für die Hochzeitsfeier angemessen gekleidet zu sein. Vor allem aber spekulierten sie darüber, wie die Hochzeitsnacht von Alia Emar und Hieronymus Franck enden würde, und es war, als feierten zwanzig Jahre Gerüchte und Mythen über Marta Matarassos blutigen Tod Auferstehung.

Stefano schlich zum angrenzenden Pfarrhaus und drückte geräuschlos die bronzene Türklinge nach unten. Der Priester kniete mit gesenktem Kopf vor einem rustikalen Kreuz örtlicher Handwerkskunst. Inmitten des Lärms von spielenden Kindern, singenden Betrunkenen und dem Tuten des einlaufenden Dampfers, der die Neugierigen von Curica herüberbrachte, ragte der Rücken des Priesters massig in die Einsamkeit und Stille des Kirchenschiffs hinein. Stefano wollte ihn in seinem Gebet nicht stören und schlich auf Zehenspitzen zur nebenan gelegenen Kapelle. Von dort kroch er auf allen vieren zur Wendeltreppe hinüber, damit ihn die Ministranten nicht sahen, die aus der bescheidenen Kirche inzwischen eine Kathedrale des Lichts gemacht hatten.

Stefano kroch weiter Stufe um Stufe hinauf, bis die Treppe sich ins Dunkel hineinschraubte, und dann tastete er sich an den Wänden entlang, als kenne er sie auswendig. Einen Moment lang hielt er inne und dachte, es sei vielleicht besser, nicht weiterzugehen. Seit dem Tod seiner Mutter war ihm nichts Bedeutendes im Leben zugestoßen, und jetzt sah er sich sowohl der Liebe als auch dem

Tod gegenüber, und beide forderten ihr Recht mit derselben einschüchternden Autorität. Wenn seine Phantasievorstellungen von Alia Emar sich als richtig erwiesen, und aus dem *imaginären* Tod ein *materieller* Tod geworden war, dann würden dies auch die beiden letzten Augenblicke seines Lebens sein. Er hatte sich schon einen scharfkantigen Felsen ausgeguckt, an dem er sich das Genick brechen und als namenlose Leiche vom Meer verschlungen werden konnte. Monate später würde nachts in der Kneipe jemand gelangweilt fragen, was eigentlich aus den Coppetas geworden sei, und der Wirt würde antworten, Stefano mache sicher die Mädels in New York mit den Blicken seiner blauen Augen verrückt. In Wirklichkeit aber wären seine Augen längst von Kormoranen ausgepickt, und sein Skelett läge für alle Zeit unterhalb des Riffs im Meer.

Es blieb noch ein letztes Stück für Furcht und Hoffnung. Die hölzerne Leiter, die, fast geheim, dorthin führte, wo Alia Emar ihn beim letzten Mal entdeckt hatte. Zu dem Raum, den niemand zu entweihen wagte, weil man sich vor den Fledermäusen und den physischen wie metaphysischen Mysterien fürchtete, die den Glockenturm im Unwahrscheinlichen und Unerklärlichen aufrechterhielten. Dort oben war der Ort, an dem die Salamander auf die Sonne warteten und die Grillen in undurchdringlicher Stille eingefroren schienen. Der höchste Platz des Dorfes, der die Matrosen vorüberziehender Schiffe mit seinem gespenstischen Gleichgewicht blendete, war zugleich der beschützendste, der Kellerraum hoch oben für mutige Herzen. Als er weiter hinaufstieg, wußte er, daß er zu einem Ort vordrang, an dem sein Innerstes seine Souveränität verlor. Dort oben herrschte etwas Unerklärliches, Stürmisches.

Als er die nackte Alia Emar in einem Winkel der gekalkten Lehmmauer erkannte, wie sie ihr Haar über dem Kopf zusammenraffte, damit es nicht über ihre Brüste fiel, spitzte er die Ohren und flehte zu Gott, sie möge noch atmen. Selbst wenn er nur noch eine Minute zu leben hätte, und ganz gleich auch, ob Wirklichkeit oder Trugbild, gestand Stefano sich ein, war dies der Höhepunkt seines Lebens. Ein unwägbarer, wankelmütiger Gott bot ihm hier Mangel und Fülle mit einer einzigen Geste dar.

»Warum kommst du so spät, Stefi?«

Der Junge zuckte die Achseln und rieb sich mit beiden Daumen heftig die Augen. Er hockte sich zu dem Mädchen und legte ihr eine Hand auf die Schulter – sie war eisig.

»Ich war weit fort.«

»Warum?«

»Auf der Flucht.«

Stefano schluckte und schlug die Arme um die eigenen Schultern, weil ihn ein jähes Zittern überfiel.

»Um wieviel Uhr ist die Hochzeit?« fragte er und kam sich im selben Moment wie der größte Trottel des Universums vor.

Alia Emar öffnete ihre Knie einen Spalt. Dann legte sie ihre rechte Hand auf den Bauch und strich ihr feuchtes Parfüm auf die Wange des Jungen, brachte ihm mit ihrem Saft eine Narbe bei.

»Sieh mich an, Stefano.«

Im ungewissen Zwielicht hob sie sein Kinn, bis sie in seinen blauen Augen den Widerschein der Fackeln sah.

»Um wieviel Uhr ist die Hochzeit?« fragte der Junge noch einmal.

Die Braut grub ihre Hände in das Haar des Jungen, zerwühlte es und küßte ihn auf den Kehlkopf, der völlig unkontrolliert auf und nieder zuckte.

Sie schob ihn ein Stück von sich, benetzte seine Stirn mit dem Sekret ihres Schoßes und zeichnete einen Kreis über seine Seemannsbrauen, als wäre dies ein schriftlicher Befehl, den der Junge aber nicht verstand. Da spreizte sie noch ein wenig ihre Schenkel, und mit der Entschiedenheit ihres zu den Sternen hinaufgereckten Kinns schob sie ohne Widerstand Stefanos Kopf auf ihren Bauch und führte seine willigen Lippen zielstrebig an die Perle ihrer Lust. Ein leichter Kuß genügte, und Alia Emar fühlte sich, als wäre jeder Nerv ihres Körpers mit diesen besonderen Lippen verbunden.

Tief in seinem Innern wußte Stefano, daß er nichts begriff. Daß alles von einer undurchdringlichen Dichte war, zu der weder seine Intelligenz noch sein Wille Zugang fand. Alia Emar legte ihm jetzt die Hände aufs Gesicht und spähte zwischen den ausgestreckten Fingern hindurch lächelnd auf den Grund seiner Augen. Sie zweifelte an ihrem Instinkt, dem es nach Gewalt verlangte – danach, sein Glied ohne weiteren Aufschub in ihren erhitzten Schoß zu tauchen. Sie bewegte sich nicht, zögerte verwirrt.

Für sie hatte er die Insel verlassen, für sie war er zurückgekommen. Ihretwegen hatte er den Tod als einen wünschenswerten Begleiter angesehen, ihretwegen hielt er den Drang seiner Säfte und die schmerzvollen Tränen zurück.

»Erkläre es mir«, sagte er heiser.

»Jetzt!« flüsterte Alia Emar.

26

Er inspizierte die Kanonen und vergewisserte sich, daß die Geschosse in erreichbarer Nähe lagen, falls ein Manöver notwendig wurde, das er »Nacht des Karnevals« nannte, und das darin bestand, die ganze Batterie auf einmal abzufeuern, ohne zu zielen, da es nur darum ging, soviel Schrecken zu verbreiten, daß jeder Ansatz von Widerstand zu Staub zerbröselte.

Als väterlicher und demokratisch gesinnter Admiral sprach er mit jedem Besatzungsmitglied, fragte nach dem Abendessen und ob das Lammćevapčići so gewesen sei, wie sie es von zu Hause kannten.

Obwohl die Schlacht beschämend leicht sein würde, ließ er die gesamte Besatzung unter dem silbernen Halbmond antreten und bereitete sie mit einer patriotischen Ansprache auf den Kampf an der malizianischen Küste vor. Er erinnerte mit wehen Worten an die untröstlichen Mütter, die als »Waisen« ihrer Söhne oder »Witwen« ihrer Stammhalter daheimgeblieben waren, allein wie »eine mit Füßen getretene Fahne im Bordell des Lebens«.

Entschlossen, die Moral seiner Truppe zu heben, hatte er auf Curica zweihundert Kopien von Pavlovics Zeitungsartikel anfertigen lassen, um den Zorn der Rekruten zu entfachen, bis ihnen der Sinn nach nichts anderem stand, als es den Gefolgsleuten von Reino Coppeta heimzuzahlen, diesem Mörder Unschuldiger, diesem wahnhaften Fremdenhasser, dieser Kanalratte, diesem räudigen Hund, der mit seinen primitiven Parolen die malizianische

Bevölkerung gegen den Fortschritt aufhetzte, gegen die Kultur und Spiritualität, die das Kaiserreich ihnen so selbstlos anbot.

Nach der Ansprache hatte er sich in seine Kajüte zurückgezogen. Während er sich mit den Füßen die Stiefel abstreifte, knöpfte er seine Hose auf, zog sie aus und füllte sein Kristallglas bis zum Rand mit französischem Cognac. Es war Zeit, einen Blick auf den Horizont seiner Pensionierung zu werfen: Er würde seine Männlichkeit auf den Hintern seiner Frau und das Fötzchen seiner Geliebten verteilen, die ihm im Bett nichts schuldig blieb.

In diesem Augenblick wurde auf der Türschwelle sein Adjutant vorstellig, ein schwuler Leutnant, der ihm vom Außenministerium zugeteilt worden war; »Hinternministerium«, wie die Presse gern lästerte, wenn es um den dekadenten Adel dort ging, der in winkeladvokatischer Verbohrtheit außenpolitischen Schaden anrichtete, den Heer und Marine später mit scharfer Munition auszubügeln hatten.

»Komm rein, Süßer«, grunzte er ohne Scham.

Der Adjutant wußte nicht recht, ob die Worte anerkennend oder verächtlich gemeint waren und fächerte sich erst einmal mit dem Taschentuch Luft zu. In einem an Zauberei grenzenden Farbenspiel wurde sein Lächeln zu einer die Wangen überziehenden Röte, und diese, nachdem er einmal kräftig geschluckt hatte, zu fahler Blässe. Der Anblick der admiralitätischen Eier im Nest ihrer krausen Behaarung hatte ihn kurz in Wallung gebracht, und danach war er dienstlich korrekt wieder abgekühlt.

»Verzeihung, Herr Admiral«, sagte er, »daß ich Ihre verdiente Ruhe unterbreche.«

»Macht nichts. Ich hab' mir nur kurz die Eier gekrault.«

»Wenn Sie mir die Bemerkung erlauben, Herr Admiral: ganz großartige Eier.«

»Aus Ihrem Munde weiß ich dieses Lob zu schätzen. Was bringen Sie für Neuigkeiten in diese erbärmliche Hütte?«

Der Mann fummelte an seinem Stehkragen herum, als wolle er den obersten Knopf schließen, um seinen Worten mehr Gewicht zu verleihen, und sprach die rätselhaften Worte: »Im Telegrafenzimmer ist eine gewisse Person, die mit Ihnen sprechen möchte.«

Mollenhauer genoß die weibische Geste, mit der sein Adjutant die Hände zwischen die Beine steckte wie ein kleines Mädchen, daß sich vor Aufregung gleich in die Hose macht.

»Wer ist es?« knurrte er.

»Der Papst, Herr Admiral.«

»Sind Sie jetzt völlig verrückt geworden, Sie durchgeknallter Homo?«

»Ich schwöre bei Gott. Im Telegrafenzimmer habe ich den Heiligen Vater für Sie an der Strippe.«

Mollenhauer knöpfte seinen Hosenstall zu, kippte mit einem Schluck den goldenen Cognac hinunter, den er Tropfen für Tropfen und in Gedanken an aufreizende Ärsche hatte genießen wollen.

»Wenn das ein Scherz ist, können Sie sich von Ihrem Dienstgrad und Ihren Klunkerchen verabschieden, Leutnant.«

»Es ist der Papst, *Monsieur*! Unser liebes süßes Papstilein Pius X.«

Im Telegrafenzimmer starrte der Funker totenbleich auf den Morsehebel und ließ nervös die Gelenke seiner Finger knacken.

Als Mollenhauer eintrat, nahm er Haltung an, wies auf

den Morseapparat und sagte: »Der Papst für Sie, Herr Admiral.«

»Sagen Sie ihm, daß ich hier bin.«

Der Offizier tippte die Information und bekam umgehend Antwort.

»Der Papst sagt, er bete zu Gott, daß er Sie und Ihre Besatzung segnen möge.«

»Sagen Sie dem Papst, daß ich auch ihn und alle seine Gläubigen segne.«

»Der Papst bittet Sie, ihm seine Einmischung in weltliche Dinge zu verzeihen, aber Sie sollten unter keinen Umständen vergessen, daß Jesus ein Gott war, der Mensch geworden ist.«

»Sagen Sie dem Papst, er soll die Katze aus dem Sack lassen.«

»Herr Admiral?«

»Sagen Sie dem Papst, ich stehe zu Diensten.«

»Der Papst sagt, er weiß, daß Sie die malizianische Küste in kriegerischer Absicht ansteuern.«

»Sagen Sie dem Papst, es zeuge von Österreichs Vertrauen, ihn von einem Staatsgeheimnis dieses Ausmaßes in Kenntnis zu setzen. Mit Gottes und der Österreicher Hilfe, die ihn bei der Papstwahl von 1903 unterstützten, ist heute er der Heilige Vater und nicht sein damaliger Rivale, Kardinal Rampolla.«

»Der Papst sagt, er werde diesen enormen Gefallen, um den er nie gebeten hat, nicht vergessen. Der Papst sagt, wenn er sich anschaut, wie es um die Welt bestellt ist, wünschte er sich, seinen Geburtsort Riese nie verlassen zu haben und Briefträger geworden zu sein, genau wie sein Vater.«

»Sagen Sie dem Papst, er sei bisher ein großer Papst gewesen, und jetzt sei es ein bißchen spät, sich noch entpapsten zu wollen. Sagen Sie dem Papst, das letzte sei als Scherz gemeint.«

»Der Papst sagt, er habe herzlich darüber lachen müssen, möchte Sie aber daran erinnern, daß es im Matthäus-Evangelium heißt, man solle mit Freuden geben, denn der Herr finde Wohlgefallen an dem, der freudig gebe.«

»Sagen Sie dem Papst, er soll jetzt sagen, was er zu sagen hat.«

»Der Papst sagt, Sie sollen Ihre Flotte umkehren lassen und zu Ihrer Basis zurückfahren. Der Papst sagt, die Bewohner der malizianischen Küste seien gute Katholiken und verdienten es nicht, herzlos massakriert zu werden.«

»Sagen Sie ihm, seine guten Katholiken hätten zehn meiner Jungs, gleichfalls gute Katholiken, wie grausame Schlächter die Hälse durchgeschnitten.«

»Der Papst sagt, das sei nicht aus böser Absicht geschehen.«

»Sagen Sie dem Papst, dann wären meine Toten sicher bei bester Gesundheit.«

»Der Papst sagt, daß junge Leute aus Patriotismus manchmal einen Übereifer an den Tag legen, den er unter keinen Umständen billigt.«

»Sagen Sie dem Papst, daß nur der Kaiser darüber urteilen kann, wer ein Patriot ist und wer nicht.«

»Der Papst sagt, er diene nur einem einzigen Kaiser, und das sei Jesus Christus, unser Herr.«

»Sagen Sie dem Papst, er möge mir den Gemeinplatz verzeihen, aber: Des Kaisers, was des Kaisers ist.«

»Der Papst sagt, er werde beten, daß Gott Ihr Herz erweiche.«

»Sagen Sie dem Papst, ich weiß den Rat zu schätzen, um den ich ihn nicht gebeten habe.«

»Der Papst sagt, er verstehe den Seitenhieb. Vielleicht

könnten Sie die körperliche Bestrafung der Malizianer durch eine symbolische Tat ersetzen. Eine moralische Strafe.«

»Fragen Sie den Papst, ob er einen Krieg kennt, der mit Moral gewonnen wurde. Nicht einmal die Kreuzzüge.«

»Der Papst sagt, er ist sicher, daß der Herr Sie erleuchten wird.«

»Sagen Sie dem Papst, daß es mir eine Ehre war …«

Mollenhauer wollte sagen, »Ihre Stimme gehört zu haben«, doch als er sah, wie der Telegrafist seine Morsetaste bearbeitete, schwieg er. Er machte auf dem Absatz kehrt, schnauzte den Adjutanten an und warf sich in seiner Kajüte übellaunig aufs Bett, ohne die Stiefel auszuziehen. Jetzt trank er gedankenverloren an einem neuen Glas Cognac, spielte mit einem Haar, das ihm aus der Nase wuchs, und versuchte seine Eindrücke zu sammeln.

Er hatte sich dieses vorwitzige Haar nie ausgerissen, weil er es als Berater in Sachen transzendentaler Meditation betrachtete. Wie die Dinge liefen, würde die malizianische Küste bald von Italien annektiert werden, und was der konservative Papst versuchte, war nichts anderes, als künftige Italiener vor dem Tod zu bewahren. Seine Friedensinitiative mit der nötigen Publizität versehen, wäre für die mittelfristige Politik des Vatikans Gold wert.

»Eine Handlung mit symbolischem Charakter«, dachte er.

27

Obwohl Hieronymus aus seinem eigenen Laden erst am Tag zuvor ein Päckchen Rasierklingen Gilette blau stibitzt und sich am Morgen gründlich rasiert hatte, mußte er feststellen, als er sich kurz vor dem Aufbruch zur Kirche nachdenklich mit der Hand übers Kinn fuhr, daß das störrische Barthaar schon wieder nachgewachsen war. Kurz entschlossen legte er eine neue Klinge ein, obwohl das Reklameschild, das eingerahmt in seinem Kaufhaus hing, entschieden behauptete, mit einer Klinge hätten sich zwanzig Friseure auf vollendete Weise rasiert, und welches die zwanzig Figaros mit ihren seidigen Wangen nach der Rasur zeigte. Mit schaumbärtigem Gesicht vor dem Badezimmerspiegel überfielen ihn zwei gegensätzliche Gefühle: das *glückliche* sagte ihm, seine Siesta sei so gelungen, daß ihm nun eine ganze Landwirtschaft im Gesicht sproß. Sein Vorsatz hatte sich also erfüllt. Wie war seines Vaters stehende Rede gewesen? »Eine Stunde Siesta macht dich fünf Jahre jünger.« In sechzig Minuten ein halbes Jahrzehnt gewonnen zu haben, war angesichts seiner bevorstehenden Hochzeitsnacht also keine schlechte *Performance.*

Er betastete sein doppelt rasiertes Kinn, zog den Frack an, vergewisserte sich, daß die Eheringe sich in der Innentasche befanden, und steckte die gelbe Rose ins Knopfloch, die Unheil von ihm fernhalten sollte. Als er durch sein Zimmer ging, gab er dem silbernen Kübel einen Klapps, in dem zwischen Eiswürfeln die Champagnerflasche lag, berührte auch zärtlich die beiden Sektkelche aus venezianischem Glas, mit denen sie nach der Hochzeitsfeier anstoßen und den nächtlichen Liebesrausch einleiten würden. Seine Schwester erwartete ihn bereits an der Tür und hielt seinen Hut in der Hand, während er endlos lange das Kaufhaus abschloß.

»Es gibt da etwas, das du mir verschwiegen hast«, sagte Paula, ohne ihn anzusehen, während sie zur Kirche schritten und Hieronymus die Schaulustigen am Wegesrand grüßte, indem er die Krempe seines Stetsons berührte.

»Es gibt auch eine ganze Menge, was du mir verschwiegen hast«, erwiderte Hieronymus, ohne sie anzusehen.

»Nach einer Hochzeit und der dazugehörigen Liebesnacht in verschwitzten Laken fährt man üblicherweise in die Flitterwochen. Ist das diesmal auch so?«

»Aber sicher.«

»Und darf man erfahren, wohin es geht?«

»Es geht nicht, es fährt, und zwar nach New York.«

»Ein etwas gastlicherer Ort als diese Ziegeneinöde.«

»Wesentlich dichter bevölkert auch und weit entfernt vom Weltkrieg.«

»Von welchem Krieg sprichst du?«

»Von dem, den der Papst für 1914 vorausgesagt hat. Ich kann dir nur empfehlen, rechtzeitig deine Krokodilledertaschen zu packen und aus Europa zu verschwinden.«

»O nein! Alles, was nicht Europa ist, ist Barbarei.«

»Das ist ein schöner aristokratischer Spruch. Du solltest ihn dir auf deinen Grabstein meißeln lassen.«

»Mein Lieber, wenn dein berühmter Krieg ausbricht, wird Österreich an deutscher Seite kämpfen. Das Kaiserreich wird sich hinterher bis zu den arabischen Ländern erstrecken.«

Hieronymus lächelte.

»Ein Grund mehr, sich nach Westen zu verdrücken.«

»Und wann gedenkst du zurückzukehren?«

»Mir schweben da zwei Termine vor, Schwesterherz.«

»Und die wären?«

»Nie oder nimmer.«

Als Hieronymus den Dorfplatz betrat, brandete Beifall auf. In seinem Rücken drängten sich die impulsivsten und hartnäckigsten Bewohner Gemas, die einen der vorderen Plätze in der Kirche zu ergattern hofften, um den Ringtausch, vor allem aber den Brautkuß zu sehen. Genau wie bei den sportlichen Heldentaten ihrer Athleten, hatten die Leute von Gema jetzt das Gefühl, auch Alia Emars Hochzeit gehöre ihnen.

Es war etwas Magisches an diesen großen Festen, die das Gefühl hervorriefen, oder wiederbelebten, dazuzugehören. Die Jungs vom Hinterhalt, alle mit grauen Hosen und weißen Hemden bekleidet, schien dieses Gefühl ganz spontan in höchstem Maße zu erfassen. Anfangs hatten sie noch in der Bar herumgelungert, umgetrieben von diesem Gefühl grollender Zusammengehörigkeit, das der Tod mit sich bringt; und lieber hätten sie das Blut vergessen, als sich in dem Ruhm zu sonnen, den ihnen das Lächeln der Mädchen verhieß. Doch als sie Reino Coppeta herankommen sahen, den Kopf stolz emporgereckt aus seinem weißen Hemdkragen, das unbändige Haar gnadenlos mit Pomade gezähmt, und einem fröhlichen Zwinkern in den Augenwinkeln, das ihnen einen Ausweg aus dem bevorstehenden Massaker signalisierte, rannten die improvisierten Krieger nach Hause, um sich abzuschrubben und den finsteren Schatten ihrer Bärte mit den Rasiermessern ihrer Großväter abzuschaben. Adrett und sauber, wie sie nun waren, akzeptierten sie die einladende Geste von Antonio und Magdalena, den bevorzugten Platz auf der Schwelle des Kirchenportals einzunehmen. Dieser Fingerzeig der Brauteltern sicherte ihnen still bescheidenen Ruhm sowie eine taktische Billigung ihrer Taten.

Hieronymus blieb mit einem Mal stehen, nahm seinen Hut ab und wischte sich mit dem Frackärmel den kalten Schweiß von der Stirn. Die bei der Siesta gewonnenen Jahre schienen sich in der salzigen Flüssigkeit aufzulösen, die über seine Wangen rann. Und ausgerechnet in diesem fatalen Augenblick ließ der alte Torrentes das gesamte Lichtarsenal seiner kostspieligen Erfindung los, um den Dorfplatz in brausendes Silbernitrat zu baden, das sich wie Rauhreif auf die Leute legte, die darüber zuerst erzürnt waren und dann mit großer Begeisterung reagierten. Mitten in dem Applaus sagte Hieronymus mit heiserer Stimme:

»Alia Emar ist nicht da.«

Seine Schwester blieb stocksteif stehen und vermied, in ihren Worten den leisesten Unterton mitschwingen zu lassen.

»Stefano Coppeta ist auch nicht da.«

Die vorgebliche Sachlichkeit seiner Schwester konnte den Schmerz des Mannes nicht mildern. Dieselbe Hand, die die Stirn getrocknet hatte, wischte auch die ersten Tränen fort.

»Verdammt noch mal, was hast du getan?«

»Nichts«, entgegnete Paula.

»Was zum Teufel hast du verdammt noch mal getan?«

Magdalena und Antonio traten zu ihnen und küßten den Bräutigam auf die Wangen. In dem marmornen Licht wurde schon gefilmt, und Hieronymus versuchte den sensationslüsternen Kameraleuten zu entgehen, indem er sich den Hut vors Gesicht hielt.

»Wir wissen nicht, wo Alia ist«, sagte Antonio zu ihm und ergriff seine Hände.

Die Blütenblätter der gelben Rose zwischen den Fingern zerreibend, versuchte Hieronymus die Wahnvorstellung zu bannen, die ihm den Blick trübte: Das Brautkleid seiner Geliebten trieb im blauen Meer, ihre Brüste wurden von Krebsen angeknabbert und ihre großen dunklen Augen von Kormoranen verzehrt. »Das Leben pendelt zwischen Täuschung und Sinnlosigkeit hin und her«, dachte er, »aber dies war nur ein Trugbild.« Er würde nicht zulassen, daß die Finsternis ihm das Glück dieser Nacht entriß.

Die Kameraleute hörten auf zu filmen, und der Pfarrer schaute verblüfft, als er die Kirchentür öffnete und die Stille ringsum wahrnahm. Torrentes blickte ihn verwirrt an, und der Priester gab ihm mit einer Bewegung des Kinns zu verstehen, er könne sein Licht jetzt ausmachen.

»Alia Emar?«

Die Stille vertiefte sich noch um ein Grad. Etwas Fließendes, Schnelles gab der Haltung der Leute eine Form von ergriffenem Ernst. Nur das Meer blieb bei seiner ewigen Routine.

»Alia Emar?« rief der Bräutigam noch einmal.

Die Leute teilten ihre Erwartungen zwischen Skepsis und Hoffnung. Wenn jetzt keine Antwort kam, wären vielsagende Blicke der Anfang einer langsamen Abwanderung. Sie würden nach Hause gehen und weder Jubel noch Groll empfinden. Der Österreicher war anders als sie, aber zwei schmerzliche Schicksalsschläge in einem kleinen Dorf erlebt zu haben, glich die Fremdheit aus und vertiefte die Brüderlichkeit. Es gab kein schmackhaftes Essen, keine Turumbas und keinen Sekt, dafür die rustikale Einsamkeit eines weiteren Scheiterns und gepanschten Slibowitz im Zwielicht der Küchen.

Im selben Moment jedoch, als die Stimmung sich den schwindenen Perspektiven anpassen zu wollen schien, war es, als würde ein weißer Federstrich die Spitze des Kirchturms erhellen. Magdalena entdeckte sie zuerst – Mutterinstinkt würde es hinterher in der Zeitung heißen, und von ihrem Blick gelenkt, erkannten Hieronymus und Antonio in der diesigen Stille die körperliche Gegenwart des Mädchens.

»Hieronymus«, sagte sie, ohne die Stimme zu heben.

Paula hielt sich ein Taschentuch vor die Augen und senkte den Kopf zu Boden. Es standen nur drei Bäume auf dem Dorfplatz, und alle drei trugen den Namen von Josef Coppeta.

»O Schreck!« rief Hieronymus. »Das Kind bringt sich um.«

Das Schlimmste befürchtend, lief er mit ausgestreckten Armen nach vorn. Seine Schwester hatte ein Gespür für das Unglück, das ihr als Gegengewicht ihrer übrigen Mängel diente.

In der nächtlichen Brise wehte der Tüllschleier vom Diadem der Braut, als wollte er gleich davonfliegen. Er sah aus wie eine weiße Fahne, die sich unter den Sternen ergoß.

»Wir warten auf dich, Kleines. Wir sind alle hier unten und warten auf dich.«

Der Bräutigam legte die Arme um die Schultern seiner Schwiegereltern und zeigte sie vor wie einen schlagenden Beweis. Er hatte sich überlegt, daß, falls das Mädchen vorhatte, zu springen und sich vor aller Welt den Hals zu brechen, der Anblick ihrer Eltern sie daran hindern würde. Alia Emar besaß ein zartfühlendes Herz, dem es unmöglich wäre, die eigenen Eltern in eine solche Trauer zu stürzen.

»Hallo, Papa«, sagte sie traurig vom Turm herab.

»Hallo, Kleines.«

»Hallo, Mama.«

»Hallo, mein Liebes.«

»Es ist so kalt hier oben.«

»Das sind die Nerven, mein Kind.«

»Wie eine innere Kälte, nicht?«

»Was ich dir sage. Die Nerven.«

Hieronymus setzte seinen Hut ab und gab ihn Magdalena, die Jacke seines Fracks gab er Antonio, und mit der gelben Rose zwischen Daumen und Zeigefinger trat er einen Schritt nach vorn und rief: »Ich komm' rauf und hole dich.«

Der Pfarrer verbreiterte die Öffnung des Portals, hinter dem sich das Geheimnis seines Festschmucks verbarg, und ließ den Bräutigam auf schnellstem Wege zur Wendeltreppe durch. Auf jeder Stufe fürchtete Hieronymus, den Entsetzensschrei der Menge zu hören. Er nahm die gelbe Rose zwischen die Zähne, um die Treppe auf allen vieren hinaufzuklettern, was viel schneller ging.

Oben sah er Alia Emar, sie stand an der Mauer und hatte den Kopf zutraulich auf eine Schulter gelegt. Vor ihr stand, völlig abwesend und mit zwischen den Knien baumelnden Händen, Stefano Coppeta.

»Alles muß immer mir passieren!« dachte Hieronymus und fühlte die Flamme der Eifersucht in sich auflodern, deren rasender Zorn seine Herzader verschloß und sein Glied steif werden ließ. In der Nacht vor ihrer Hochzeit also hatte sich die Dame, hatte sich das geile Nuttchen bis an die Ohren durchficken lassen von diesem Schwein, das ihn jetzt wie ein geprügelter Hund anschaute.

»Komm«, sagte er zu Alia Emar und reichte ihr die Hand, wie berauscht von dem, was er zuerst als Erniedrigung empfand, dann als Zynismus und gleich darauf als Reife.

Das Mädchen ließ sich willenlos an ihn ziehen. Hieronymus legte einen Arm um sie und drang mit einem Kuß durch ihr Haar, bis er die Wärme ihrer Kopfhaut spürte.

»Das Schicksal hat sich gewendet«, flüsterte er ihr ins Ohr. »Ich habe dich gefunden.«

Er hielt sie in seinem kräftigen Arm, als er zu dem Lichtraum zwischen beiden Türmen trat und die gelbe Blume ins Leere warf.

»Ab jetzt werde ich mit Realitäten handeln. Bescheiden und bezahlbar. Kein Fetisch kann mein Los verbessern. Ich werde nehmen, was das Leben mir zu geben geruht, als wäre jede Minute meine letzte.«

Bevor er sich an den Abstieg machte, nahm er Stefano ins Visier, in der Hoffnung, sein verachtender Blick möge stark genug sein, ihn für immer zu vertreiben. Der Junge warf sich nur eine Haarsträhne aus der Stirn und legte dann mit der beunruhigenden Passivität eines Mannes im Koma die Hände zwischen seine Knie. Das Bild prägte sich Hieronymus so deutlich ein, daß er sich nicht ohne eine gewisse Befriedigung vorstellte, wie der schöne Stefano sich in die Tiefe stürzen und den Hals brechen würde, noch bevor er selbst am Altar die beiden massiven Goldringe an seinen und Alia Emars Finger steckte.

Auf dem Kirchplatz erstrahlte noch einmal das magische Licht des genialen Torrentes. Die Fackeln wurden wieder angezündet, die Braut einer Notwaschung unterzogen, und mit Kölnischwasser die Flecken aus der Schleppe des Brautkleids gerieben. Die Orgel setzte mit dem Präludium zu Gounods *Ave Maria* ein, Faltkärtchen mit dem Datum der Hochzeit und einem Bildnis des heiligen Rochus wurden verteilt, und dann öffneten sich die Flügel der Kirchentüren, und das Brautpaar und die nächsten Angehörigen betraten als erste den roten Teppich, gefolgt von Kapitänen der Handelsmarine, den Angestellten des Kaufhauses *Europa,* den Magnesiumträgern für die Filmaufnahmen, den zehn Helden (denen das Dorf stillschweigend den Vortritt gewährte), Vertretern der Gewerkschaft der Schmuggler sowie dem ungarischen Konsul von Curica und seiner Frau Gemahlin. Erst dann folgte die Gesamtheit der Einwohner von Gema, mit Ausnahme des Telegrafisten, der aus den Verhandlungen zwischen Mollenhauer und dem Papst seine eigenen Schlüsse gezogen und sich auf einem englischen Schiff, das Kurs auf Dakar nehmen sollte, als Heizer anheuern lassen hatte.

Während sie zum Altar schritten, vernahmen die nächsten Gäste folgenden Dialog der Brautleute: »Hast du dein goldenes Feuerzeug dabei?«

»Ich trage es bei mir, ja.«

»Könntest du es mir für kurze Zeit borgen?«

»Mein Engel. Bald wirst du an deinem wundervollen Finger einen Goldring tragen, der sehr viel schwerer ist als das Feuerzeug.«

»Bitte, Hieronymus.«

Sie hatten den Priester erreicht, und mit einer Bewegung, die nur den Meßdiener überraschte, steckte der Bräutigam das Gerät in die mit Pailletten bestickte Leibbinde der Braut.

In der Predigt ging es um die bei Hochzeiten, Taufen und Beerdigungen unabänderliche Verdammung der Stadt und das Lob des kleinen Dorfes, die Verherrlichung schlichter ländlicher Gemüter und ihrer unverdorbenen Seelen. Pfarrer Pregel schwor, daß die malizianische Küste das Gelobte Land sei, da Gott ihnen das Wunder des Glockenturms geschenkt hatte, das die berühmtesten Wissenschaftler in Staunen versetzte (dabei richtete er seinen Blick auf den Erfinder Torrentes), und der interpretierte diese Geste des Herrn als Metapher dafür, daß der gläubige Mensch Berge versetzen könne. Bis hierher gab es nichts, das die Ansammlung von Gemeinplätzen unterbrach, mit der der Pfarrer seine Predigten würzte.

Doch als er zu dem konkreten Brautpaar überleitete, das vor ihm kniete, um den Segen des Herrn zu empfangen, sagte er, daß »diese heilige Verbindung« am glücklichen Ende eines langen unterschwelligen Krieges gegen heidnischen Aberglauben in Verbindung mit ausgeprägter Fremdenfeindlichkeit stand. Hieronymus errötete, als der Pfarrer mit wohlbedachten Pausen verkündete, auch der Sohn Gottes sei ein Fremder unter den Menschen gewesen, und seine göttliche Eigenschaft habe diese dazu geführt, ihn ans Kreuz zu schlagen. Süßer jedoch sei das Martyrium des Herrn (Hieronymus ahnte schon, was kommen würde, und drückte den Unterarm des Priesters mit der stummen Bitte, es nicht zu sagen) als das ihres Mitbürgers Hieronymus Franck gewesen, der allein wegen des Unglücks, welches Marta Matarasso zugestoßen war und an dem er keinerlei Anteil hatte, zehn Jahre lang das Kreuz des Zölibats getragen habe.

»Heute nimmt der gütige Fremde nun die schönste unserer Töchter zur Frau. So wie ihm Alia Emar ihre von Antonio und Magdalena eifersüchtig bewachte Tugend anvertrauen wird, schenken die Menschen der malizianischen Küste ihre Herzen Hieronymus Franck, voller Dank, daß er Bildung, wohltätige Spenden, Musik, Kino, irdische Güter in großer Zahl und Weltoffenheit zu uns gebracht hat.«

Die Orgel dröhnte mit einer Lautstärke los, die der Kirche von *Nôtre Dame* angemessen gewesen wäre, und nachdem das *Ave Maria* auf italienisch mit kehligem Inselakzent abgesungen war, forderte der Priester die Gemeinde auf, sich von den Bänken zu erheben; und nach einer Pause, in der die Musik noch im Deckengewölbe nachhallte, sprach er den klassischen Text: »Hieronymus Franck, bist du nach bestem Wissen und Gewissen bereit, die hier anwesende Alia Emar zur Frau zu nehmen?«

»Das werden Sie sich denken können, Herr Pfarrer?«

»Ein Ja, also.«

»Ja.«

»Alia Emar, bist du nach bestem Wissen und Gewissen bereit, den hier anwesenden Hieronymus Franck zum Mann zu nehmen?«

Das Mädchen bedeutete dem Pfarrer, sich herabzubeugen, und sprach sehr langsam in sein Ohr.

Dann erhob sie sich, ohne daß das Hochzeitskleid das Spiel ihrer Muskeln auch nur im geringsten behinderte, stellte sich breitbeinig hin, und ihren Bauch aggressiv nach vorn wölbend, zog sie das goldene Feuerzeug aus der Leibbinde. Von der anderen Seite zog sie aus demselben seidenen Gürtelband ein Stück Papier, das auf den ersten Blick nicht zu identifizieren war. Doch als sie damit durch den Mittelgang schritt und es in die Höhe hielt wie die Fackel eines Marathonläufers, da konnte man selbst in den hinteren Reihen erkennen, daß es ein Scheck war.

Dann erreichte sie exakt die Stelle des Planeten, an der Paula Franck stand, ließ das Feuerzeug aufflammen und hob es auf die Höhe ihrer linken Hand, die das Papier hielt. Der Scheck begann zu brennen, die Braut hielt ihr Kinn stolz in die Höhe gerichtet und starrte mit wildem Blick in die Augen ihrer Schwägerin. Diese erkannte, ohne daß weitere Erklärungen notwendig gewesen wären, daß sie vor der größten Peinlichkeit ihres Lebens stand, und der Instinkt riet ihr, ungerührt geradeaus zu schauen. Ohne Furchtsamkeit im Blick oder einem Lächeln auf den Lippen sah sie mit der Distanz einer Marmostatue auf das pyromane Tun, so als ginge es sie nichts an. Sie wartete, bis die Asche auf Brust und Schultern der Braut herabregnete, bewies Kaltblütigkeit, indem sie den Atem anhielt, als das Mädchen ihr die Feuerzeugflamme vor die Nase hielt, und schaute zum Deckengewölbe hinauf, als bemesse sie die dort angehäufte Stille.

»Verzeihung, Fräulein«, sagte sie dann.

Alia Emar trat in den Mittelgang zurück, und durch den freigewordenen Raum entschwand die Frau stolz erhobenen Hauptes, umschattet und blaß, entschlossen und verbittert, aber mit der Farbe einer Angeschossenen. Sie ertrug die Blicke der Dorfbewohner, die sich in ihren Nacken bohrten, und suchte ihr blutarmes Gleichgewicht zu halten, indem sie sich die Leute von Gema als eine Herde von Wildziegen vorstellte, die ihre Haufen im Hause des Herrn hinterließen. Sie geriet sogar richtig in Rage, als sie sich sagte, daß sie mit dem ungebrochenen Stolz eines Adlers nun ihrer Freiheit entgegenschritt, während jene träge Herde ohne Zeit und Raum nur verachtenswert war; ohne die Energie, etwas zu verändern, ohne Talent für Geschäfte und ohne Anmut für die Texte ihrer Lieder.

28

Der folgende Text stammt von dem neuen Korrespondenten der Zeitung *Republika* an der malizianischen Küste. Der Artikel wurde jedoch nie gedruckt und brachte seinem Autor nur den blauen Brief der fristlosen Kündigung ein. Beide Dokumente können in aller Ausführlichkeit im Historischen Museum von Aspalathon nachgelesen werden, da die folgende Abschrift aus literarischen Gründen leicht skarmetadisiert worden ist.

Gema des Nachts, das ist wie eine Pantherkatze auf dem Sprung. Ihre glühenden Augen entzünden das ganze Dorf, und die kreisenden Hüften der Mädchen lassen die erotische Kraft ahnen, die sie in der Intimität entfalten können. Himmel und Meer vereinigen sich unter des Mondes Ehering, und aus dieser Vereinigung quillt der Schaum, der manchmal wie ein Silberpfeil das geheimnisvolle, zeitlose Meer zerteilt. Die Herzen der Inselbewohner pulsen im Rhythmus einer Musik, die hier *Caramba* oder *Taramba* heißt. Das sind Kompositionen, die, genau wie die Nachdichtungen der alten Romanzen, von unmittelbaren Ereignissen Zeugnis geben. So wurde bis zum Überdruß beispielsweise eine gewisse *Carumba der Früchte* im Saal der Konditorei *Luzerna* gespielt, wo der Erfinder Torrentes – ein wunderlicher Mensch, der sich weder an seinen Taufnamen noch an sein Alter erinnert – ein Heimfeuerwerk abbrannte, in dessen Licht zwei französische Kameraleute jede Einzelheit der anregenden Hochzeit filmen konnten.

Zu Beginn des Festes wurde noch Zurückhaltung geübt.

Die Bewohner von Gema – wohl wissend, daß sie für die Geschichte aufgezeichnet wurden – gaben sich vernunftbetont und wirkten innerhalb ihrer nicht zu leugnenden Ländlichkeit sogar elegant. Doch je weiter die Nacht fortschritt und je mehr Alkohol floß, desto gelöster wurden die Triebe und die Korsetts, und es bot sich ein Schauspiel, an dem der lüsterne Herr Freud seine Freude gehabt hätte.

Das Hochzeitspaar bildete männlicherseits Herr Hieronymus Franck, Sohn der verstorbenen Salzburger Bankiers Edward Franck, und Bruder der Baronin von Auertal, welche die ebenso feinsinnige wie unglückliche Idee hatte, an der fernen Hochzeit teilzunehmen. Die weibliche Hälfte stellte Alia Emar, eine junge Inselbewohnerin, die auf ihrer eigenen Hochzeit mit einer spaßigen Einlage für Unterhaltung sorgte, indem sie im Hause Gottes vor aller Augen einen Scheck verbrannte und sich damit den Unwillen der Baronin von Auertal zuzog, die noch in derselben Nacht abreiste.

Die bemerkenswerte Geste ist insofern ungewöhnlich für diesen gottverlassenen Landstrich, als das Pro-Kopf-Einkommen der Inselbewohner auf zwanzig Pfund Sterling im Jahr geschätzt wird; grob ein Fünftel dessen, was sie verdienten, als die Reblausseuche noch nicht ihre Weinstöcke zermürbt hatte.

Unter den Hochzeitsgästen stach eine Gruppe junger Männer hervor, alle mit grauen Hosen und weißen Hemden bekleidet, die nach einigen Litern Slibowitz keine Hemmungen kannten, dem Korrespondenten zu berichten, daß sie eine Abteilung österreichischer Soldaten getötet hatten, die in der vergangenen Woche auf der Insel eine strikt formalbürokratische Mission im Auftrag des kaiserlichen und königlichen Amtes für Wehrerfassung durchführten. Die jungen Männer entledigten sich nach einigen *Carumbas* ihrer Hemden und stoben mit ihren Mädchen zum Strand, wo sie sich frivol vergnügten, offenbar ohne Gewissensbisse oder Mitgefühl.

Das Orchester dirigierte der ungarische Pianist Adam Policzer, der bis vor einigen Jahren noch die Konzertsäle von Wien und Linz mit seinem Klavierspiel beglückte, sich nach einer komplizierten Operation an den Handgelenken jedoch ein weniger anspruchsvolles Publikum suchen mußte. Doch wenn er uns auch nicht mit Sonaten oder Konzerten von Mozart erfreuen konnte, so war es doch eine Lust, den sympathischen Maestro im Rhythmus lokaler Tanzmusik in die Tasten greifen zu sehen.

Überflüssig zu sagen, daß auf diesem Fest die Grenzen des Unanständigen noch ein Stück weiter übertreten worden sind. Frauen jeden Alters provozieren die Männer, indem sie ihnen schamlos in den Schritt greifen und sie sogar auf den Hosenschlitz küssen. Der vom Korrespondenten befragte Gemeindepfarrer erklärte, in den katholischsten Ländern Afrikas und Südamerikas seien solche Tage der Ausschweifung durchaus üblich, und auf ihnen folge eine strenge Phase der Askese, so wie der Glaube es verlange.

Als Beispiel führte er den Karneval in Rio an, einer frommen Stadt in Brasilien, wo es selbst in den Bordellen noch Kapellen gebe.

Von dem Vorsatz getrieben, den Lesern auf dem Festland etwas von der Lyrik dieses wenig fest umrissenen Archipels zu vermitteln, habe ich mir einige Textzeilen der an diesem Abend am meisten gespielten *Turambas* notiert:

»Wie bläht sie sich auf, die neureiche Schnepfe,
die neureiche Schnepfe.
Ist stolz wie ein Pfau, doch längst nicht so schlau,
längst nicht so schlau.
Mit einem Scheck wollt sie erdrücken all unser Entzücken,
verbrannt sich die Finger, verbrannt sich die Finger.«

Dieser relativ trockene Text bezieht sich auf die Baronin von Auertal, welche, wie die Braut nach einem zögernden »Ja« ihrem Gatten erklärte, sie mit einer nicht unbeträchtlichen Summe zu »schmieren« versuchte, um sie vom Altar fernzuhalten. Anzumerken bleibt, daß der glückliche Ehemann diese Strophe anstimmte, und dabei perfekt den ausgelassenen Ton der Einheimischen traf. Nichts jedoch ließ die Herzen der malizianischen Bacchanten höher schlagen als eine gewisse *Carimba der Früchte*, in der es an einer Stelle heißt:

»Dies ist die Carimba der Früchte, der Früchte,
zu tanzen mit der Braut und mit den Nuttchen,
den Nuttchen.«

Und die Braut?

Man ist stets versucht, schöne Mädchen als geflügelte Wesen zu beschreiben, als errötende Schwäne, vor allem, wenn sie hochzeitlich gekleidet sind und sich für eine Nacht der schlichten Kittel entledigt haben, die sie täglich bei der Arbeit tragen. Das Wort *Engel* jedoch würde Alia Emars Leiblichkeit zu sehr verflüchtigen: die vollen feuchten Lippen, die dazu auffordern, ihr einen Kuß zu rauben; die vorwitzige Zunge, die sich zwischen blitzenden Zähnen hin und her zu bewegen weiß; die Nase, deren Flügel beben, als wüßten sie jedes einzelne Aroma dieser Nacht zu bestimmen; das Haar, das unbändig unter dem Brautdiadem hervorquillt, unter seinem geheimnisvollen Tüll, den die Braut beim Tanzen wehen läßt wie eine ausgelassene Nymphe; und die Fäuste, die man küssen möchte ohne Unterlaß, die aber das Kinn dessen treffen, der sich bei der *Curimba* an ihren Brüsten vergreift oder ihre forsche Nase mit seinem Schnapsatem beleidigt.

Der Tanz kann auf Gema Ausdruck des Glücks oder des Zorns sein. War anfangs noch alles ein Spiel von wohlgemuter Artistik, so zog gegen Mitternacht etwas Finsteres, Gehässiges auf, das sich im ganzen Saal ausbreitete. Die Blicke, die man der Braut zuwarf, verloren zunehmend an familiärer Freundlichkeit, und ein tückischer Schatten umflorte die Augen der jungen Männer. Von meinem Platz auf dem Podium, zu Füßen des Pianisten, glaubte ich, ihre Gefühle erraten zu können: ein unabwendbarer Zorn auf den Österreicher, der nicht nur der lebende Beweis dafür war, daß man in der barbarischen Steppe, die sie ihre Heimat nennen, reich werden konnte. Nein, sein ganzes Arsenal an Reichtum, Beziehungen, Kultur und Zungenfertigkeit hatte er außerdem dazu benutzt, ihnen Alia Emar zu nehmen, die sie in diesen Momenten gefährlich rasend begehrten.

Als die mit Gas gefüllten Zündkerzen des Erfinders Torrentes zur Neige gingen und alles auf das Licht der melancholischen Kronleuchter mit den florentinischen Kerzen reduziert war, wurden die jungen Burschen mutig. Herr Franck jedoch nutzte die Gunst eines Walzers, um mit seiner jungen Ehefrau davonzutanzen, als wäre diese aus regelmäßigen Takten und Nostalgie gemachte Musik wie keine andere dazu geeignet, sich von den Erektionen der zürnenden Jugend zu verabschieden. Im Straußschen Taumel tanzten sie bis auf die Straße, wo sie sich voneinander lösten und in die glückverheißende Hochzeitsnacht enteilten.

Genau zur richtigen Zeit, denn zehn Minuten später rotteten sich die jungen Patrioten mitten im Saal zusammen, umarmten sich wie Footballspieler vorm Angriff und behinderten die übrigen Tänzer. In dieser Haltung verharrten sie eine ganze Weile, und als sie ihr eigenartiges Konzil beendeten, gingen sie zur Bar, füllten sich in der Reihenfolge ihrer Betrunkenheit jeder ein Gläschen Slibowitz und tranken »auf uns selbst«. Danach stellten sie ihre Gläser brav auf dem Nebentisch ab, als handle es sich um ein Blumengeschenk, und zogen mit den Händen in den Hosentaschen ab, wie eine Bande von Halbstarken, die man auf einer Geburtstagsfeier hinausgeworfen hat.

Ihr Auszug nahm der Stimmung im Saal einen Großteil ihrer Aggressivität, aber mir nicht die Neugier. Ich ging hinaus und gesellte mich zu ihnen, doch sie behandelten mich mit perfekter Gleichgültigkeit. Am Kai setzten sie sich auf die Mauer und schauten der Reihe nach durch ein Fernglas auf die gegenüberliegende Küste. Als sie damit fertig waren, saßen sie grüblerisch da, ließen die Beine baumeln, einige rauchten, andere kramten Olivenkerne aus ihren Hosentaschen und warfen sie ins Wasser. Ich benutzte die freundliche Anonymität, in der sie mich hielten, bat höflich um das Fernglas und stellte es auf mein Sehvermögen ein.

Drei Schiffsstunden entfernt lag die kaiserliche Kriegsflotte und wartete auf den Tagesanbruch, um anzugreifen.

»Was wollt ihr machen, Jungs?« fragte ich aufmunternd.

Einer von ihnen nahm einen tiefen Zug an seiner Zigarette, zündete an der Glut eine neue an und gab mir zur Antwort, wobei er ein paar Rauchringe zu blasen versuchte, die der Wind rücksichtslos verwehte: »Die Kippe zu Ende rauchen und dann unsere eigenen Gräber schaufeln.«

Von der malizianischen Küste berichtete erstmals für *Republika*

Andrés Gómez Stalker, Korrespondent.

29

Spekulationen zufolge soll es wenigstens drei Gründe gegeben haben, weshalb der Bericht von Gómez Stalker nicht in der *Republika* veröffentlicht wurde: literarische, politische und sträfliche Ungenauigkeit des Journalisten.

Zu den ersten gehört zweifellos der lyrische Überschwang, der den Schreiber zu Bildern verleitet, wie »Himmel und Meer vereinigen sich unter des Mondes Ehering«, bei dem jedem europäischen Verleger die Kinnlade heruntergefallen wäre.

Zu den zweiten gewiß die Veräppelung der Baronin von Auertal, Direktorin der Salzburger Bank, die bei der *Republika* Werbeanzeigen geschaltet hatte. Sie wäre nämlich imstande gewesen, die Subvention dem Konkurrenzblättchen *Donau Handelsblatt* zugute kommen zu lassen, wenn sie gelesen hätte, welch katastrophalen Eindruck sie an der malizianischen Küste hinterlassen hatte.

Die meisten jedoch erklärten den blauen Brief mit der ungeheuerlichen Ungenauigkeit von Gómez Stalker, der den originellsten Tanz der malizianischen Küste willkürlich »Caramba«, »Carumba», »Carimba«, »Turamba« oder »Taramba« und sogar »Curimba« genannt, nicht ein einziges Mal jedoch das weltberühmte Wort in seiner korrekten Schreibweise »Turumba« getroffen hatte.

Wer dem Handlungsverlauf bisher aber aufmerksam gefolgt ist, weiß, daß es an diesem frühen Morgen überhaupt niemanden gab, der ein Telegramm hätte aufgeben können, und daß der Verleger der *Republika* wahrscheinlich gar nicht dazu gekommen war, das Gómez-Stalker-Debüt zu lesen. Der Telegrafist war desertiert, befand sich auf dem Weg nach Afrika, und seine Assistentin, Alexandra Catalina Béneto, bemühte sich in den Dünen wieder einmal um ihren Freund, den sie dazu bringen wollte, die Rekordmarke von vier Orgasmen zu übertreffen. Als der Mann ihr gestand, Alkohol und Liebesmüh hätten ihn geschafft, sagte sie: »Ruh dich ein wenig aus, Süßer. Ich setze zwar Ziele, aber keine Fristen.«

Der Artikel des Korrespondenten blieb auf dem Tisch neben dem Morseapparat liegen, und Alexandra Catalina entdeckte ihn erst, als sie, bereits im Besitz der ersehnten Bestmarke – in der Ferne klangen die Turumbas –, ins Büro ging, um nachzusehen, ob dringliche Nachrichten eingetroffen waren. Die Meldung, die noch im Apparat steckte, war an Dramatik schwer zu übertreffen. Sie war vom Papst unterzeichnet und lautete: »Verhandlungen gescheitert. Der Herr erbarme sich eurer Seelen.« Vor Schreck wieder zu Sinnen gekommen, steckte sie die Zeitungsnotiz von der Hochzeit unter die Schreibunterlage und rannte dann zum *Luzerna*, um die letzten Tänzer zu alarmieren. An besagter Stelle blieben die qualvollen Zeilen jahrelang liegen, bis sie auf Betreiben des Kurators Lausic im Historischen Museum in Aspalathon archiviert wurden.

Obwohl die Ereignisse leicht asynchron verliefen, war es mehr oder weniger dieselbe Zeit, zu der das tanzende Paar Alia Emar und Hieronymus vor der Tür des Kaufhauses *Europa* ankam, um den Champagner zu genießen und die Liebe auszukosten, aber auch die endliche und glückliche Abwesenheit von Paula Franck. Auf der Schwelle vor dem Eingang saßen die Brüder Reino und Stefano Coppeta. Letzterer immer noch zerrüttet und fahrig von dem, was ihm am Abend zuvor geschehen war, als würde das Erlebnis vom Blick seiner blauen Augen unablässig aufgefrischt. Reino hingegen wies die Spuren einer langen Nacht auf: Wein- und andere Flecken auf der Hose und einen Kratzer auf der Wange, der immer noch blutete. Alia Emars zügellose Freude verwandelte sich in Starre.

»Das Fest findet woanders statt«, sagte Hieronymus feindselig.

Reino kratzte sich eine Ewigkeit lang am Kinn.

»Wir müssen mit Ihnen sprechen.«

»Morgen, Mann, morgen.«

Mühsam erhob sich der ältere Coppeta. »Es wird kein Morgen geben, weder für Sie noch für uns.«

»Was soll das heißen?«

»Sie verschwinden in die Flitterwochen, und wir schauen uns die Radieschen von unten an.«

Hieronymus Franck schaute lächelnd von einem zum andern, und hielt seine Frau eng an sich gedrückt. Einen Moment lang nahm er den unmerklichen Strom wahr, der Stefanos blaue Augen mit dem unruhigen Blick von Alia Emar verband, und er verspürte das dringende Verlangen, diesen Zauber zu zerstören.

»So ein Pech aber auch. Es tut mir aufrichtig leid, zu dieser nächtlichen Stunde und an meinem Hochzeitstag nicht das geringste Interesse dafür aufbringen zu können, wie es zu dieser Schicksalhaftigkeit kommen wird.«

»Ich werde es Ihnen trotzdem erzählen.«

»Nein, denn ich werde jetzt diese Tür öffnen, sie hinter mir verschließen, mit voller Lautstärke meine Lieblingsmusik auflegen und mich aus der Welt ausklinken.«

»Aber nicht aus Ihrem Gewissen, Herr Franck. Und auch nicht aus dem Ihrer Frau.«

Jetzt erhob sich auch Stefano Coppeta. Die Augen beschämt zu Boden gerichtet, zog er aus dem Etui seines Großvaters einen Feldstecher und reichte ihn wortlos dem Österreicher. Hieronymus nahm ihn zögernd in die Hand, und Reino bedeutete ihm, aufs Meer hinauszuschauen. Am Himmel stand dieser volle Mond, den man auf der Insel »dicke Berta« nannte. In seinem Licht, das ebenso erregend war wie das künstliche von Torrentes, konnte Hieronymus jedes einzelne Schiff der kaiserlichen Flotte erkennen.

»Das geht mich nichts an«, entgegnete er und gab Stefano das Glas zurück. Dann tastete er nach dem bronzenen Haustürschlüssel und zog statt dessen ein Feuerzeug hervor. Davon inspiriert griff Stefano zu der Zigarette hinter seinem Ohr und hielt sie an das Feuerzeug. Als die Flamme aufflackerte, riskierte er noch einmal einen direkten Blick in die Augen der Frau. Alia Emar mußte sich beherrschen, um ihm nicht die Wange zu streicheln. Sie lenkte ihre Hand statt dessen zur Stirn und strich sich mit einer herrischen Bewegung das Haar zurück.

»Hör ihnen zu«, bat sie.

Gehorsam zog Hieronymus zwei Zigarren aus der Jakkentasche, gab eine davon Reino, und alle vier setzten sich auf die Treppenstufe. Sie stießen gemeinsam eine dicke Qualmwolke aus, und der Österreicher gab Reino zu verstehen, daß er loslegen könne.

»Es gibt nur einen Weg, das Massaker zu verhindern«, sagte der und klopfte vergebens auf die Zigarre, denn noch hatte sich keine Asche gebildet. »Sie müssen uns Ihr Schiff leihen, damit wir nach Italien können.«

Alia Emars Gemahl glaubte seinen Ohren nicht zu trauen. Er bedauerte in aller Form, den Rat seiner Schwester in den Wind geschlagen zu haben. Er war hier unter fanatische Schurken geraten, die ihn wie Blutegel aussaugen würden. War das die endlose Erpressung wegen Marta Matarassos Tod? Oder waren das taktische Züge, um zu verhindern, daß sich die Hochzeit mit Alia Emar vollzog? Der unverschämte Lümmel mit den heißen Augen hatte wahrscheinlich schon alle inneren Wege seiner Frau erforscht und versuchte jetzt nur, die intimen Spielchen nicht auffliegen zu lassen, um die Schande möglichst lange von Alia Emar fernzuhalten. Aus welchem Grund, zum Teufel, war er auf diese Insel gekommen, auf der ein unerträglicher Alltag seine einzige Aussicht war? Aus Liebe, sagte er sich. Aus blöder, idiotischer, unvernünftiger und besessener Liebe. Er blickte nicht auf die Jungen, deren Lässigkeit einer natürlichen Anmut entsprang, sondern auf seine Frau. Sie hielt seinem Blick stand und entwand zugleich Stefano das Fernglas, das sie ihrem Mann nun auffordernd hinhielt.

Er spähte noch einmal zur Grenze der Nacht und erblickte das erste Schimmern des Tageslichts.

»Dieses Schiff, mein Freund, ist seit Jahren mein Traum. Als meine Liebe zu Alia Emar geboren wurde, begann Meister Bizarro mit seinen Leuten, es zu bauen. Alles war so geplant, daß wir am Tag nach unserer Hochzeit würden in See stechen können. Es ist jetzt Zeit für uns, diesem Horizont und dieser Geschichte den Rücken zu kehren. Nichts hält uns hier. Laßt uns unsere Freiheit.«

Stefano nahm einen tiefen Zug an seiner Zigarette und tat so, als brenne ihm der Rauch in den Augen. Er rieb sie sich mit beiden Handflächen und rauchte danach genüßlich weiter. »Desperados«, dachte Hieronymus. Und einen winzigen Moment lang nahm er mit jedem einzelnen Nerv wahr, daß seine subtile Eroberung machtlos war gegen die natürliche Allianz, diese Erschütterung, die die

Luft vibrieren ließ, sobald Stefano und Alia Emar sich nur aus den Augenwinkeln erspähten.

»Es geht nur darum, nach Italien zu kommen, Herr Franck. Danach bekommen Sie Ihr Schiff zurück.«

»Tut mir leid, Junge. Heute nacht der Hochzeitschampagner und morgen das Frühstück an Deck.«

Die Brüder wechselten einen Blick, und Reino überließ Stefano das Wort. Der Junge bedeckte seine Augen, preßte zwei Finger auf seine Nasenwurzel und suchte nach einem einleuchtenden Argument. Er hatte das undeutliche Gefühl, wenn er sich die Augen zuhielte, könne er verwundbarer und daher überzeugender wirken.

»Sie haben recht, Herr Franck. Entschuldigen Sie die Störung. Es ist nur so …«

»… daß sich die Jungs ihr Schiff schon genommen haben.«

Der Österreicher hob seine Hand und klimperte mit den Schlüsseln.

»Hieronymus.«

Der Mann hätte die Stimme seiner Angebeteten lieber nicht gehört. Alles war so entsetzlich vorhersehbar. Die Ereignisse waren derartig miteinander verflochten, um seine Utopien vieler Jahre mit einem einzigen Rutsch ins Nichts zu befördern, daß er kein Wort dazu herausbrachte. Er stand auf und ging in Richtung Kai, die Schultern mit Mondlicht beladen und die Ellenbeuge mit dem bejahenden Arm seiner Frau.

Nichts veränderte sich an seiner Haltung, als der unerträgliche Reino Coppeta in seinem Rücken, mit einem Ton, der beinahe in reinstes Melodram ausartete, sagte: »Sie sind ein wahrer Patriot, Herr Franck.«

Seine Geduld und seine Verbitterung hielten ihm die Lippen noch für ein paar Sekunden geschlossen, doch dann brach es aus ihm heraus, und ohne sich umzudrehen, knurrte er:

»Ich bin Österreicher, du Dreckskerl. Ich bin ein verdammter Landesverräter.«

Als Stefano seinen Arm zum Kai hin ausstreckte, merkte Hieronymus, daß er den ganzen Weg mit gesenktem Kopf gegangen war. Als er den Blick jetzt hob, sah er die Horde »Patrioten« rauchend dasitzen und warten, daß sie herankamen.

»Ohne Ihre Zustimmung wären wir nie losgefahren, Herr Franck. Mit Gewalt gehen wir nur gegen den Feind vor, aber Sie ...«

»Halt den Mund, Reino Coppeta! In Gottes Namen, halt den Mund!«

Als er sah, daß die Gruppe sich der Reede näherte, an der das Boot festgemacht war, sprang Kapitän Bizarro an Land.

»Es ist eine Schande, Herr Franck. Diese Schurken wollen unsere Yacht entführen.«

»Und dieser Kaffeegeruch?«

»Ein Geschenk des Hauses. Mit einem starken Kaffee kriegen sie vielleicht wieder einen klaren Kopf. Sie sind bewaffnet, Chef.«

»Wie lange brauchen Sie, um die italienische Küste zu erreichen?«

»Vier, fünf Stunden.«

»Können Sie diese Banditen alle mitnehmen?«

»Nicht gern, Herr Franck«, antwortete er auf deutsch, weil er fürchtete, einer der Burschen könnte ihn verstehen. »Außerdem ist morgen doch der große Tag Ihrer Hochzeitsreise durch die Adria. Und ich habe noch ein paar Überraschungen, damit sie ein voller Erfolg wird, Herr Franck. Sie und die Braut in einem Meer von Honig, von süßestem Honigmond. Mit himmlischer Musik. Herr Torrentes war nämlich hier und hat noch etwas eingebaut...«

»Still jetzt.«

»Herr Torrentes ist ein sehr dankbarer Mensch.«

Hieronymus bat Stefano um das Fernglas und gab es Kapitän Bizarro. Er legte beide Hände auf die Wangen des Kapitäns, drehte seinen Kopf in die gewünschte Richtung und zwang ihn, zur Küste zu schauen.

»Was sehen Sie, Kapitän?«

»Wellen, Wellen und nochmals Wellen.«

»Und weiter hinten?«

»Schatten.«

Der Kapitän stellte die Schärfe nach, und dem Besitzer des *Europa* fiel auf, daß er sehr geübt darin war.

»Chef, das sind Kriegsschiffe!«

»Was machen sie hier?«

»Warten Sie, ... warten.«

»Warten worauf?«

»Daß es hell wird. Die Küstengewässer sind gefährlich.«

»Was halten Sie davon?«

»Das ist ein Riesenaufmarsch.«

»Ein Riesenaufmarsch für einen Angriff auf eine so kleine Insel.«

»Was für eine Insel, Chef?«

»Diese Insel.«

Der Kapitän nahm mit finsterem Blick das Fernglas von den Augen. Unter dem korrekten weißen Kragen hüpfte sein Kehlkopf auf und ab wie ein Tischtennisball.

»*Alzare tacchi!* Ich glaube, Herr Franck, wenn wir unverzüglich aufbrechen würden, könnte ich in ungefähr dreieinhalb Stunden die italienische Küste erreichen.«

Hieronymus verbeugte sich knapp vor dem älteren

Coppeta, und der gab seiner Gruppe ein Zeichen, an Bord zu gehen. Dann streckte er die Arme aus, damit sie ihm die Waffen aushändigten. Als er sie alle eingesammelt hatte, warf er eine nach der anderen ins Wasser und betrachtete fast ein bißchen wehmütig die Stelle, an der sie versanken. Bevor er auf das jungfräuliche Schiff sprang, blieb er bewegt vor Hieronymus stehen, und seine ganze Haltung verriet, daß er ihn umarmen wollte. Hieronymus aber warf zuerst einen Blick auf den Mond, dann auf seine Frau, und schließlich verlegte er sich darauf, mit der rechten Schuhspitze auf dem Boden zu scharren. Reino versagte sich seine Absicht und sprang an Deck.

Dann stand Stefano vor ihnen und entblößte mit strahlendem Lächeln seine blauen Augen. Als wäre Hieronymus nicht anwesend, suchte er den Blick von Alia Emar und ließ nicht locker, bis sie den Kopf hob, das rebellische Kinn, und ihn ansah.

»Wo gehst du hin, Stefi?«

»Nach Italien. Hinterher angeblich nach Chile.«

»Wo ist das?«

»Irgendwo da hinten.«

Alia Emar schützte sich mit verschränkten Armen vor einer unwirklichen Kälte.

»Mit deinem Bruder hast du Frieden geschlossen?«

»Nein. Ich verachte ihn.«

»Warum bist du dann bei ihm?«

Stefano deutete zum Schiff.

»Wir haben Krieg, nicht?«

Hieronymus riß sich plötzlich mit einem Ruck die rote Samtschleife vom Hemd und den obersten Knopf gleich mit.

»Alia Emar«, sagte er, »wenn du mit ihm gehen willst, dann ist jetzt der richtige Zeitpunkt.«

Das Mädchen streckte die Hand aus und zwang Stefano mit den Augen, sie zu ergreifen. Er flüsterte ihr etwas ins Ohr, schüttelte die Hand ohne Gefühl, mit militärischer Strenge. Der Junge ahnte, daß seine Stimmbänder versagen würden, und ihm fiel nichts Dümmeres ein, als die Hacken zusammenzuschlagen, sich zu verbeugen und die Finger der Geliebten mit seinen Lippen zu streifen. Dann sprang er an Bord, und die Befehle des Italieners zum Ablegen übertönten alle Geräusche der Nacht.

Alia Emar und Hieronymus schlenderten über den Kai zurück. Vom *Luzerna* war deutlich das Klavier Maestro Policzers zu hören, der sich offensichtlich an einem Walzer von Chopin versuchte. Die Frau legte eine Hand auf den Nacken des Mannes und massierte ihn mit warmen Fingern.

»Bitte! Erkläre es mir«, flehte er.

Alia Emar vergrub lustvoll ihre rechte Hand in sein von Tanz und Zorn zerzaustes Haar, und als sie seine Kopfhaut kraulte, fühlte sie jeden einzelnen Nerv vibrieren.

»Ich bin deine Frau.«

»Jetzt noch.«

»Solange ich lebe, Hieronymus.«

Der Mann ging skeptisch weiter. »Das ist das Fünfzigjahretrauma«, dachte er. »Mit fünfzig hat man seine Unschuld verloren.«

»Du hättest mit aufs Schiff gehen können, Kleines. Nichts hat dich gehindert.«

»Nein«, sagte Alia Emar und wischte sich mit dem Unterarm über die Wange.

30

Um sieben Uhr morgens strahlte die Sonne von einem stahlblauen Himmel auf die malizianische Küste wie lange nicht mehr. Ihre Größe und Helligkeit schienen von einem Kind ausgedacht. Das Dorf strahlte dieselbe Unschuld aus. Mit seinen leeren Straßen, den zerbrochenen Flaschen am Kai, Partituren von Turumbas in den Baumkronen und den Tieren – Katzen, Ziegen, Esel und Hühner, alle zu vollkommener Stille erzogen –, wirkte das Dorf noch unscheinbarer, als es ohnehin schon war.

Zuerst befahl Mollenhauer, die morschen Bohlen des Kais zu untersuchen, da er nicht Gefahr laufen wollte, von einer Bombe ins Jenseits befördert zu werden. Doch gleich darauf sagte er sich, daß in so einem Drecksnest wohl nicht einmal ein Zinnsoldat zu finden sei, höchstens ein Polizist wie aus dem Kasperltheater. Mit der kaiserlichen Flotte im Rücken fühlte er sich wie Gulliver im Lande Lilliput. Nur um der Dienstvorschrift zu genügen, ließ er seine Leute bis an die Grenzen des Dorfes ausschwärmen und befahl ihnen, alle männlichen Einwohner zwischen zwölf und hundert Jahren mit gespreizten Beinen und im Nacken verschränkten Händen auf dem Dorfplatz zu versammeln.

Mit einem Mal fiel sein Blick auf den Kirchturm. Er stieß seinen Adjutanten an, der mit gerümpfter Nase auf eine tote Katze starrte, die im Schaum der Brandung trieb.

»Sehen Sie, was ich sehe, Leutnant?«

Er wies mit gestrecktem Zeigefinger zur Kirche und rieb sich dann mit dem Finger über die Wange.

»Ich sehe eine Glocke, Herr Admiral.«

»Genau. Und fällt Ihnen etwas auf an dieser Glocke?«

»Nun, sie scheint größer zu sein als normale Glocken.«

»Halten Sie das für eine objektive Einschätzung?«

»Nun ja, Herr Admiral. Es ist eine relativ große Glocke.«

»Relativ in bezug auf was?«

»Auf die Kirche.«

»Würden Sie sagen, Herr Leutnant, daß die Glocke größer ist als die Kirche?«

»Auf keinen Fall, Herr Admiral.«

»Würden Sie sagen, die Glocke ist so groß wie die Kirche?«

»Die Glocke ist von ausreichender Größe, um das guten Gewissens behaupten zu können.«

Mollenhauer steckte seinen Federhut auf den Zeigefinger und ließ ihn kreisen. Er warf einen Blick zurück auf seine Schiffe und stellte mit Befriedigung fest, daß alle Kanonen auf die wichtigsten Gebäude gerichtet waren. Eine Minute Sperrfeuer, und das ganze Terroristennest wäre von der Landkarte gelöscht.

»Und wie erklären Sie sich, daß dieses kümmerliche Kirchlein eine solche Masse Bronze tragen kann?«

Der Adjutant kreuzte ein Bein vor das andere, wie eine Ballerina, die auf die Bühne tritt, um ihr Publikum zu begrüßen, und verschränkte die Arme vor seiner schlanken Taille.

»Herr Admiral, Sie wissen, daß es keinen größeren Atheisten gibt als mich. Aber eine so verdammt große Kirchenglocke kann ich mir nur mit einem Wunder erklären.«

»Glauben Sie, Gott ist so dämlich, seine Wunder auf dieser gottverlassenen Insel zu wirken?«

Der Adjutant wechselte das Standbein und kratzte sich ausgiebig am Ohr, bevor er Antwort gab.

»Warum hat dann sogar der Heilige Vater ein solches Interesse an diesem verlausten Nest, daß er versucht, die Flotte aufzuhalten?«

Die Soldaten begannen, die Beute ihrer Treibjagd auf dem Dorfplatz abzuladen: zwei Kinder im Alter von elf und dreizehn Jahren, ein Betrunkener um die Dreißig, der fest eingeschlafen war, und sieben alte Männer zwischen achtzig und neunzig. Mit Ausnahme des Betrunkenen hatte keiner von ihnen Schwierigkeiten, mit gespreizten Beinen und erhobenen Armen zu stehen. Admiral Mollenhauer schritt zielstrebig auf einen der Alten zu und hob mit dem Daumen dessen Kinn.

»Dein Name, Alter?«

»Torrentes, Herr Admiral.«

»Beruf?«

»Schwer zu sagen. Passionierter Elektriker.«

»Wissenschaftler?«

»Nein, nein. Es hieße das Wort entehren, wenn ich es für mich beanspruchen wollte.«

»Seit wann leben Sie in diesem Dorf?«

»Seit gestern, Herr Admiral.«

»Dann sind Sie Tourist?«

»Ganz recht, Herr Admiral, Tourist.«

»Was würden Sie davon halten, wegen Feigheit und Hochstapelei standrechtlich erschossen zu werden?«

Torrentes ließ einen Arm sinken und kratzte sich die Glatze, ohne daß es ihm jemand verwehrte. In Anbetracht dieses unbedeutenden Erfolgs nahm er auch den anderen Arm herunter und verschränkte beide vor der Brust.

»Das wäre sehr unangenehm, Herr Admiral. Eigentlich

habe ich immer davon geträumt, in meiner Heimat zu sterben.«

»Nämlich?«

»Logroño, Spanien. Mein wissenschaftlicher Ehrgeiz hat mich jedoch nach Salzburg verschlagen. In Spanien hat es die Wissenschaft nicht leicht. Theologie, kein Problem, aber Wissenschaft und Religion sind wie Katze und Hund.«

Mollenhauer schnippte mit den Fingern, um die Aufmerksamkeit seines Adjutanten auf sich zu lenken.

»Machen Sie für mich doch bitte einen Ihrer kulturellen Purzelbäume, und erzählen Sie mir, was Sie von Logroño wissen.«

Der Adjutant erhob sich auf die Zehenspitzen, und auf die männliche Schulter seines Vorgesetzten gestützt, flüsterte er diesem alles ins Ohr, was er über Logroño wußte. Danach rieb Mollenhauer sich die Hände, klemmte beide Daumen hinter seine blitzende Gürtelschnalle und sprach: »Herr Torrentes, die Stadt Logroño liegt am Zusammenfluß zweier großer Flüsse. Wären Sie so nett, mir zu sagen, um welche Flüsse es sich handelt?«

Der Alte fuhr sich mit der Hand über den Kopf, wie um das Haar zurückzustreichen, das er nicht mehr hatte. Dann schaute er zum Himmel hinauf und konnte feststellen, daß dort oben genausowenig los war wie auf seinem Kopf.

»Nun, Sie müssen wissen, daß Geographie nicht meine Stärke ist. Und Flüsse interessieren mich nur als Energiequelle.«

»Ich würde mich gern mit Ihnen über dieses Thema unterhalten, aber im Moment interessieren mich, das heißt, haben *Sie*, nur die Namen der beiden Flüsse zu interessieren, die in Logroño zusammenfließen.«

»Tja, es sind zwei, das steht schon mal außer Frage.«

»Es ist sehr verdächtig, daß Sie in einer Heimat sterben wollen, von der Sie nichts in Erinnerung haben.«

»O doch, ich erinnere mich an etwas. An den Namen der Plaza nämlich. Sehen Sie?«

»Dann nennen Sie ihn.«

»Plaza de Logroño.«

Mollenhauer warf einen Blick auf seinen Adjutanten, der sich wieder auf die Zehenspitzen erhob und seinem Chef etwas ins Ohr flüsterte, dabei die Augenbrauen bewegte und die bloßen Füße von Torrentes betrachtete. Dann verschränkte er die Arme und wandte sich mit hinterlistigem Blick an Torrentes.

»Tut mir leid, mein Alter, aber ich muß Sie erschießen lassen.«

»Jetzt gleich?«

»Genau. Und kommen Sie mir hinterher nicht damit, daß es kein ordentliches Verfahren gegeben hätte.«

»Nein, auf keinen Fall, aber wessen bin ich denn angeklagt?«

»Der Mittäterschaft an der Ermordung von elf Soldaten der österreichisch-ungarischen Armee.«

»Wann soll das gewesen sein?«

»Vor einer Woche.«

»Und wo?«

»Hier auf dieser Insel.«

»Und warum sollte ich mich an so einer Barbarei beteiligt haben?«

»Das müßten Sie besser wissen als ich.«

»Bei meinem schlechten Gedächtnis! Ich kann mich nicht mal an die Flüsse von Logroño erinnern, wie soll ich mich da an etwas so Schreckliches erinnern? Zumal ich vor einer Woche noch gar nicht hier war. Ich bin vorgestern mit meiner elektrischen Ausrüstung hier eingetroffen, um die Hochzeit zu beleuchten.«

»Glauben Sie mir, mein spanischer Freund, es tut mir leid. Ich bin nämlich ein großer Bewunderer Ihres Don Quijote.«

Mit einem Fingerschnalzen rief er das Erschießungskommando zusammen, das sich in elf Schritten Entfernung vor der nächsten Mauer aufstellte, die Hacken zusammenschlug, die Gewehre mit den Kolben auf die Erde stellte und auf weitere Befehle wartete. Mollenhauer selbst stellte Torrentes väterlich an die Wand und wählte dafür eine Stelle, die im Schatten eines Baumes lag.

»Machen Sie etwa Ernst, Herr Admiral?«

»Verzeihen Sie das opportune Wort; aber es ist mir *tödlich* ernst.«

Der Erfinder betrachtete die Schildkrötenform einer Wolke, die auf die Berge zutrieb, faltete die Hände vor dem Mund, legte beide Daumen unter das Kinn und beide Zeigefinger auf die Lippen.

»Sonderbar«, sagte er. »Da macht man sich sein Leben lang Gedanken über das Sterben, und wenn es dann soweit ist, stellt es sich als etwas so Banales wie dies hier heraus. Würden Sie mir einen letzten Wunsch erfüllen?«

»Selbstverständlich.«

Der Alte nahm seine Hände wieder auseinander, griff in die Tasche seiner grauen Hose mit schwarzen Nadelstreifen und zog ein zusammengefaltetes Blatt Papier hervor, das er in der Luft schüttelte, um es aufzufalten. Es war ein handgeschriebener Zettel, den er mit dem Unterarm auf seinem Oberschenkel glattzustreichen versuchte, und ihn schließlich dem Admiral aushändigte.

»Würden Sie so freundlich sein, und diesen Brief Herrn Marconi zukommen lassen, der in London wohnt?«

»Marconi? Das Genie?«

»Richtig, ja. Mögen Sie Musik?«

»Leidenschaftlich.«

»Was halten Sie von den Salzburger Philharmonikern?«

»Mittelmäßig.«

»Es freut mich, in dieser Sache mit Ihnen, einer so wichtigen Person in meinem Leben, übereinzustimmen. Tatsache ist, daß ich es leid war, mir anzuhören, wie unser Orchester Mozart verschandelt, und mir deshalb eine Methode ausgedacht habe, um in Salzburg die Königlichen Symphoniker aus London hören zu können.«

»Ein etwas aberwitziges Vorhaben, will mir scheinen.«

»Genau. Von mir ausgedacht, ist das der größte Blödsinn, der einem alten Esel einfallen kann. Aber in Marconis Hirn gepflanzt, könnte es Wirklichkeit werden. In diesem Brief habe ich aufgeschrieben, wie ich mir die Erfindung vorstelle.«

»Erlauben Sie mir, ihn zu lesen?«

»Es ist nur ein erster Entwurf, aber da es keine Endfassung geben wird, wäre ich dankbar, es als eine Art Vermächtnis noch einmal vorgelesen zu bekommen.«

Mollenhauer wedelte sich mit seinem Federhut Kühlung zu und warf sich in die Brust, als er mit sonorer Stimme zu lesen begann:

Verehrter und bewunderter Maestro,

ich bin hoch erfreut über den Erfolg Ihrer Forschungen, die den großen Vorteil haben, nicht im »Möglichen«, im »Künftigen« oder »Theoretischen« steckenzubleiben, sondern vielmehr durch ihre praktische Anwendbarkeit zum Fortschritt der Menschheit aktiv beizutragen. Sie, das Genie, sind so freundlich gewesen, meine Ungereimtheiten durchzulesen und mich, den Narren, großzügig zu ermutigen. Ihren Ratschlägen folgend, habe ich tatsächlich ein hellstrahlendes Licht erzeugen können, das in der cinematographischen Industrie von Nutzen wäre. Damit könnte man den Set besser ausleuchten und so zu ausdrucksstärkeren Bildern kommen.

Leider sind die Kosten für eine solche Installation so hoch, daß ich das Gerät nur einmal, mit Hilfe eines Mäzens, ausprobieren konnte. Heute möchte ich Ihnen ein neues Projekt vorstellen, bei dem es um die Übertragung von Schallwellen ohne Kabel, und zwar mit Hilfe von Kristalldetektoren geht. In dem langsamen Rhythmus meiner einfallslosen Fortschritte wird es sicher nicht vor 1925 möglich sein, Musik von London nach Österreich zu übertragen. Dabei soll schon innerhalb des nächsten Jahres die erste Übertragung eines Telefongesprächs von Washington nach Hawaii stattfinden – ohne Kabel! Ich werde die Entwicklung der Dinge verfolgen, kann mir aber gut vorstellen, daß Sie der Verwirklichung meiner Utopie um Jahre voraus sind. Wie man hört, denkt man in Italien daran, Sie zum Senator auf Lebenszeit zu ernennen. Ich beglückwünsche Sie, hoffe jedoch, daß die Politik Sie nicht der Wissenschaft entfremdet.

Ihr bescheidener und aufdringlicher Bewunderer,
Torrentes

Der Admiral bügelte den Brief nachdenklich auf seiner Uniformbrust und schaute betrübt einem Hund mit hängenden Brauen nach.

Er trat zu dem Alten und sagte vertraulich: »Ihr Brief hat mich gerührt, alter Mann. Es ärgert mich jetzt, Sie erschießen lassen zu müssen.«

»Dann lassen Sie es doch.«

»Nun, das Problem ist, daß ich vor allen meinen Leuten

schon den Befehl gegeben habe. Wenn ich ihn rückgängig mache, halten sie mich für einen nicht ernst zu nehmenden Maulhelden.«

»O nein! Sie werden Sie für einen gnädigen Menschen halten.«

»Aber mein Kaiser erwartet einen blutigen Vergeltungsschlag. *Operation Gnadenlos.* Sie, einen intelligenten Menschen, erschießen zu lassen, ist aus strategischer Sicht weit wertvoller, als mir irgendeinen von den hirnlosen Trotteln da zu greifen, die ihren Kopf nur haben, um sich einen Hut aufzusetzen. Warum lachen Sie?«

»Es ist komisch«, sagte der Alte mit der Haltung eines auf frischer Tat ertappten Kindes. »Aber wenn ich Ihr Erschießungskommando da vorn sehe, in so einer Entfernung und so unschuldig noch, verstehe ich zum ersten Mal die Wirkung, die Goya erzielen wollte, als er seine Soldaten nur Zentimeter von den Opfern entfernt anlegen ließ.«

Der Admiral ging ein paar Schritte zurück, und bevor ihm die Stimme gänzlich versagte, flüsterte er seinen Leuten zu: »Erschießen.«

31

Unter der sensiblen Führung seines Kapitäns legte das Schiff von Hieronymus Franck gegen Mitternacht in Pescara an. Die Beamten der italienischen Hafenbehörde versammelten sich am Kai, um das herrliche Schiff ausgiebig zu bestaunen. Es war ein Juwel, eines Sultans würdig, und ihre Herzen schlugen schneller unter den weißen Uniformhemden mit goldenen Epauletten. Als sie jedoch ein Dutzend von Alkohol und Seekrankheit gezeichnete Burschen an Land taumeln sahen, verlangten sie vom Kapitän eine Erklärung.

»Was ist das für eine Ladung, Kapitän?«

Der Italiener, der sich auf heimatlichem Boden endlich in Sicherheit fühlte, hielt sich ein besticktes Taschentuch vor die Nase und sagte:

»*Krücken.* Ein Dutzend *Krücken.*«

»Und wem gehört das Schiff?«

»Einem Österreicher, der in Gema geblieben ist und dort gerade die Schönheitskönigin vernascht. Um diese Burschen hier machen Sie sich keine Sorgen. Sie sind nur in Italien, um sich in Rapallo die nötigen Reisedokumente für eine Überfahrt nach Chile zu besorgen.«

Die Zollbeamten musterten die Gruppe von Einwanderern mit arroganten Blicken und fragten ihren Landsmann argwöhnisch:

»Warum müssen sie alle nach Rapallo, wenn doch die Konsulate alle in Rom sind? Dafür sind Hauptstädte ja schließlich da.«

»Bei Chile ist das anders.«

»Erklären Sie das bitte, Kapitän.«

»Chile ist ein kleines Land und fühlt sich in großen Städten unbehaglich. London und Madrid schüchtern es ein. Darum hat Chile Rapallo gewählt.«

»Es fällt einem schwer, das zu glauben. Wie wollen sie nach Rapallo kommen?«

»Fragen Sie sie selbst.«

Auf einen Ruf des Hafenmeisters kam Reino Coppeta heran.

»Sprichst du Italienisch?«

»Zu zehn Prozent.«

»Wie wollt ihr nach Genua kommen?«

»Rapallo.«

»Nach Rapallo. Wie wollt ihr nach Rapallo kommen?«

»Ecco. Rapallo, Genua, Chile.«

Der Hafenmeister wandte sich wieder an den Kapitän.

»Ich glaube, der Junge spricht nur zu fünf Prozent Italienisch.«

Wie man eine Herde begriffsstutziger Schafe verscheucht, riefen die Zollbeamten *»via, via«* und trieben die Burschen damit in die Stadt. Dann versammelten sie sich wieder in gläubiger Bewunderung vor der schnittigen Yacht.

Nachdem die Einwanderer friedliche Passanten angehalten und mit pumpenden Armbewegungen »tuff, tuff, tuff, tuff« gebrüllt und mit dem »bim bim bim« aromatischer Hochzeitsrülpser die armen Einwohner in speichelfeuchte Dampfschwaden gehüllt hatten, fanden sie schließlich den Weg zum Bahnhof.

Auf den Bahnsteigen lernten sie nach einem Intensivkurs von fünfundvierzig Minuten, den der Bahnhofsvorsteher für sie abhielt, das System des Umsteigens; denn um nach Rapallo zu gelangen, mußten sie an vier noch recht ungewohnt klingenden Orten den Zug wechseln. Nach diesem mühsamen Unterricht, bei dem sie alles zur vollsten Zufriedenheit verstanden, versuchten sie, den Fahrpreis in absolut unkonvertierbarer malizianischer Währung zu bezahlen. Mit einem letzten mimischen Gewaltakt erklärte der gutherzige Bahnhofsvorsteher ihnen die Kriterien des internationalen Geldumtauschs und konnte ihnen mit einiger Geduld auch klarmachen, daß malizianische Währung auch auf dem Schwarzmarkt Null zu Null gehandelt wurde. Das heißt, keiner nahm sie, und keiner wollte sie haben. Dieser Teil der Lektion entmutigte die Helden von Gema jedoch keineswegs, da, wie sie sich gegenseitig flüsternd bestätigten, ohnehin keiner von ihnen auch nur einen Piep verstanden hatte.

Nach diesem Akt kollektiver Ratlosigkeit bestiegen sie unter der stillschweigend akzeptierten Führung Reino Coppetas den letzten Waggon des Nahverkehrszuges nach Rimini, wo sie auf den gegenüberliegenden Bahnsteig den Regionalexpreß nach Bologna nehmen mußten, von wo aus sie wiederum ein Schnellzug nach Piacenza brachte. Dort sollten sie in den Eilzug nach Genua umsteigen, und da Gnade euch Gott, Jungs, hatte der Bahninspektor gesagt, denn dort gab es annähernd, »zweihundert« Gleise und etwa die zehnfache Zahl professioneller Taschendiebe, von denen sie aber, da sie rein gar nichts besaßen, wohl kaum etwas zu befürchten hatten. Und Rapallo, das war, »nur einen Steinwurf von Genua entfernt«.

Das Gefühl, wieder in Bewegung zu sein, das Grün, die Pferde draußen auf den Weiden, die Kirchtürme und die Wolken, die neben dem Zug herzufliegen schienen, entzündeten die Gemüter der Flüchtlinge. Kaum hatte einer den Refrain der *Turumba der Früchte* zu pfeifen begonnen, da stimmte die ganze Bande in schrillem Chor ein und vertrieb damit eine Mutter samt Kind in den nächsten Waggon. Die Jungs waren jetzt unumschränkte Herren ihres Abteils und brüllten das Lied aus Wehmut nach der verlassenen Heimat und Freude darüber, ihren Kopf gerettet zu haben, ohne jede Rücksicht auf Melodie oder Rhythmus.

Nur Reino und Stefano saßen sich wortlos gegenüber, vermieden es, sich anzusehen, und schauten nach draußen auf die harmonische Landschaft. Stefano hielt die Stirn ans Fenster gedrückt, blies seinen Atem gegen das Glas und rieb den beschlagenen Fleck mit monotoner Beharrlichkeit wieder ab. Nach einigen Kilometern heftete Reino seinen Blick so penetrant auf seinen jüngeren Bruder, daß dieser unbehaglich hin und her zu rutschen begann und schließlich herausfordernd aufblickte.

»Was ist?«

»Du leidest, Stefi.«

»Gilette blau«, murmelte Stefano zusammenhanglos.

»Was sagst du?«

»Mir ist, als würden mir mit einer Rasierklinge die Adern aufgeschnitten. Warum bin ich überhaupt mitgekommen, Reino?«

»Du mußtest dein Leben retten.«

»Lieber wäre ich gestorben.«

»Eines Tages wirst du über all das hier lachen. Jetzt bist du noch in diesem lächerlichen Alter von zwanzig, da läuft man mit einem Steifen in der Hose und Hirngespinsten im Kopf herum. Du hast ganz einfach nicht gewußt, was zu tun ist, und hast dich von den Ereignissen überrollen lassen. Du warst anständig, Stefi. Du hast Hieronymus Respekt entgegengebracht.«

»Ich bin ein Feigling gewesen, Reino.«

»Das wird die Zeit entscheiden. Wer sagt denn, daß nicht in einem Monat deine Muse in Chile ist und sich mit dir in einem weichen Hotelbett wälzt?«

»Warum muß es Chile sein?«

»Weil es weit genug entfernt ist, um vor den Soldaten in Sicherheit zu sein.«

»Wie weit?«

»Man muß über einige Meere fahren.«

»In Chile gibt es aber doch sicher auch Soldaten.«

»Sicher.«

»Ich werde nie eine Waffe in die Hand nehmen. Was spricht man überhaupt in Chile?«

»Denselben Scheiß wie überall.«

»Aber in welcher Sprache?«

»Spanisch.«

»Davon verstehen wir kein Wort. Niemand wird uns Arbeit geben.«

»Wir suchen uns was, wobei man nicht sprechen muß.«

»Müll einsammeln.«

»Du bist jung und siehst blendend aus, Stefi. Du findest sicher gleich eine Chilenin, die dir ihr Bett und ihren Papagei anbietet.«

»Ich liebe Alia Emar.«

»Jetzt noch. Weil du bisher nur auf dieser winzigen Insel gelebt hast. Aber in Chile hast du märchenhafte Städte. Autos, Wolkenkratzer, Radios. Señoritas mit roten Strumpfbändern. Du wirst dich in eine Schauspielerin verlieben, die dir's ganz toll besorgt. Du gehst an Land und kannst gar nicht so schnell an Alia Emar denken, wie du ihn drin hast.«

»Sag mir etwas auf spanisch.«

»*La Cruz del Sur.* Das sind vier Sterne, die immer zusammen sind.«

»Alle Sterne sind immer zusammen.«

»Aber willkürlich im Weltraum verstreut, wie hingewürfelt.«

»Was machen die Sterne da alle, Reino?«

»Torrentes hat mir gesagt, sie bewegen sich alle zusammen.«

»Wohin?«

»Wenn alle Sterne in dieselbe Richtung wandern, kommt irgendwann ein Punkt, an dem sie zusammenstoßen, denn der Weltraum kann ja nicht unendlich sein. Und da geht es dann mit allen Sternen den Bach runter.«

»Der Spanier hat aber doch gesagt, die Sterne würden niemals zusammenstoßen, weil der Weltraum unendlich ist.«

»Nichts ist unendlich.«

»Nun, wenn der Weltraum rund ist, dreht sich alles ewig im Kreis und hört nie auf.«

»Wenn du auf ein Blatt Papier einen Kreis malst und den Strich mit dem Finger abfährst, bis der Stricht endet, wann ist dann Schluß?«

»Blöde Frage. Nie.«

»Genau. Und so ist das Universum.«

»Dann ist das Universum also ein runder Scheiß, der sich in einem beschissenen Kreis bewegt.«

»Eine treffende Definition.«

Stefano holte einen Apfel aus seiner Umhängetasche, und teilte ihn mit einem Biß in der Mitte durch. Die andere Hälfte gab er Reino, der sie samt Kerngehäuse und allem in seinem Mund verschwinden ließ. Während er noch kaute, hob er Aufmerksamkeit heischend den Zeigefinger.

»Wir gehen nur deshalb nach Chile, weil man uns dort

einreisen läßt. Wir bekommen dort einen Paß und vergessen alles. Sie brauchen da Leute wie uns, Stefi.«

»Was willst du da machen?«

»Einen Film. Den zeige ich in den großen Kinos von Antofagasta und werde berühmt. Dann rauche ich Havannas wie der Österreicher.«

Die Erwähnung von Hieronymus ließ Stefano sofort in Melancholie versinken. Gegen das sonnenbeschienene Fenster wirkte er auf seinen Bruder plötzlich blaß. Eine völlige Abwesenheit hatte sich auf seine blauen Augen gelegt.

»Was kannst du noch auf spanisch sagen?« murmelte er mit Blick auf die vorüberjagenden Bäume, die mit dem Wind um die Wette zu laufen schienen.

»Nichts«, sagte Reino lahm.

»Aber ich kenne noch ein Wort.«

»Laß hören, Bruder.«

Stefano befeuchtete sich feierlich die Lippen und ließ darüber sanft die Silben gleiten: *»Sálvame.«*

»Was heißt das?«

»Alia Emar hat mir beim Abschied gesagt, es wäre das Wichtigste, was ich auf spanisch lernen müßte.«

»Aber was heißt es?«

»Keine Ahnung. Du müßtest uns ein Wörterbuch besorgen.«

»Ein Wörterbuch Spanisch-Malizianisch in Italien?«

Stefano schluckte und betrachtete den angerosteten Ventilator, der nutzlos von der Decke baumelte.

»Wir hätten Torrentes mitnehmen sollen«, sagte er.

»Das habe ich mir auch schon gedacht.«

Ein paar Stunden später verlangsamte der Zug seine Fahrt, ließ die Dampfpfeife ertönen, und die jungen Männer lasen ein Schild mit der Aufschrift: *»Rimini«*. Eine halbe Minute später stand der Zug, und die Jungs von Malizia versuchten sich finsteren Blicks an die Anweisungen zu erinnern, die der Bahnhofsvorsteher in Pescara ihnen gegeben hatte.

32

Im Schlafzimmer der Brautleute verging die Nacht langsam und unbestimmt. Die umständliche Intimität verriet, daß die Geschichte der Insel ihre Spuren hinterlassen hatte. Alia Emar nahm zwar einen Kuß von Hieronymus entgegen, der seine Zunge über ihre nackte Schulter zum Hals gleiten ließ und in ihrer Achselhöhle innehielt. Sie erschauerte, versteifte sich aber auch und wandte sich ab, um ihr Glas mit Champagner zu füllen. Dann kühlte sie ihre fiebrigen Wangen an der eiskalten Flasche.

Sie hatte das Gefühl, Marta Matarasso wäre im Zimmer und zeigte auf die zerfetzte, blutige Matratze. In dem Dunst über dem Meer zeigte sich ihr der Qualm der Zigarette, die Stefano an dem Tag geraucht hatte, als er ins Kaufhaus gekommen war, und die Nadel der französischen Modistin ihr den winzigen Blutstropfen auf der Brust verursacht hatte. Das Bild dort im Schatten zeigte Antonio und Magdalena, die von ihr die Hingabe einer tüchtigen Frau erwarteten. Die Sirenen der österreichischen Schiffe und die Kommandorufe an Land hatten das Dorf aus der Fassung gebracht. Nur noch ein Getrampel von Truppen, wo vorher der Wind in den Mandelbäumen raschelte.

Ihr Ehemann zog seine Lackschuhe aus und legte die Füße auf den Bettrahmen, ließ sie atmen, blieb wachsam. Nichts durfte dazwischenkommen, um sein kleines Glück zu zerstören. Eine Geschichte von fünf Jahrzehnten hatte ihn gelehrt, das die Ungleichzeitigkeit der Gefühle zum Dasein der Menschen gehört. Vor zwanzig Jahren fühlte sich Stamos Marinakis in diesem selben Zimmer berufen, das wilde Tier aus sich herauszulassen. Er stieß den Schrei aus, der in seinem Körper eingeschlossen war, und seine ihm frisch angetraute Frau bezahlte ihre Lust mit dem Tod. Der Nachhall dieses Unglücks machte ihn vorsichtig, fast feige.

»Wie viele Flaschen Champagner haben wir, Hieronymus?«

»Unzählige. Aber nur diese ist kalt. Was hast du, Alia Emar?«

»Vorahnungen.«

»Was für Vorahnungen?«

Das Mädchen öffnete das Fenster und atmete dankbar die kalte Luft, die ihre glühenden Ohren kühlte. Eines der Pferde ihres Mannes schlief beim Holzgeländer, an dem es angebunden war.

»Du hast Angst.«

»Nein. Warum sollte ich Angst haben?«

»Die Sirenen. Die Schreie in der Nacht. Die Geschichten, die die Leute jahrelang erzählt haben.«

»Marta Matarasso hatte durchsichtige Adern. Es heißt, als sie auf ihrer Hochzeit Rotwein trank, hätten die Leute gesehen, wie er ihr die Kehle hinunterrann.«

»Die Leuten reden viel. Was länger als ein Jahr her ist, wird zur Legende. Dies sumpfige Zögern, in dem wir feststecken; schon morgen werden sich die Leute das Maul darüber zerreißen.«

»Es tut mir leid.«

»Warum kommst du nicht zu mir?«

»Ich trinke Champagner.«

Er ging zu ihr, und sie ließen ihre Gläser klingen. Das Mädchen griff in seinen Nacken und ließ ihn die Stirn auf ihre nackte Schulter senken.

»Liebst du mich?« fragte Hieronymus heiser.

»Ich bin deine Ehefrau.«

»Das war nicht die Frage.« Verletzt löste er sich von ihr.

»Ich liebe ...«

»Sprich es endlich aus. Sei barmherzig!«

»Ich liebe etwas Unbenennbares.«

»Ich verstehe dich nicht, Alia Emar. Nenne mir einen Namen.«

»Es gibt keinen Namen.«

»Du mußt betrunken sein.«

»Wenn ich jetzt betrunken bin, muß ich immer schon betrunken gewesen sein.«

»Betrunken, wovon, du kleines Biest. In der Hütte deiner Familie wurde doch nie was anderes als Ziegenmilch getrunken.«

»Es gibt etwas, für das ich lebe und sterbe, Hieronymus. Es hat keinen Namen, es ist ein Mysterium.«

Der Mann nahm den Champagner aus dem Kühler und trank in so hastigen Zügen direkt aus der Flasche, daß ihm der Champagner über das Kinn und die nackte Brust rann.

»Dein Mysterium. Ich hasse dein Mysterium, weil ich nicht darin vorkomme. Warum bin ich nicht einer von diesen dummen Eseln aus deinem Dorf, die nichts anderes vom Leben erwarten, als Billard zu spielen und Slibowitz zu saufen. Wozu war Mozart gut? Wozu sind die Sterne gut, für einen himmlischen Scheiß?«

»Sie sind ein Zeichen von etwas. Die Seeleute richten sich nach ihnen.«

»Alia Emar, was soll ich tun?«

»Ratlosigkeit ist meine Art zu denken.«

Hieronymus stieß die Balkontür mit der Schulter auf und trat auf den Balkon des Kaufhauses *Europa* hinaus. In einer Hand hielt er die Flasche, in der anderen das Glas. Er starrte auf die Wolken und trank mit an die Mauer gelehntem Kopf.

»Was für eine Scheißhochzeit!« schrie er, damit das ganze Dorf es hörte.

Doch im Dorf war niemand mehr. Die Bewohner waren über der ganzen Insel verstreut, an einsamen Stränden, mit Booten aufs Meer hinausgefahren, zwischen Felsen und in den Bergen versteckt, kopflos über die erstbesten Feldwege davongelaufen.

Nur Mollenhauer, schon zu dieser frühen Morgenstunde makellos rasiert, ließ sein wachsames Auge über die verlassene Stille des Dorfes schweifen. Er vernahm den Schrei und fragte sich, wer der undankbare Meckerer sein mochte, der diese Orgie schmähte, die nach den Scherben, den Betrunkenen und den Partituren von Walzern und Turumbas auf den Straßen zu urteilen, doch ziemlich fabelhaft gewesen sein mußte.

Um sieben Uhr morgens betrat er feierlich den Salon des *Europa* und traf dort die beiden Eheleute an, aufgehoben in der Zeit wie auf einem holländischen Gemälde. Ein Hauch von Abwesenheit und leiser Beklemmung ging von dieser Stille aus, und er hatte das Gefühl von etwas Schäbigem, das sich auf der Leinwand nächtlicher Schatten dem grellen Sonnenlicht entzog.

Hieronymus blickte zu Mollenhauer und seinen Soldaten auf, als wären auch sie nicht von dieser Welt. Sie ergaben für ihn keinen Sinn an diesem Morgen, an dem ein Meteor hätte die Erde treffen können, ohne daß es ihn berührt hätte. »Um so besser«, dachte er, während die Soldaten ausschwärmten, um die Räume nach weiteren Bewohnern zu durchsuchen, weil sie wohl argwöhnten, das Fest könne im Schlafzimmer des Hochzeitspaars seinen Fortgang genommen haben. Einen Tag vorher noch hätte er sie zusammengebrüllt, am Schlafittchen vors Haus gezerrt und jedem einen Tritt gegeben, daß sie die abschüssige Straße hinuntergekugelt wären. Die mißratene Hochzeitsnacht hatte ihn jedoch in eine Art willenlose Trance versetzt, die gerade noch dazu ausreichte, Mollenhauer gleichgültig anzustarren. Er ging mit Alia Emar in den Salon zurück, wo die Braut einen Finger über den Rand des Champagnerglases kreisen ließ. Dieser kreisende Finger war ein vollkommenes Sinnbild der Schlinge, die sich um die Eheleute gelegt hatte. So war die Nacht vergangen; unter Tränen, Wortlosigkeit und bissigen Beschimpfungen, die reumütig zurückgenommen wurden, bevor der Zorn sie völlig aus dem Gleichgewicht brachte.

Mollenhauer klatschte Aufmerksamkeit fordernd in die Hände. Hieronymus wandte den Kopf, musterte ihn von seinem Operettenhut bis zu den blankgewichsten Stiefeln, sah die mit Bimsstein rasierten Wangen und atmete den Geruch von kaltem Wasser und Männerparfüm. Der Mann hatte noch kein Wort gesprochen, doch Hieronymus empfand ihn wie einen Schmerzensschrei in seinem Haus.

»Ich glaube, Herr Franck, Sie und ich, wir haben etwas gemeinsam.«

Der Hausherr preßte Daumen und Zeigefinger auf seinen Nasenrücken: »Das bezweifle ich. Ich habe noch nie etwas mit dem Militär zu tun gehabt, und schon gar nicht mit Rüpeln, die unangemeldet in mein Haus eindringen.«

»Trotz Ihrer feinen Ironie, Herr Franck, darf ich Sie darauf hinweisen, daß wir beide demselben Kaiser dienen.«

»Das Wort ›dienen‹ kenne ich gar nicht, und ich habe keinen anderen Kaiser, als meine ureigenste Lust, das zu tun, was mir beliebt und wann es mir beliebt.«

»Nicht, wenn sich unser Land im Krieg befindet, Herr Franck.«

»Im Krieg gegen wen?«

»Implizit gegen mehrere Nationen, explizit jetzt gegen Gema.«

»Welch heroischer Krieg! Eine Flotte wie die große Armada, um eine wehrlose, friedliche Bevölkerung anzugreifen, die sich um nichts anderes kümmert, als die Wellen zu zählen, die jeden Tag an Land schwappen.«

Mollenhauer sah einen halben Meter entfernt einen bequemen Sessel im Schatten stehen. Viel lieber hätte er sich dorthin gesetzt, ein erbauliches Gespräch unter Landsleuten geführt, nach einer Weile seinen prächtigen Hut zwischen die Knie plaziert und um Entschuldigung für das überfallartige Eindringen seiner selbst und seiner Leute gebeten.

»Darf ich mich setzen?«

»Es spricht nichts dafür, Soldat.«

»Ich bin Admiral.«

»Glückwunsch. Wie ich sehe, kann man mit Rüpelhaftigkeit in meiner Heimat Karriere machen.«

Seine Verwirrung und Demütigung verbergend, schaute Mollenhauer zu Alia Emar, als könne auch von ihr mit einem Angriff zu rechnen sein. Sie hatte ihr Diadem abgelegt und roch an einem frisch geöffneten Paket Kaffee. Sie entzog sich den Blicken des Admirals, indem sie in die kleine Küche ging und Wasser aufsetzte. Dann füllte sie zwei Tassen mit Kaffeepulver, um griechischen Mokka zuzubereiten. Die Soldaten kamen von der Durchsuchung der Zimmer zurück und nahmen hinter ihrem Vorgesetzten Aufstellung.

»Herr Franck«, sagte der Admiral in melodramatischem Ton, »Sie haben ein gewaltiges Problem.«

»Was wissen Sie schon von meinem Problem, Sie Hampelmann.«

»Sie haben sich der Beihilfe zur Flucht einer Gruppe junger Männer aus Gema schuldig gemacht, die einige unserer Soldaten getötet haben.«

»O nein, Admiral. Die Männer haben meine Yacht gestohlen und sind damit geflohen.«

»Mit einem italienischen Steuermann, der in Ihren Diensten steht?«

»Sie wissen ja, wie die Neapolitaner sind. Vermutlich hat er meine Yacht in Pescara schon an einen reichen Venezianer verkauft.«

»Verehrter Landsmann, was Ihnen hier in diesem Augenblick vorgeworfen wird, ist Landesverrat.«

»Hört sich an wie ein Opernlibretto.«

»Die Strafe, die darauf steht, ist aber wahrhaftig kein Lustspiel, Franck.«

»Für Sie immer noch ›Herr Franck‹.«

»Herr Franck.«

»Und was ist das für eine Strafe?«

»Standrecht. Tod durch Erschießen.«

Hieronymus streckte sich und gähnte, ging in die Küche und konnte gerade noch Alia Emars Hand ergreifen, die sich um den Griff des Wasserkessels schließen wollte.

»Du kennst meine Küchengeräte noch nicht. In diesem Kessel kocht das Wasser doppelt so schnell wie in anderen, und der Griff wird genauso heiß, wie der ganze Kessel. Du mußt ihn immer mit einem Lappen anfassen.«

Er machte es ihr vor und goß das kochende Wasser Tropfen für Tropfen in die beiden winzigen Täßchen.

»Ein Geschenk von Professor Torrentes natürlich.«

Mollenhauer klatschte wieder Aufmerksamkeit heischend in die Hände.

»Haben Sie Professor Torrentes gekannt?«

»Ich habe die große Ehre, den hervorragenden Professor zu kennen.«

»Der aus Logroño stammt.«

»Was ist mit ihm?«

Mollenhauer hatte zum ersten Mal das Gefühl von festem Boden unter den Füßen. Er kratzte sich mit der Stiefelspitze an der Wade des anderen Beins.

»Er ist gestorben, Herr Franck.«

Hieronymus trat zum Tisch, stellte die dampfende Tasse ab und hob den Kaffeelöffel.

»Das kann nicht sein, Admiral. Er hat gestern abend noch höchst lebendig an meiner Hochzeit teilgenommen.«

»Freut mich, daß Sie mich wieder mit korrektem Dienstgrad ansprechen. Das wahrt doch eine gewisse Förmlichkeit, die erwachsenen Männern angemessen ist. Möchten Sie die Leiche Ihres Freundes Torrentes sehen?«

»Ich würde ihn lieber lebend sehen. Spielen Sie nicht mit meinen Gefühlen.«

Die Soldaten wußten einen verschwörerischen Blick mit Ihrem Vorgesetzten zu vermeiden und verließen für einen Moment das Zimmer. Hieronymus trat zu Alia Emar und drückte fest ihre Hand. Der Wasserkessel begann zu pfeifen, und Mollenhauer ging selbst in die Küche, um ihn vom Feuer zu nehmen.

Vier Soldaten trugen den von Kugeln durchsiebten Leichnam des Erfinders herein, legten ihn auf den Teppich und nahmen ihren Platz hinter dem Admiral wieder ein, wo sie verlegen auf ihre Stiefelspitzen starrten. Hieronymus kniete neben dem Toten, hob dessen Kopf und berührte mit den Lippen die kalten Wangen des alten Mannes. Dann legte er ihn sanft nieder, trat zu seiner Frau und flüsterte ihr ins Ohr, sie solle in ihr Zimmer gehen.

»Was auch passiert, ich will mein Schicksal mit dir teilen, Hieronymus«, wisperte das Mädchen.

Er strich ihr eine Haarsträhne aus der Stirn und betrachtete eine ganze Minute lang die ungewöhnliche Schönheit seiner geliebten Frau, die Sanftmut der Erschöpfung, die Spuren der Schlaflosigkeit, ein stetes Vordringen und Zurückweichen, das Labyrinth einer verwickelten Liebe.

»Geh in dein Zimmer, Kleines, das hier kann gefährlich werden.«

»Sie werden dir nichts tun. Du bist Österreicher.«

»Das ist ja das Problem. Sie klagen mich des Landesverrats an.«

Mollenhauer setzte sich endlich in den Sessel, legte seinen Hut auf die Knie und lehnte sich zurück, um einem Sonnenstrahl zu entgehen, der genau auf sein Gesicht fiel.

»Sie bringen mich in eine schwierige Lage, Herr Franck. Dadurch, daß Sie den Mördern Ihr Schiff zur Verfügung gestellt haben, berauben Sie mich meines Ziels. Es tut mir in meinem österreichischen Herzen weh, einen Landsmann exekutieren zu müssen. Zu allem Überfluß auch noch in der Hochzeitsnacht, ohne daß die reizende Braut offensichtlich in den Genuß Ihrer Liebe gekommen ist.«

»Geh in dein Zimmer, Alia Emar, sofort«, drängte Hieronymus und ließ den Schlafzimmerschlüssel in Ihre Hand gleiten.

»Mit anderen Worten«, scherzte der Admiral, »es wäre eine Barbarei, sie übergangslos vom Brautstand in den Witwenstand zu versetzen.«

»Ich erbitte mir Respekt für mein Land und für meinen

Ehemann, Herr Admiral«, entgegnete Alia Emar und trat mit erhobenem Haupt auf ihn zu.

»Das werde ich, gnädige Frau. Militärisches Ehrenwort, daß wir Ihren Herrn Gemahl kein Härchen krümmen. Wir bringen ihn auf unser Schiff, geben ihm eine Kajüte, die seinen gehobenen Ansprüchen genügen wird, er bekommt zu essen und zu trinken wie ein Emir, und wenn wir in Salzburg sind, wird ein Militärgericht über sein weiteres Schicksal befinden. Der Richterspruch wird gewiß zu seinen Gunsten ausfallen, wenn man bedenkt, was das Bankhaus Franck für das Vaterland getan hat.«

»Wie lange wird der Prozeß dauern?« fragte Alia Emar, wobei sie den Bronzeschlüssel an ihre Zähne führte und daran knabberte.

»Die österreichische Bürokratie ist genauso langsam wie die malizianische. Aber in zwei Jahren haben Sie ihn bestimmt wieder zurück. Dann sind Sie neunzehn, und Ihr Gatte ist zweiundfünfzig. Eine rosige Zukunft.«

Mit einer Handbewegung, die die schläfrige Gelassenheit von ihm abfallen ließ, befahl er seinen Männern, Franck festzuhalten. Auf eine Kopfbewegung hin stürzten sich fünf Soldaten mit ihren Gewehren auf Alia Emar.

»Hieronymus Franck, du hast dein Leben praktisch gerettet. Aber dein malizianisches Nuttchen wird zu meinen Männern ein bißchen nett sein müssen.«

»Das werden Sie nicht tun, Admiral!« brüllte Hieronymus und versuchte sich aus dem Griff der Soldaten zu befreien.

»Ich nicht, Landsmann. Ich treib's nicht mit Zigeunerinnen. Aber die Jungs werden wohl kaum solche Skrupel haben.«

Die Soldaten führten den Ehemann hinaus, und einer von ihnen stoppte die Braut, die hinterherlaufen wollte, mit einem Schlag ins Gesicht. Diese hob eine Hand an ihre Wange, und bevor der Soldat es sich versah, stieß sie ihm den bronzenen Schlüssel ins Auge. Der Junge heulte auf, seine Kameraden stürzten herbei, fielen über Alia Emar her und rissen ihr das Hochzeitskleid vom Leib.

Hieronymus hörte noch eine Weile Alias Schreie und das Fluchen der Soldaten, bis eine schmerzliche Stille ihn von dem Schauplatz isolierte. Jetzt nahm er nur noch die Stiefelschritte auf dem Straßenpflaster wahr, den gepreßten Atem Mollenhauers, der die Gruppe zum Strand brachte, und die Leere des Dorfes, dieser archaischen Siedlung, in die ihn einst der Zufall geführt hatte.

In diesem angespannten Moment trat ihm wieder Alia Emar vor Augen, wie sie verzückt eine Schallplatte mit rotem Etikett auf dem Teller des Grammophons betrachtete, wie sie in einem Zustand der Gnade »Mozart« murmelte, als wäre dies die Losung, das Zauberwort, mit dem das Leben in der Geradlinigkeit sichtbar würde, in der Gott es sich vorgestellt hatte. Den Männern und Frauen dieses Planeten hatte der Schöpfer jedoch eine unvollendete Arbeit hinterlassen. Nichts und niemand würde Hieronymus diese Einsicht nehmen. Wir suchen die Grundlagen unseres Daseins in der Vergangenheit, zwängen sie in Prinzipien, in Ewigkeiten, dachte er, während ihm heiße Tränen über die Wangen liefen. Aber dies hat Gott nicht gewollt, Alia Emar.

Tief sog er die Meeresluft ein, die in Böen heranwehte.

»Ist Ihnen die Glocke in unserem Kirchturm aufgefallen, Admiral?«

Mollenhauer schloß die Faust um den Griff seines Schwerts und warf einen kurzen Blick auf die Kirche.

»Es ist ein Wunder, daß sie sich da oben hält.«

»Es ist ein Wunder«, wiederholte Hieronymus. »Was gäbe ich darum, sie jetzt viermal schlagen zu hören.«

»Machen Sie sich keine Illusionen. Im Dorf ist keine Menschenseele mehr. Sogar der Priester hat sich davongemacht, nachdem er den Papst um Hilfe angerufen hat.«

»Niemand, der die Glocken läutet?«

»Da können Sie sicher sein, Herr Franck.«

»Manchmal läutet sie viermal, ohne daß jemand am Glockenseil zieht.«

»Ich habe es eilig und kann nicht bis vier Uhr warten.«

»O nein. Das Läuten entbehrt jeder Logik. Es passiert einfach. Zu beliebiger Zeit.«

Der salzige Wind trocknete die Tränen auf Hieronymus' Wangen. Mollenhauer machte ein besorgtes Gesicht und bedeutete seinen Soldaten, den Gefangenen etwas weniger hart anzufassen.

»Ich schulde Ihnen eine Erklärung, Herr Franck. Alles, was hier passiert ist, ist eine unglückliche Verkettung von Ereignissen, und ich bin darin nicht mehr als ein …«

»… Soldat, Mollenhauer.«

»Ein Soldat. Richtig. Man hat mich mit einer Mission beauftragt, die so viel Schrecken verbreiten soll, daß kein Mensch an der ganzen Küste Malizias mehr Lust haben wird, sich gegen das Kaiserreich aufzulehnen. Die Jungs auf Ihrer Yacht zu erschießen, wäre für mich ideal gewesen. Aber das haben Sie ja leider verhindert, Landsmann.«

»Verstehe.«

»Was jetzt mit Ihrer Frau geschieht, ist für mich reine Pflichterfüllung. Sie ist eine Einheimische, und diese … Tat mitten in der Hochzeitsnacht, dem apokalyptischen Fest, wird zum Mythos werden, wird Geschichte, Herr Franck. Ich bin Soldat. Soldat. Ich führe einen Befehl aus, einen symbolischen Akt.«

Sie hatten den Strand erreicht. Der Sand war mit Tang und Muscheln übersät, die in der Nacht an Land gespült worden waren. Der Gang zu dem Boot, das sie zum Schiff bringen sollte, wurde dadurch erschwert. Als sie die Wasserlinie erreichten, blieben sie stehen und warteten auf die Ruderer.

Der Gefangene leckte über seine geröteten Adern und hielt die Arme in den lindernden Wind. Dann wandte er sich in vertraulichem Ton an seinen Häscher.

»Landsmann, wären Sie wohl so patriotisch, mir einen Herzenswunsch zu erfüllen?«

»Wenn es in meiner Hand liegt, ja.«

»Es ist genau das, was in Ihrer Hand liegt. Würden Sie mir ihren Revolver geben?«

»Meine Dienstwaffe?«

»Sie brauchen keine Angst zu haben, daß ich Ihre große Armada damit angreife.«

»O nein, natürlich. Wenn das Ihre Entscheidung ist, können Sie sie haben. Hier, nehmen Sie.«

»Und wenn Sie mir noch einen letzten großen Wunsch erfüllen wollen, lassen Sie mich allein mit dem Boot zu den Schiffen rudern.«

»Es klingt etwas ungewöhnlich, aber andererseits verstehe ich es. Die Jungen hier sind auch alle zart besaitet.«

»Sie haben ein Herz aus Gold, Admiral Mollenhauer«, sagte Hieronymus, als er ins Boot stieg und mit einem kräftigen Stoß ins tiefe Wasser hinausglitt. Dann setzte er sich hin, legte den Revolver auf eine Taurolle und brauchte fast eine ganze Minute, um die Ruder zu befestigen. Während er damit beschäftigt war, vernahm er die schallende Stimme des Admirals, der die Hände wie einen Trichter an den Mund gelegt hatte.

»Ich bedaure, daß wir uns unter diesen wenig erfreulichen Umständen kennengelernt haben, Herr Franck.

Hätten wir ein bißchen mehr Zeit gehabt, würden Sie gemerkt haben, daß ich kein schlechter Mensch bin.«

Hieronymus nickte lächelnd, und nachdem er sich ein Stück vom Ufer entfernt hatte, legte er sich in die Riemen wie ein Galeerensklave und ließ neben dem Schweiß auch seinen Tränen freien Lauf, da ihn die Soldaten jetzt nicht mehr sahen. Er spie einen bitteren Klumpen, der sich in seinem Mund gesammelt hatte, in die Wellen. Als er sich die Lackschuhe von den Füßen streifte, stellte er mit ironischem Lächeln fest, daß an einem der Schuhe ein großes Stück Sahne von der Hochzeitstorte klebte.

Dann hörte er auf zu rudern, legte die Ruder längs ins Boot, so daß sich die Blätter kreuzten, atmete tief ein und freute sich über das Fassungsvermögen seiner Lungen. Er spitzte die Ohren, flehte, die Insel möge ihm das Wunder der vier Glockenschläge zuteil werden lassen, und klopfte seinen Anzug in der Hoffnung ab, noch ein Zigarette zu finden.

Er fand aber keine, und die Glocke läutete auch nicht.

Hieronymus Franck setzte die Revolvermündung auf die Brusttasche seines Hemdes und schoß sich mitten ins Herz.

33

Einmal hat man mich in Chile geliebt, und ich liebte nicht«, sagte die alte Konsulin und bewegte sich wie eine Kathedrale der Trauer zwischen den im Sonnenlicht verschwimmenden Möbeln. »Ein anderes Mal liebte ich in Italien und wurde selbst nicht geliebt. Mit welcher Elle läßt sich meine Einsamkeit messen? In der Heimat erinnern sich die Leute an mich mit einer geblümten Bluse und den Rock voller Krümel. Ich war seit Jahren nicht mehr dort. Was soll ich euch von meinem Land erzählen? Es ist leicht und vergänglich. Eine schmale Narbe zieht sich von einem Ende zum anderen. Warum zurückkehren? Am ersten Tag würden die Menschen noch auf der Straße zusammenlaufen und rufen: ›Da kommt die Seherin.‹ Am zweiten würden sie sagen: ›Da geht sie hin.‹ Und am dritten würden sie zischeln: ›Da ist die blöde Alte schon wieder.‹«

Sie setzte sich mit dem Gewicht eines Kardinals und ließ ihre grauen Augen über die Gruppe der Malizianer wandern. Der Geruchssinn verriet ihr, daß sie nur das besaßen, was sie am Leibe trugen, und über kein anderes Kapital verfügten, als diese in italienischen Provinzzügen durchgeschwitzten Hemden. Dennoch war sie neugierig, was sich in ihren Reisetaschen befinden mochte. Sie bedeutete Reino Coppeta, seine Tasche zu öffnen und ihren Inhalt vorzuzeigen. Eine Rolle Angelschnur, ein rostiges Messer und ein scharfes Messer, das Bildnis einer jungen Frau mit dem bestürzten Gesichtsausdruck eines Menschen, dem der Tod auf den Fersen ist, und ein Paar neue Schuhe, die gut einige Nummern zu klein sein mochten für diese von Schwielen verbeulten Füße.

»Es gibt da einen Fragenkatalog zu beantworten, ehe ich euch ein Visum für mein Heimatland ausstellen kann. Was sucht ihr in Chile?«

»Frieden, Madonna«, sagte der Lange Roland. »Frieden und einen Basketballplatz.«

»Und was bringt euch auf den Gedanken, daß ihr in Chile Frieden finden könntet?«

»Die Entfernung.«

»Ein Fluch liegt auf den Menschen, die Frieden suchen. Hier stehen wir kurz vor dem Ausbruch des Krieges, und die Militärs haben den Leuten schon das Maul gestopft. Sie sind jetzt stumm. Haben eine Grabplatte vor dem Mund. In meinem armen Land kennt man Europa nur zur Hälfte und Asien überhaupt nicht – was die Leute aber nicht hindert, die aberwitzigste Meinungen darüber zu äußern.«

»Etwas überarbeitet, Madame?« erkundigte sich der Lange Roland mitfühlend. »Vielleicht sollten wir an einem anderen Tag wiederkommen?«

»Wenn ihr an einem anderen Tag kämt, müßte ich wieder zwei Stockwerke Treppen steigen, und meine Beine würden mir unterwegs wegfaulen.«

»Sie fühlen sich nicht gut, Madame?«

»Einsam.«

Sie wandte sich übergangslos der Geschäftskorrespondenz zu, und die jungen Männer sahen zu, wie sie mit schwarzer Tinte kleine akkurate Zahlen auf ein Blatt schrieb. Eine Zeitlang schien sie die Gruppe der Emigranten vergessen zu haben und murmelte nur mit kaum vernehmbarer Stimme: »Vor drei Monaten wurde mir zum letzten Mal Gehalt gezahlt. Die Diplomatenpost meiner Regierung erreicht mich in jahreszeitlichen Abständen: Frühling, Herbst, Winter und nie. *Never more!* Jemand im Außenministerium haßt mich. Vielleicht sogar der Präsident selbst. Wieviel kostet ein Kilo Tomaten?«

»Das wissen wir nicht, Exzellenz. Unser Geld will hier niemand haben.«

»Habt ihr einen Schein dabei?«

Der Lange Roland wies Stefano mit einer Handbewegung an, ihr einen Schein auszuhändigen. Die Konsulin betrachtete ihn und ritzte mit dem Fingernagel über die verhangene Stirn eines düster blickenden Generals.

»Was für ein finsterer Typ!« rief sie. »Ich würde mich im Grab umdrehen, wenn ich eines Tages auf einem Geldschein abgebildet wäre.«

Sie holte ein paar dicke und gewichtige Münzen hervor und bat den Langen Roland, auf dem Markt drei Kilo Tomaten, zwei Salatköpfe und etwas Pesto zu kaufen.

»Meine Herren, ihr werdet mein Land besuchen, also schulde ich euch ein vorgezogenes Entschädigungsmahl. Und derweil ihr neapolitanische Klößchen verspeist, erledige ich den Papierkram. Trotz der Unschuldsaugen dieses *bambino*«, sie deutete dabei auf Stefano, »sieht man euch an, daß ihr was auf dem Kerbholz habt.«

»Wir sind arbeitsame Leute. Ehrenmänner.«

»Ja, mein Sohn. Ehrenmänner wie die eleganten Spanier, die mein Land gegründet haben. Sie haben sich genommen, was an Indianerinnen da war, und haben ihre Bälger ins Land gesetzt. Geheiratet haben sie aber die Señoritas, die sie aus Madrid kommen ließen. Als bei meinem letzten Besuch in Spanien eine Rede zu meinen Ehren gehalten wurde, sagte jemand voller Stolz, ich sei den Spaniern dankbar, daß sie den Kontakt zu den eingeborenen Frauen gesucht hätten. Und bevor ich das Mißverständnis klären konnte, erhob sich so ein schweinsäugiger Fettsack mit weinseligen Wangen und sagte: ›Die Dame weiß allerdings nicht, daß sich die Spanier nur deshalb an den Einheimischen vergriffen haben, weil keine Affenweibchen zur Hand waren.‹«

Mühsam hievte die Dame ihren Hintern vom Stuhl, brauchte eine Sekunde, um ihre Knochen ins Lot zu bringen, schritt dann mit schwankendem Gang zu Stefano und beugte sich tief über seine blauen Augen. Als ihr schwindlig wurde, stützte sie sich auf seine Schultern.

»Du sprichst zwar nicht viel«, sagte sie, »aber du stinkst wie ein Hund, der aus dem Regen kommt. Geh in das Zimmer dort und warte auf mich. Und ihr andern helft hinterher Don Quijote, den Salat anzurichten.«

»Non capisco«, erwiderte Stefano, die ganzen hundert Prozent seiner Italienischkenntnisse vorführend.

Während die anderen sich über die Stadt hermachten und mit offenen Mündern die Ozeandampfer bestaunten, die in die Bucht von Genua einfuhren, schob die Frau Stefano ins Bad und ließ die Wanne mit heißem Wasser vollaufen, daß sogleich die Fensterscheiben und Kacheln beschlugen.

Der Junge betrachtete staunend den heißen Wasserstrahl, der einem unterirdischen warmen Quell zu entspringen schien.

Die Frau gab ihm einen schweren weißen Bademantel, schüttete Badesalz ins Wasser, das milchig aufschäumte, und bedeutete ihm mit bildhaften Gesten, daß er sich ausziehen und in die Wanne steigen solle. Stefano errötete und tat so, als beanspruchten der Dampf und das Foto eines kahlen Berges an der Wand sein ganzes Interesse, bis die Dame aus dem Badezimmer verschwand. Im selben Augenblick entledigte sich Stefano der ledernen Umhängetasche des alten Coppeta, die noch über seiner Schulter hing, des mit dem Geruch von Landarbeit veredelten Hemdes, der Lederschuhe, deren Spitzen offenstanden, damit die großen Zehen sich frei entfalten konnten, sowie seines Slips, den er gleich ins heiße Wasser tauchte, bevor die Röte, die sein Gesicht überzog, so stark wurde, daß sie ihm die Haut versengte.

So schnell er sich entkleidet hatte, so langsam ging der Einstieg in die Wanne vonstatten. Das brodelnde Wasser verbrannte ihm den Fuß, der sogleich die Färbung eines gekochten Krebses annahm, und sehr viel vorsichtiger tauchte er den zweiten ein, wie ein Bergsteiger, der nach einem sicheren Tritt tastet.

Als die Konsulin jedoch mit einem türkisfarbenen Hemd zurückkam, tauchte er ganz in die heiße Hölle ein, um seine Scham zu verbergen. Die Hände zu einer Schale geformt, schöpfte die Frau Wasser aus der Wanne und ließ es über Stefanos struppiges Haar laufen. Dann rieb sie ein mit Eigelb versetztes Haarwaschmittel hinein und massierte seine Kopfhaut, bis er sich entspannte.

»Wir müssen miteinander sprechen«, sagte die Diplomatin. »Darum habe ich deine Kumpane auf den Markt geschickt.«

»Non capisco, Signora.«

»Uns beide«, fuhr sie unbeirrt fort, »bedrückt eine schwere Last. Mich hat das Unglück des Lebens beinahe blind gemacht, so daß ich unter lauter Schatten kaum noch Gegenstände erkenne. Du aber trägst die Tränen wie ein lodernes Feuer in deinen Augen. Welcher Kummer bedrückt dich, mein Junge?«

»Signora, veramente, non parlo italiano.«

»Ich spreche Spanisch mit dir, Dummkopf. So werden sie auch in Chile mit dir sprechen.«

»Chile …«, sagte Stefano lächelnd.

»Ich …«

»Madonna …?«

»Ich habe Tote auf dem Gewissen. Einen in Chile, einen anderen in Brasilien.«

»Chile, Señora.«

»Und dann die Einsamkeit. Ein Tod, der täglich wächst. Eine gefräßige Pflanze. ›Einsamkeit‹. Die ganze Hölle paßt in dieses Wort.«

Der Junge lächelte entschuldigend. Die Frau schöpfte nun mit einem Krug Wasser aus der Wanne und goß es ihm über den Kopf. Dann drückte sie seinen Kopf sanft auf den Wannenrand und bedeutete ihm mit langsamen Händen, er solle sich entspannen.

»Ruh dich aus, Stefano. Es war mir ein Vergnügen, mich mit dir zu unterhalten. Du hast mir nicht ein einziges Mal widersprochen.«

In dem stillen Bad einer alten Villa, die ihm mehr als pompös vorkam, schnaufte der junge Coppeta lustvoll und ließ die Momente seines Lebens Revue passieren, die ihn hierher geführt hatten. Die erste Schlußfolgerung lautete, daß er offensichtlich am Leben war. Gleich darauf relativierte er diese Erkenntnis mit Blick auf das türkisblaue Hemd und sagte sich, daß es ihm nichts bedeutete. Vielleicht wäre der Tod wohltuender gewesen, als die Abwesenheit von Alia Emar – die Leere, die Tag und Nacht ihre Wunden schlug, ohne ihm je den Todesstoß zu versetzen. Wie war das alles gekommen? Mit zwanzig Jahren schien sein Leben am Ende zu sein.

Er hörte die Worte der alten Dame, »Chile«, »Einsamkeit«, und ein totales Nichts vervollständigte seinen

Schmerz. Natürlich war es häßlich, so jung zu sterben, aber warum klammerte er sich willenlos an diesen letzten Daseinsrest? Hätte er es Reino und seinen Jungs gleichtun sollen? Oder hätte er Alia Emar am ersten Tag seiner Liebe nehmen und mit ihr von der malizianischen Küste fliehen sollen? Wie hatte er zulassen können, daß Schüchternheit und Ungeschick seine Zunge und sein Tun in Fesseln legten? Wie hatte er seine glühende Liebe zu ihr soweit abkühlen lassen können, daß Hieronymus sich zwischen sie drängte? Hieronymus und Mozart. Und die Bücher.

Als die Temperatur des Wassers seine Körpertemperatur freundlicherweise zu senken begann, spürte Stefano, daß Entspannung und Hunger ihn an den Rand der Bewußtlosigkeit brachten. Er wußte, daß er dieser Neigung widerstehen konnte, daß er nichts zu tun brauchte, als sich mit dem rauhen weißen Handtuch abzureiben, eitel in den Spiegel zu schauen und darüber nachzusinnen, ob das türkisfarbene Blau des Hemdes zu seinen kobaltblauen Augen paßte. Der Körper und die aufgeweichten Muskeln forderten jedoch ihr Recht. Alles Blut strömte ihm in die Füße, und er verlor das Bewußtsein mit dem Gedanken, wie herrlich es doch war, nicht mehr leiden zu müssen.

Die Konsulin las unterdessen in einem Regelwerk des Außenministeriums, daß ein Visum in den Reisepaß zu stempeln war, und falls ein solches Dokument fehlte, in begründeten Ausnahmefällen ein Ersatzpaß oder Passierschein ausgestellt werden konnte, der ein Foto des Antragstellers, seinen Daumenabdruck und die wichtigsten Daten wie Geburtstag, Geburtsort, Beruf, besondere Kennzeichen und Grund der Einreise in Chile enthalten sollte.

Um den Vorschriften Genüge zu tun, öffnete sie einen Ordner mit der Aufschrift »Passierscheine«, und als sie sah, daß er so leer war wie die Taschen eines Bettlers, schrieb sie eine Notiz für die nächste Diplomatenpost mit der Bitte um einen ausreichenden Vorrat an besagten Dokumenten. Angesichts eines nicht nur wahrscheinlichen, sondern direkt bevorstehenden Krieges war nämlich zu befürchten, daß sich ihr schlecht vergoltener und seit drei Monaten nicht einmal mehr honorierter Dienst für das Vaterland verhundertfachen werde, wenn Hunderte oder Tausende von Flüchtlingen und Exilanten in Rapallo an ihre Tür klopften. Dann öffnete sie eine dunkelrot ausgeschlagene Schatulle mit der in schwarzer Tinte gepinselten Aufschrift »Pässe«.

Der Karton enthielt nur ein einziges, dafür hervorragend erhaltenes Dokument mit dem Emblem des Andenhirsches und des Kondors auf dem Wappenschild. Der Anblick des altbekannten Symbols rief einen leichten Anflug von Zärtlichkeit in ihr wach. Dann setzte sie mit antibürokratischem Tatendrang ihren Stempel auf das erste Blatt und schrieb mit blauer Tinte »Gemeinschaftspaß« darunter, nicht ahnend, daß sie damit ein in Chile noch nie dagewesenes, höchst ungewöhnliches Zertifikat ins Leben rief.

Von der Konsulatsarbeit erschöpft und übellaunig geworden, fiel ihr Stefano ein, ihr Seemann zu Lande, und mit den Gedanken bei einem befreundeten spanischen Dichter, der ihr einen Band dieses Titels gewidmet hatte, ging sie lächelnd ins Bad, um den Jungen mit einem weiteren weißen kratzigen Handtuch zu retten. Stefano lag bewußtlos in nebligen Schwaden. Mit einer Kraft, die sie sich nur in den intimsten Momenten ihrer Lyrik zugestand, legte die Konsulin ihre Arme unter die Achseln des Jungen, plazierte den nackten Körper fachmännisch wie ein Rettungsschwimmer aus San Remo auf die mit Olivenzweigen ornamentierten Keramikfliesen, öffnete mit Gewalt seinen Mund und begann ihn künstlich zu beatmen, während sie gleichzeitig seine Lungen zusammendrückte, daß ihm das Wasser in Stößen aus dem Mund schoß.

Als Stefano aus der Besinnungslosigkeit erwachte und benommen die Augen aufschlug, schlang er seine Arme um die Frau, die ihn vom Boden aufhob und ins Schlafzimmer führte. Die Laken des breiten Doppelbetts rochen nach frischen Pflanzen, und über sich erblickte Stefano die schlichte Figur eines gewaltigen hölzernen Christus, der von seinem plumpen Kreuz auf ihn niederzustürzen drohte. Nachdem die Konsulin ihn auf das Bett gelegt und mit einem einfachen Laken zugedeckt hatte, erfaßte der Junge mit beiden Händen ihre Wangen und richtete sich auf, bis seine Zunge ihre Lippen berührte.

Das Fräulein Konsulin legte ihm zwei Finger an die Schläfe, drückte ihn etwas zur Seite und flüsterte: »Keinen Geliebten. Einen Sohn.«

34

Die Spruchweisheit, daß Schriftsteller nicht ein Thema suchen, sondern das Thema sie findet, habe ich nie ganz verstanden. Ich halte mich jetzt für einige Tage in Genua auf, wo ich mein Schiff, die *Opera Prima* erwarte, auf der ich nach Amerika auswandern will. Ich habe genug von der Arbeitslosigkeit in Europa, die es einem nicht einmal erlaubt, für eine elende Bauernzeitung der malizianischen Küste zu schreiben, ohne sich von kleinkarierten Vorgesetzten inhaltlich und stilistisch zu einer peniblen Akkuratesse verpflichtet zu sehen, die sogar einem Oscar Wilde das Schreiben vergrault hätte. Hier in Genua nun hat mir ein Erdnußverkäufer dringend ans Herz gelegt, mein Warten auf das Schiff mit einem Besuch in Rapallo zu verkürzen, um mir dort den 1400 erbauten griechisch-römischen *Torre Civica* anzusehen sowie die *Porta delle Saline,* ein Barockmonument aus dem Jahr 1700. So tauschte ich also, ermutigt auch von mutwilligen Verlusten im Casino von San Remo, den belebenden Filz der Roulettetische gegen einen Besuch der genannten architektonischen Sehenswürdigkeiten.

Ich schickte ein Telegramm an die Tageszeitung *Das Wort* in Agram, in dem ich mitteilte, mich nach Rapallo zu begeben, um von dort über die zähen Verhandlungen zwischen Sforza und Trumbic zu berichten, bei denen es um einen neuen Grenzverlauf zwischen der malizianischen Küste und Italien geht, wobei auf lange Sicht – in einem Jahrzehnt vielleicht – die Stadt Fiume zu einem Adriatischen Freistaat erklärt werden soll.

Da selbst Reporter, für die Zeitungen nur ausgedruckte Pferdewetten sind, von einem kurz bevorstehenden furchtbaren

Krieg wissen, der alle Grenzverläufe durcheinanderwirbeln wird wie ein Kartenhaus im Mistral, kann es auch meinen Lesern nicht verborgen bleiben, daß Grenzen mit Bleifstift zu ziehen, die später von Stiefeln niedergetrampelt werden, ein Zeitvertreib ist, der zu nichts anderem dient, als den Herren Sforza und Trumbic ein paar schöne Tage an den gesundheitsfördernden Stränden des Mittelmeers zu bescheren.

Da war ich also in Rapallo, ging zum Pomeriggio, auf dem Weg zum *Torre Civica*, als ich mich plötzlich einer Gruppe abgerissener bärtiger junger Männer gegenübersah, leichtfüßig wie Basketballspieler, die ich auf den zweiten Blick als jene unbezähmbaren malizianischen Anarchisten identifizierte, über die ich eine lebhafte Reportage für ein übles Käseblatt geschrieben habe, dessen Namen ich hier nicht erwähnen will, um die Augen meiner Leser nicht zu beleidigen. Diese Reportage war mir nicht nur zensiert, sondern nicht einmal honoriert worden und hatte das Ende meiner Korrespondententätigkeit auf den malizianischen Inseln bedeutet.

Die lärmende Bande wurde von einem angeführt, den sie den Langen Roland nennen, eine Karikatur des Don Quijote, der mit seinen Armen nicht gegen Windmühlen und windige Gestalten kämpft, sondern die dicksten Basketbälle aus einer Entfernung von zehn Metern in den Korb werfen kann. Dieser Junge ist mir sympathisch, weil er Spanisch spricht, und das auch noch mit diesem lispelnden Dialekt, der mich an meinen Großvater, einen in Madrid gebürtigen Wurstfabrikanten, erinnert. Ein Sportverein aus Sevilla hatte den langen Lulatsch fünf Jahre lang unter Vertrag, in denen er sich damit langweilte, den kleinen Einheimischen unentwegt Körbe zu geben und damit zwei gegenläufige Wirkungen zu erzielen: Zum einen wurde seine Mannschaft mit schöner Regelmäßigkeit Meister, zum anderen beantragte die nationale Basketballvereinigung beim Obersten Gericht, nur eingebürgerte Gastspieler zuzulassen, damit solche wie der Malizianer »nicht das natürliche Gleichgewicht lokaler Wettkämpfe gefährden«. Da sein Antrag auf Einbürgerung abgelehnt wurde, kehrte der Lange Roland nach Gema zurück, wo er leichte Beute eines revanchistischen Provinzanarchismus der kleinen Belange und großen Utopien wurde.

Hier in Rapallo nun strolchte der lustige Lange mit seiner Meute durch die Gassen und jonglierte mit drei Tomaten, so groß wie Melonen, während seine Kumpane einen Korb Zwiebeln, einige Tüten Limonen und mehrere federbuschige Salatköpfe schleppten, bei deren Anblick es einem ganz knackig zwischen den Zähnen wurde. Mit diesen Einkäufen hätte man einen Salat anrichten können, der eines Mandarins würdig gewesen wäre, obwohl die potentiellen Hohenpriester eines solchen Rituals eher aussahen, als wären sie unter die Franzosen gefallen – Betteleute in proletarischen Lumpen. Vielleicht hatte ihnen aber auch der Hunger diese Leichenbittermienen ins Gesicht geschrieben, denn im Vergleich zu ihnen sahen die Tomaten mit ihren glänzenden roten Bäckchen wie aufgeblasene Luftballons aus.

Auf den dritten Blick war ich mir meiner Sache sicher: Es war jene verträumte Bande von Halbstarken, die auf dem Kai von Gema den Truppen eines gewissen Admirals Mollenhauer zu entkommen suchte, der auf der Insel eine blutige *Opera buffa* samt Vergewaltigung einer Jungfrau und dem Zerschießen des örtlichen Kirchturms inszeniert hatte, um der Bevölkerung *»The Fear of God«* beizubringen, wie die Londoner *Times* heute in einer kleinen Notiz zu berichten weiß. Der Bericht stammt von einem entsetzten Fischer, der nach den Ereignissen auf die Insel kam und die Opfer der *vendetta* in die Kirche schleppte, damit ihnen nicht von den Hunden die Bäuche aufgerissen wurden.

»Volltreffer«, sagte mir mein journalistischer Instinkt. Hier hatte mich mein Thema gefunden, und wenn die zaghafte *Times* wegen der gespenstischen Menschenjagd eine Augenbraue gehoben und für eine internationale Verurteilung dieser flagranten Verletzung der Menschenrechte plädiert hatte, war es durchaus denkbar, daß sie sich auch für eine Reportage aus meiner metaphorischen Feder erwärmte, die das Schicksal der Verursacher dieses Dramas vor aller Augen lebendig werden ließe.

Jubelnd breitete ich die Arme aus, als wollte ich sie alle zusammen umarmen, und rief auf malizianisch:

»Seid gegrüßt, Helden des Vaterlands, strahlende Cherubim der Freiheit!«

Das heimische Idiom an diesen fremden Badestränden zu hören, versetzte sie in helle Aufregung, und mein Schulterklopfen sowie die Zigaretten, die ich unter ihnen verteilte und mit der Leutseligkeit eines Kandidaten während des Wahlkampfes anzündete, wurden von ihnen fröhlich angenommen. Nachdem ein Päckchen schneller aufgeraucht worden war, als die Uhr am Castello brauchte, um zwei zu schlagen, und ich mit einer gewissen philosophischen Neugier mein Interesse an ihrer kürzestfristigen Lebensplanung bekundet hatte, teilten sie mir mit, daß in naher Zukunft ein riesiger Salat auf sie wartete, der fast die Gesamtheit ihrer Sinne zu befriedigen versprach.

Mit zartfühlender Solidarität fragten sie mich, ob ich nicht einen Paß bräuchte, sie hätten nämlich ausgezeichnete Beziehungen, und ob ich mich unter Mißachtung der Klassen- und Kleidungsunterschiede nicht zu dem Salat einladen lassen wollte, den sie in der Badewanne des chilenischen Konsulats anzurichten gedachten, vorausgesetzt, der junge Stefano Coppeta hätte das Badezimmer bis dahin geräumt. Ich antwortete, sie könnten auf mich zählen, und verschwieg ihnen mit Freude, was ich eben in der *Times* gelesen hatte.

Malizianische Händler, in Rapallo ansässig, seit Venetien den Orient kultivierte, wechselten auf dem Käsemarkt mit den jungen Leuten Wortfetzen von heimischen Landen, versetzt mit Offerten von Parmaschinken (aus Genua), Tomaten, Salaten und

Limonen, Endivien, Gurken, schwarzen, grünen und bitteren Oliven, frischem Ziegenkäse, zwei Litern ultrakalt geschleuderten Olivenöls, einem Paket gerösteten Sesams, einem Zwiebelschälmesser, Petersiliesträußen, pedantisch französischem Senf, totemischem Essig aus der Toskana, einem weißen Leinenbeutel voller Möhren, die noch ihre Bärte trugen und so dick waren, daß man sie schälen konnte, ohne sich die Haut von den Fingern zu schaben, des weiteren Oregano, Schalotten und ich weiß nicht was an Radieschen, deren lustige Rotschöpfe aus Bergen von Kartoffeln hervorlugten, sowie einem Faß schmutzig aussehender Fladenbrote mit appetitlichen Mehlflecken auf der goldenen Kruste.

Die guten Marktleute, schloß ich daraus, vermuteten wohl, daß die Fremden aus dem Land ihrer Väter sich auf eine genuesische Galeone einschiffen wollten, um nach Amerika überzusetzen, weshalb sie sich von ihrem Gemüse zu trennen bereit waren, damit die jungen Leute auf der vierwöchigen Überfahrt nicht hungern mußten. Unsere Patrioten hingegen wollten mit all dem Grünzeug nur der chilenischen Konsulin für die Mühen danken, die sie mit der Ausfertigung eines Passierscheins zum Ende der Welt auf sich nahm. Dieser Satz ist längst nicht so wohlfeil, wie meine Kritiker einwenden mögen, denn um das geographische Talent meiner neuen Freunde auszuloten, fragte ich Reino Coppeta, wo dieses Land mit dem Namen eines Gewürzes seiner Meinung nach liege. Coppeta hob daraufhin den Zeigefinger und reckte ihn zum Horizont mit der Gewißheit dessen, der weiß, daß er ihn hinter sich lassen wird.

Als wir das schlichte, aber beschaulich von Blumen umrankte zweistöckige Gebäude des Konsulats betraten, schenkte mir die Konsulin keinerlei Beachtung. In einem heiseren, melancholischen Italienisch teilte sie uns mit, daß sie leider nur einen einzigen Paß zur Verfügung habe, die anderen roten Büchlein hätten die Ratten gefressen, als sie sich auf einer Reise nach Petropolis befand. Sie hätten auch noch andere Sachen aufgefressen, die sie lieber nicht aufzählte, riefen sie doch *demais* Zorn in ihr wach. »Großen Zorn«, übersetzte sie den Auswanderern.

Des weiteren teilte sie uns mit, sie werde in einem tollkühnen Akt konsularischer Pflichtauffassung eine heterodoxe Lösung herbeiführen, damit wir uns so bald wie möglich in ihrem Land das Kreuz krumm schuften könnten. Sie werde uns, übersetzte ich, einen Gemeinschaftspaß mit zwölf Visumstempeln ausstellen, was vermutlich einen Schwanz von Schwierigkeiten nach sich ziehen würde. Zuerst einmal würde sie wohl als Konsulin abdanken müssen oder zum Kulturattaché in Belgien degradiert werden. Zweitens würde sie ganz ohne gültige Dokumente dastehen, wenn der Krieg ausbräche und irgendein Monarch oder republikanischer Potentat bei ihr um ein Ausreisepapier vorspräche. Und drittens werde es bei uns wohl zu einer Art Herdensyndrom kommen, da die Gruppe sich nie auflösen könne, denn vom Stamm (dem Gruppenfoto) getrennt, würden die einzelnen Früchte in illegaler Anonymität verrotten.

Von heute an wären wir »mehr oder weniger zwölf«, entschied sie, wie die Apostel beim Letzten Abendmahl oder wie eine Fußballmannschaft. Ich verkniff mir eine besserwisserische Bemerkung, da mich das liebevolle »mehr oder weniger« überzeugte, mit dem sie uns an eine lange verwickelte Nabelschnur band.

Als ich, Dumas zitierend, »einer für alle, alle für einen« sagte, fiel ihr auf, daß mein Äußeres, mein Benehmen, meine Bildung, meine Ironie und meine Fähigkeit zur Synthese nicht so ganz zu diesen von allen Göttern verlassenen Strauchdieben paßten. Sie schien mein Lächeln mit einem Zwinkern ihrer graugrünen Augen zu kommentieren und wohl der Meinung zu sein, es mit einem zu tun zu haben, den die Regierung eingeschleust hatte und der sie nach dem »Letzten Abendmahl« allesamt hinter Schloß und Riegel brächte. Sie streifte ihre Gesundheitsschuhe mit den flachen Absätzen von den Füßen und legte diese auf ein Rokokotischchen, fächelte ihren Waden Kühlung mit einem feingliedrigen Fächer zu, auf dem eine liegende Maja mit Nelken in Mund und Ohren gemalt war, und bat die *compagni*, den Salat nun *a piacere* anzurichten.

Wie die aufgescheuchten Hühner flatterten sie daraufhin durchs ganze Haus auf der Suche nach Werkzeugen, Utensilien und Gerätschaften. Dabei fand der Lange Roland Stefano Coppeta im einzigen Bett des Hauses vor, mit einem Ständer, der sich in der Mitte der Decke abzeichnete und einem ebenso aufrechtstehenden Thermometer im Mund, das behagliche 38 Grad anzeigte.

Man warf die Kartoffeln mit Schalen und allem in einen Topf, und nachdem das frische Gemüse gewaschen war, wurde alles zusammen in der Badewanne versenkt. Damit das Aroma der Säfte nicht verflog, machte man sich noch im Badezimmer daran, das Gemüse zu putzen und auf Feinschmeckerart zu würzen.

Um bei solchem Einsatz nicht nachzustehen, ging ich zur Bodega an der Straßenecke und bedeutete dem Wirt, mir zwei Fäßchen von dem rustikalen Wein der Region abzufüllen, der unter Kennern den Ruf genießt, sich notfalls auch für die Konservierung von Insekten in Reagenzgläsern zu eignen. Ich schleppte sie mit Hilfe des Langen Rolands hinauf, der dabei von einem fürchterlichen Durst geplagt zu sein bekannte, den das Leitungswasser der Konsulin nicht löschen konnte. Noch in der Weinstube gönnten wir uns einen ersten Chianti zu horrendem Preis, um die Kehle durchzuspülen und einen klaren Kopf zu bekommen, damit wir ein wenig philosophieren und Erinnerungen austauschen und so vielleicht eine Freundschaft anbahnen konnten. Der Horizont des Jünglings reichte nicht über die Ränder eines Basketballkorbs hinaus, doch ich nahm an, daß ihm diese Gabe helfen würde, auch anderswo einzulochen.

Als wir ins Konsulat zurückkehrten, verteilte Stefano Coppeta gerade Gemüsegartenportionen mit einer Salatzange von der Größe einer Heugabel und einem handgeschnitzten Löffel aus dem XV. Jahrhundert, an dessen Grifföse noch der Preis in Pfund Sterling baumelte. Erstere hatte er in der Küche gefunden, letzteren aus einer Souvenirvitrine genommen. Der Frau schien das lärmende Durcheinander nichts auszumachen, und nach der zweiten Runde Rotwein und der ersten Runde Salat bat sie die Freibeuter, ein Liedchen aus ihrer Heimat zum besten zu geben, um das Mahl mit ein bißchen Folklore zu garnieren. Ich fürchtete schon, die naive Barbarei meiner Protagonisten könnte sich in der *Carambamba der Früchte* entladen; doch die stille Würde der Frau Konsulin hatte wohl schon ihre Wirkung getan, denn sie mäßigten sich mit einer wehmütigen Weise zu einem Text des Dichters Nazor, deren Kehrreim da lautete:

Hinauf, hinauf, Dichter Nazor
Auf deinen Turm aus Stein.
Sammle die Wörter um dich,
wie der Hirte die Schafe.
Verbiete deinen Lippen die Klage,
die der Sanftmut des Weisen nicht steht.

Die Diplomatin kaute an einer saftigen Tomate, die ihren dunklen Teint mit einem seltsam sinnlichen Rouge überzog. Nun erhob sie sich langsam wie ein Gähnen, griff nach einem Häkeldeckchen, das auf dem Sekretär lag, hob es in die Höhe wie eine Generalin, die sich ergibt, und verkündete mit tiefer Stimme, mit Raucherstimme fast, sie möchte sich für die Kunst ihrer malizianischen Gäste mit einem getanzten Lied aus ihrer Heimat revanchieren, das sie *Cueca* nannte. Zwar hatte mir der örtliche Rebensaft schon die Knie ein wenig weich und den Puls recht rhythmisch gemacht, dennoch griff ich nach meinem Notizbuch, um den Text ihres Liedes nach Gehör zu fixieren. Die Dame trug es in einem müden Singsang vor, als sage sie jemandem Lebewohl, wobei sie mit dem Häkeldeckchen wedelte und in kleinen Kreisen durch die Wohnung trippelte.

Der Text lautete:

Raubte man mir im Garten das Leben,
dein Jasmin,
Ich wäre die Erde, das Land,
dir neues Leben zu geben.
Tod, du Räuber, mach dich davon,
dein Glück ist dahin.

Als die Frau verstummte, starrten die malizianischen Jungs und ich selbst gedankenvoll an die Decke, als könnte aus diesem Urnebel ein Engel herabsteigen und sich unseres ungewissen Schicksals erbarmen. Ich empfand auch eine weinselige Verwandtschaft mit diesen Jungen, die in einem plötzlichen Auflodern des Freiheitsdrangs, das sie ihre Heimaterde zu beschützen rief, gemordet hatten. Paradoxerweise war es eben diese kämpferische Tat, die sie nun aus ihrem bescheidenen Paradies vertrieb.

»Wie viele seid ihr?« fragte die Konsulin, und schlug den Paß auf.

»Mit mir zwölf, gnädige Frau.«

»Dann kommt alle mit zur Piazza, und paßt mir auf, daß niemand unterwegs zu Fall kommt.«

Es war fünf Uhr nachmittags in Rapallo. Die deutschen und schwedischen Touristen strömten zum Baden ans Wasser, mit bunten Sonnenschirmen bewaffnet, die sie von dem zweifarbigen Segeltuch der öffentlichen Strände unterschieden. Keine dieser blassen Gestalten vermochte den Blick abzuwenden, als der Zug abgerissener bärtiger Männer im Gänsemarsch vorüberrauschte, sich mit ehemals weißen Hemdsärmeln die Mayonnaisereste abwischend und von einer schwarzen Dame angeführt, die wie ein flatternder Seraphin die Arme schwenkte, um auf die großartige Umgebung hinzuweisen, in der dieses dreckige Dutzend mit wenig Vergangenheit und ungewisser Zukunft dahinstolperte.

Auf der *Piazza* ließ die Konsulin alle vor dem neutralen Hintergrund der Mauer Aufstellung nehmen, und bat den Mann mit der Kastenkamera und dem schwarzen Vorhang, seine Arbeit zu tun, wobei diesmal weniger auf den künstlerischen Ausdruck zu achten sei, als darauf, daß alle aufs Bild paßten.

»Familienfoto kostet aber doppelt soviel, Signora.«

»Das wird kein Familienfoto, sondern ein Paßfoto.«

»Ein Paß für zwölf Personen?«

»So ist es, Domenico.«

»Wollen Sie sich dann nicht dazustellen. Ich mache es Ihnen für den selben Preis.«

Ich erwähne diesen Vorfall, weil ich den Fotokünstler danach in ein Gespräch verwickelte und ihm ein Angebot für das Negativ machte. Er verkaufte es mir für den doppelten Preis des Fotos, nachdem er dies ausgiebig in seine geheimen Tinkturen eingetaucht und im heiligen Bad des Entwicklers gewässert hatte und dann damit in der Luft herumwedelte, die zu unbewegt war, um auch nur ein Straßenbahnbillett davonzuwehen.

Ich steckte das Bild in mein Notizbuch, weil ich das vage Gefühl hatte, es könnte mir eines Tages dienlich sein, obwohl ich andererseits ziemlich sicher war, daß die namenlosen Fotomodelle im großen Buch des Herrn nicht einmal als Randnotiz erschienen. Ausgenommen die Konsulin, die mir mit ihren wachsamen Augen, ihrer verblüffenden Improvisationsgabe und Energie, ihrer spitzen Zunge und dieser Traurigkeit, die einer unberührten Witwenschaft entsprang, durchaus den Eindruck machte, eines Tages auf dem Mond landen oder den Nobelpreis gewinnen zu können.

Da standen die glorreichen Elf im Licht der nachmittäglichen Sonne, gebannt auf das Hochglanzpapier, und nur die Blässe ihrer Gesichter milderte das Banditenhafte der wuchernden Bärte. Ich selbst habe, wie man verstehen wird, es vorgezogen, auf diesem Foto nicht in Erscheinung zu treten.

In der Mitte sind, ernst wie bei einer Beerdigung, die Brüder Coppeta zu sehen. Meiner Vorhersage nach sieht man sie hier zum letzten Mal gemeinsam auf einem Dokument, weil der eine den Instinkt eines Raubtieres hat, das jederzeit und überall zuschlagen kann, während der andere sanft ist wie ein Lamm und nichts anderes erwartet, als den apokalyptischen Rachen des Wolfes. Ein Schriftsteller würde den einen als derb bezeichnen und den anderen als sanft – zwei Attribute, stelle ich mir vor, mit denen man nicht gerade Amerika erobert.

Und damit endet meine Reportage, deren Thema ich erst in diesem Absatz enthülle. Dies, liebe Leser, ist die Generation von Emigranten, die heute wieder zur Neuen Welt aufbricht. Im Gepäck hat sie nichts weiter als bittere Armut, vielleicht noch einen Ausweis. Sie wissen aber einen guten Wein zu keltern, wenn das Land ihnen Reben gibt; und sie machen gutes Öl, wenn die Olivenbäume tragen. Sie sind groß, wenn man sie nicht erniedrigt; und sie riechen sogar gut, wenn man sie in eine Wanne mit so heißem Wasser steckt, daß ihnen die Haut abpellt.

Für *La Lengua*
von *Andrés Gómez Stark*, Korrespondent auf der Durchreise

35

Paula Franck organisierte die Beerdigung ihres Bruders mit der Effektivität einer englischen Hausdame. Falls sie geweint hatte, erfuhr es niemand. Der Leichnam wurde von einer Tiefkühlfirma nach Salzburg gebracht, die ihn auf Curica direkt vom Schiff des Admirals übernommen hatte. Dieser hatte ihn in einen Zinksarg gesteckt und in den Zollpapieren »reiche Leiche« vermerkt. Mollenhauer erhielt zwei Auszeichnungen: eine dafür, daß er den Süden des Kaiserreichs von subversiven Elementen gesäubert hatte – sie bestand aus dem Prinzessin-Amalie-Band, in Erinnerung an die im zarten Alter verstorbene Infantin –, und einen Scheck von Madame Franck als symbolische Wiedergutmachung »für die tapfere Errettung meines kleinen Bruders aus den Händen feindlicher Horden und der Familie von Alia Emar mit ihrem dreisten Vorhaben«.

Der Auflösung des Kaufhauses *Europa* kam gleich in mehrfacher Hinsicht große Bedeutung zu.

Einmal war da das Gebäude selbst – in seiner Art einzigartig auf diesen gottverlassenen Inseln, wo es der wichtigste Anlaufpunkt für Schiffe nach Griechenland oder weiter nach Osten war, die hier zollfrei ent- und beladen wurden –, das man als Lager nutzen konnte, als Zweisternehotel für eventuelle Touristen, als Begegnungsstätte (eine Bezeichnung, mit der Frau Francks Anwalt ein Bordell fern des eigenen Landes projektierte), als Haftanstalt für politische Häftlinge und normale Strafgefangene, die in den überfüllten Gefängnissen Agrams keinen Platz mehr fanden, oder sogar, falls das Kaiserreich die Insel moralisch wiederaufrichten wollte, als staatliche Schule, damit die Bewohner dieser und umliegender Inseln der kaiserlich und königlichen Kultur teilhaftig wurden.

Dann gab es da noch das gesamte Inventar, angefangen von Angelschnüren über Stoffballen, Regalen, Lebensmittelkonserven, Bettgestellen und Sofas, internationaler Feinkost, Toilettenartikel, Maschinenteilen bis zu dem silbernen Eiskübel, in dem der letzte Champagner gekühlt worden war.

Die Heiratsurkunde wurde gewaltfrei und ohne Zeugen aus dem Rathaus entfernt, so daß, sollte das *prostituierte* Fräulein Alia Emar eines Tages auf den Gedanken kommen, in Salzburg oder Agram um ihr Erbe prozessieren zu wollen, es nicht einmal die nötigen Papiere hätte, um sich die Nase zu putzen. Was die Ungültigkeit der kirchlichen Trauung betraf, wartete der greise Doktor Gesner, daß der Herr Pfarrer aus seiner Felsenhöhle über dem Meer hervorkam, wo er vor dem Orkan Mollenhauer Zuflucht gesucht hatte. Zwischenzeitlich betete der Notar mit solcher Hingabe vor dem Hochaltar, daß selbst der Priester von der Gläubigkeit dieses Alten mit der Adlernase und der inquisitorischen Brille gerührt war und ihm aus der Sakristei ein Kissen brachte, damit er es unter seine arthritischen Knie legen konnte.

Doktor Gesner bedankte sich mit einem Scheck, der für die Reparaturarbeiten am Glockenturm bestimmt war und etwa einem Zehnjahresgehalt entsprach. Der Priester sollte dafür auch bitte den Weinfleck entfernen, der die wundersame Bronze während der *vermeintlichen* Hochzeit entweiht hatte, *welche ja, Gott sei Dank, nicht zur Durchführung gekommen war, wie das Fehlen einer entsprechenden Urkunde im Rathaus bezeugte sowie jener von allen Gläubigen in der Kirche bestätigte Vorgang während der Zeremonie, als die Braut sich rundheraus geweigert hatte, das »Ja« auszusprechen, das Sie, heiliger Vater, ihr auf die Lippen gelegt hatten. Statt dessen kehrte sie, wie es in dieser Familie von Hexen, Ketzern und teuflischen Huren immer schon gehandhabt wurde, dem Alter den Rücken und zündete mitten in der Kirche die Heiratsurkunde an, damit einen noch viel größeren Brand beabsichtigend, der das für seinen Glockenturm mit der unmöglichen Statik berühmte Gotteshaus in Schutt und Asche hätte legen sollen.*

Gott segne Sie, daß Sie die Feier abgebrochen haben, bevor der Bund der Ehe im Angesicht unseres Herrn geschlossen werden konnte. Der heilige Petrus wird glücklich sein, Sie in den Himmel zu geleiten, Vater, weil Sie die Ungläubigen aus dem Tempel vertrieben und sie gezwungen haben, ihre heidnischen Riten in der freien Natur abzuhalten, wo Frauen und Männer sich von Tieren bespringen lassen und die Braut sich in gotteslästerlicher Schamlosigkeit jedem Trunkenbold hingibt, der ihr über den Weg läuft. Solcher Frevel trieb den armen Hieronymus Franck, diesen gutgläubigen Diener Gottes, dieses sanftmütige Geschöpf, das Milde gesät und Galle geerntet hat, in den Abgrund der Selbstentleibung, verdammte seinen Körper zur Hölle und seine Seele zum Fegefeuer. Helfen Sie mir, Vater, für den armen Hieronymus Franck zu beten, damit er in Frieden ruhe und sein Geist nicht in den Mauern dieses Tempels sein Unwesen treibe. Beten wir, daß seine Seele vorbereitet sei und, gereinigt von aller Sinneslust, in die ewigen Gärten des Herrn einzutreten vermag.

Pfarrer Pregel schluckte einen beträchtlichen Kloß, der seinen Adamsapfel zum Tanzen brachte, was den Blicken Gesners nicht entging, der die Wirkung seiner Worte an den zuckenden Fingern des Geistlichen ablesen konnte. Bemüht, den Kummer des Priesters zu mildern, tätschelte er ihm den Handrücken und drehte den Scheck dabei wieder so, daß der Herr Pfarrer den Betrag lesen konnte.

Der jedoch nahm die Geste nicht mehr wahr, da er bereits mit der Entschlossenheit des Hausherrn dem Altar zuschritt. Vor dem gekreuzigten Christus blieb er stehen und sah in seiner Erinnerung das Bild der Mutter der Brüder Coppeta, der die Bestie Krebs die Knochen zerfraß und sie vor Schmerzen sich winden ließ, ihren Glauben jedoch nicht zu brechen vermochte.

Und mit einem von Wehmut verfeinerten Gehör vernahm er wieder seine eigene Stimme, die der Sterbenden versprach, sich um ihre ruhelosen Sprößlinge zu kümmern. In derselben Verschwommenheit erschien ihm Alia Emar am Tag ihrer ersten Kommunion: die selbstbewußte Gewißheit ihrer Schönheit mit neun Jahren, als die anderen Mädchen an der Hand ihrer Ministranten höchstens den Chor für die Primaballerina abgeben konnten.

Und er dachte an den Erfinder Torrentes, wie dieser die Entfernung zwischen Glockenturm und Erde abzuschätzen suchte und ihm – er mußte unwillkürlich lächeln – aus *relativ* wissenschaftlicher Sicht erklärte, daß *das, was wir da sehen, nicht möglich sein kann.* Sich mit dem Ärmel der Soutane die Augenwinkel trocknend, ging er zur Gipsfigur der Heiligen Jungfrau Maria mit dem rotwangigen gekrönten Kind und bat beide mit größter Andacht um Vergebung für sein ketzerisches Vorhaben.

Dann hob er wie ein Gladiator die rechte Hand mit dem Scheck des Doktor Gesners, hielt ihn hoch, damit der Notar ihn deutlich sehen konnte, und dann über eine der züchtig flackernden Kerzen, die zu Ehren der Muttergottes entzündet worden waren, von wo er ihn erst zurückzog, als das Papier zur Hälfte verbrannt war. Den Rest ließ er zwischen seinen Fingern verglühen, bis er das Gefühl hatte, der Schmerz seiner verbrannten Fingerkuppen sei nun Strafe genug. Die verkohlten Reste trat er auf den Steinfliesen aus und sagte mit stolz erhobenem Kinn zu Gesner: »Verzeihen Sie bitte den Mangel an Originalität.«

36

Kurz über der Wasserlinie zusammengepfercht, und von den Rohren des Maschinenraums nur durch eine briefmarkendicke Wand getrennt, erkannten die Malizianer am zweiten Tag ihrer Reise, auf der Höhe von Barcelona, daß die Vertrautheit mit dem Meer, derer sie sich stets gebrüstet hatten, etwa der Widmung vor einem Schauerroman entsprach. Eine Sache war es, von den heimischen Klippen bis zum Leuchtturm zu schwimmen, aber »oa ondre«, wie der Österreicher Hieronymus zu sagen pflegte, durch die Wogenberge des Mittelmeers zu pflügen. Das in einigen Fällen oral zurückgegebene Essen an Bord war jedoch selbst in der fünften Klasse noch durchschlagend; und obzwar diese den Nachteil hatte, direkt neben den Kloaken zu liegen, hatte sie andererseits den Vorteil der Nachbarschaft zu den Rattennestern, wo man als erster von einem Untergang des Schiffes erfahren würde.

Beim Frühstück plauderte man in der Regel über das, was einen jenseits des Atlantiks erwartete; beim Mittagessen ging es um den Weltkrieg, den zweifellos Deutschland gewinnen würde; doch beim Abendessen drehten sich die Gespräche ausnahmslos um Bordelle. In dieser Sparte berichteten Türken und Japaner von Saufgelagen, Rauchexzessen in Opiumhöhlen, Afterspülungen mit Aphrodisiaka, Haschischbädern, Multipenetration, Cunilingus mit abgerichteten Boas und Brustwarzenbeschneidungen bei Sultaninnen.

Die unerfahrenen Malizianer, deren erotische Praxis sich auf die eine oder andere Turumbareibung und höchstens noch auf eine Solonummer im Brandungsschaum mit den Gedanken bei den Brüsten der Lehrerin Beatriz beschränkte, schluckten ihre üblichen Aufschneidereien mit offenen Mündern herunter.

So vergingen die Nächte unter Übelkeit, Ohnmachtsanfällen, Erbrechen, Erektionen, Ergüssen, Tränen und der Sehnsucht nach der Heimat. Aber es begannen auch die Träume von einem vor Fruchtbarkeit strotzenden Chile, in dem Flüsse wie süße Ozeane Weinstöcke mit gewaltigen Trauben bewässerten, die von Sonne und Wasser durchsichtig glänzten und beim bloßen Anblick vor Üppigkeit platzten; einem steinigen Chile, gekrönt von reichen Stollen in den Bergen, wo sie mit ihren Händen im Goldstaub wühlten, sich Nasen und Zähne einrieben, um wie schimmernde Götter auf einem venezianischen Karneval zu glänzen.

Nur die Brüder Coppeta hielten sich mit der ihnen manchmal eigenen mürrischen Wortkargheit fern vom allgemeinen Treiben. Stefano sah man unter einer groben Militärdecke gegen die Kälte geschützt an Deck sitzen und in ein Heft kritzeln, das die chilenische Konsulin ihm mitgegeben hatte. Sie hatte ihm vorgeschlagen, alle Angst und jedes Leid zu notieren, da er nur so zu einer geistigen Beweglichkeit fände, die es ihm erlaube, das Licht seiner schönen Seele wiederzufinden, das verdunkelt war von einer Schüchternheit und Entschlußlosigkeit, die ein unerfülltes Begehren in ihm schürten. Die Frau hatte ihm auch Stifte, Radiergummi, Anspitzer, Löschpapier und einen Füller mitgegeben, dessen spitze Feder sich so heftig in seine Zunge bohrte, daß er mehr Löcher und blutige Stellen als geniale Einfälle davontrug.

Nach dem Passieren der katalanischen Küste bestand der größte Teil der Vorräte aus eingelegtem Stockfisch, den der galicische Koch mit geschlagenem Ei servierte, nachdem er ihn in Essig gebadet hatte, um das Salz abzuwaschen. Der Völlerei waren damit keine Grenzen mehr gesetzt, und der Durst stand ihr in nichts nach. Waren die Vorratsräume anfangs nur für trübes Trinkwasser und das eine oder andere warme Bier gut gewesen, so hatte die demokratische Bruderschaft all jener, die den Krieg möglichst bald hinter sich lassen wollten, schon auf der Höhe von Gibraltar die Grenzbestimmungen gelockert und Hektolitern von Rotwein die Schleusen geöffnet. Mit Ausnahme von Stefano und Reino Coppeta konnte zur mitternächtlichen Stunde auf dem spanischen Schiff keiner mehr von sich behaupten, noch klaren Verstandes zu sein.

Melancholie gehörte wahrhaftig nicht zu den Lastern von Reino. Schon seit Anbeginn der Reise war seine Aufmerksamkeit von einem kräftigen jungen Mann mit dem Aussehen eines Pferdebändigers gefangengenommen worden, der in einer windgeschützten Ecke an einem Tisch saß und aus biegbaren Materialien Figuren modellierte, denen er die Form von kämpfenden Boxern gab. Immer wieder veränderte er die Stellung eines Arms, ließ die Faust am Kinn des Gegners landen, verdrehte dessen Hals, als wäre der Kiefer ausgerenkt.

Der Mann maß die Entfernung zwischen den Figuren, zeichnete sie auf Papier, manchmal übertrug er die Maße auf Karton, und nicht selten veränderte er den Lichteinfall eines brennenden Kerzenstummels, indem er diesen hinter die Schulterblätter der Boxer plazierte. Danach bewegte er die Figuren oder verschob sie mit millimetergenauer Behutsamkeit und machte sich Notizen über die Wirkung ihres Schattenspiels an der Wand.

Reino wußte zwar nicht, wozu diese Übungen dienten, doch Neugier oder Intuition ließen ihn gebannt jede dieser zögernden Schlagkombinationen verfolgen. Da es ihm unmöglich war, die Sprachbarriere zu diesem englischsprechenden Mann zu überwinden, beschied er sich damit, ihm bis zu fortgeschrittener Nachtzeit zuzuschauen, wenn es so finster geworden war, daß die Schattenkämpfe der Boxer auf der von Rostbeulen bedeckten Wand so schwarz und schwer wurden, als fänden sie in der Wirklichkeit statt. Anfangs ignorierte der Mann die Anwesenheit Reinos, der mit dem klassisch offenen Mund eines Fisches, der am Angelhaken hängt, bei ihm saß und zuschaute; doch wie die Nächte und die Seekrankheit vergingen, gab er kurze Kommentare ab, zu denen der Junge von Gema verständnislos nickte und eifrig den Kopf vorstreckte. Als eines Nachts die Boxer an der Wand ihre Konturen verloren, forderte der andere ihn auf, sich vor sie hinzustellen und seinen Fäuste so zu bewegen, als zöge er an den Zügeln eines Pferdes.

Die Zusammenarbeit schien dem Handwerker etwas Wichtiges gezeigt zu haben, denn am nächsten Tag stellte er eine Flasche Whisky und zwei Gläser auf den Tisch und forderte Reino auf, sich zu ihm zu setzen, während er seinen Figuren mit Gummi, Karton, Draht und Wachs Widerstandskraft und Biegsamkeit verlieh. Noch immer kam aus seinem Mund nicht die geringste Theorie zu diesem an Besessenheit grenzenden Tun, und Reino stellte – weniger aus Neugier als seiner Einsprachigkeit wegen – auch keine Fragen nach dem Sinn dieser Spiele.

Der einzige halbwegs verständige Dialog zwischen den beiden kam nach der dritten Flasche am vierten Tag ihrer Überfahrt zustande, als der Bastler die Hand ausstreckte und, ohne Reino anzusehen, sagte:

»Willie.«

Der Junge von der malizianischen Küste sah die zuverlässige, gerade zur rechten Zeit hingestreckte Hand und hatte zum ersten Mal seit der Einschiffung das Gefühl, es könnte der Ansatz eines Sinns darin liegen, die Heimat verlassen zu haben. Begeistert drückte er die hingehaltene Hand und sagte: »Reino Coppeta.«

»*Glad to meet you,* Reino.«

»*Glad to meet you,* Willie.«

»*I haven't realized you speak English so well.*«

»*Yes.*«

»*You seem to be very interested in my work.*«

»*Yes*«, bestätigte der Junge.

»*Why?*« fragte der Bursche.

»*Yes*«, antwortete Reino.

Willie musterte ihn mit einem eher belustigten als ironischen Blick; und sich wieder seinen Figuren zuwendend, zündete er einen letzten Kerzenstummel an, um sie über der Flamme etwas flexibler zu machen. Dabei knurrte er zwischen den Zähnen: »*You don't speak a shit of English*« – als das flackernde Flämmchen erlosch.

»*Yes*«, sagte Reino Coppeta und zog eine neue weiße zölibate kirchliche Kerze aus der Tasche, die er aus dem Andachtsraum des Schiffs hatte mitgehen lassen, und stellte sie mit gespielter Selbstverständlichkeit auf den Tisch.

»*Boy, oh, boy!*« rief der Amerikaner und zündete sie an. »*You're really something,* Reino.«

»*Yes*«, erwiderte Reino Coppeta, der die Sprache Shakespeares zum ersten Mal hundertprozentig verstand.

Als sie den Atlantik zur Hälfte überquert hatten, war Reino Coppeta Willies Assistent bei der Herstellung einer neuen Partie von Gladiatoren geworden. Diesmal waren es keine Faustkämpfer, sondern eine Art von Tieren mit prallen Bäuchen und der Haut von Reptilien, die der Amerikaner »Dinosaurier« nannte; Wesen, die vor Millionen von Jahren den Planeten bevölkerten und wegen der Dunkelheit ausstarben, die eine durch den Aufprall eines Kometen auf der Erde in den Weltraum geschleuderte Staubwolke verursacht hatte. Dank des mythischen Unterbewußtseins, welches bewirkt, daß jeder Mensch einen Abgrund an Menschheitsgeschichte in seinem tiefsten Innern trägt, sind sie noch immer in unserem Geist gegenwärtig.

Willie war nach Europa gekommen, um mit den Brüdern Lumière über Animationstechniken zu sprechen, und über die Erkundung des kollektiven Unbewußten mit einem »jungen Jung« – *yang yung* –, sagte er und lachte sich halbtot dabei, »der Gespenster aus der Seele holt, wie ein Fischer Sardinen aus dem Meer, wenn die Schwärme ziehen«.

Von diesen technisch-philosophischen Ausführungen verstand Reino Coppeta nur ein paar Worte der letzten Metapher, und da es zum Essen auch noch gebratenen Fisch gab, gelangte er schnell zu der Überzeugung, praktisch zweisprachig zu sein.

Der bevorzugte Zeitvertreib der Brüder Coppeta bestand also in der mit Whisky vergüteten Assistenz bei Doktor Willie (du kannst mich »OBie« nennen, schlug er zwei Tage vor der nordamerikanischen Küste vor), und von seiten Stefanos in dem Führen eines Bordtagebuchs, das sich hauptsächlich in Beschreibungen von Alia Emar erschöpfte. In diesen erschien das Mädchen unerreichbar, fern, gefangen in einer übermächtigen Trauer, die dem Jungen jeden Mut nahm, sie zu erobern. Stefano las seine Seiten wieder und wieder durch und fand als einzigen

Grund für seine schüchterne Verzagtheit seit Schultagen die Angst vor einer ablehnenden Antwort. Er stellte sich rhetorische Fragen wie: Warum habe ich sie verloren, obwohl ich ihr doch damals im Wald, als sie hingefallen war und sich die Knie blutig geschürft hatte, das Blut abgeleckt und die Wunde gesäubert habe? Und dann, als er den Einfall gehabt hatte, mit dem Lecken fortzufahren, bis er an den Innenseiten ihrer Schenkel entlang zu den ersten Härchen ihres Venushügels kam! Hatte sie da nicht eine Hand auf seine heiße Wange gelegt und gesagt, Schluß jetzt, du Wilder; in einem Tonfall, der jetzt, durch die Unendlichkeit des Ozeans verstärkt, zu rufen schien: Beiß mich, leck mich, segne mich?

»Junge«, hatte Willie OBie ausgerufen, als sie durch ein Fernrohr die Freiheitsstatue erkennen konnten, »die Zukunft gehört den Dinosauriern. Wenn ich einen Produzenten von meiner Idee überzeugen kann, verdiene ich so viele Dollars, daß ich mir meinen Lebenstraum erfüllen werde. Ich will einen Film mit einem Gorilla drehen, der an einem Wolkenkratzer in New York hochklettert und Manhattan und die ganze Welt bedroht. Der Trick besteht darin, die Figuren so beweglich zu gestalten, daß es einen fließenden Übergang zwischen den Einzelbildern gibt und so ein Eindruck von Wirklichkeit erreicht wird. Der Rest ist eine Frage von Proportionen, Licht, Trickaufnahmen. *Lots of money in this business, young* Coppeta.«

»Many, OBie«, entgegnete Reino mit glänzenden Augen.

Ein junger Engländer, dem man eine in Aberdeen abzusitzende Gefängnisstrafe in Latrinendienst auf dem Schiff umgewandelt hatte, stellte sich als Dolmetscher zur Verfügung.

»OBie möchte, daß du mit ihm in New York arbeitest. Dinosaurier bauen.«

»Sag ihm, nichts würde mich glücklicher machen.«

»Er will wissen, ob du einen Paß mit Visum für die Vereinigten Staaten hast.«

»Einen Paß hab' ich.«

»Darf man einen Blick reinwerfen?«

Reino zog die Parodie auf das heilige Abendmahl hervor und strich sie auf dem Modelltisch glatt. Willie war so verblüfft über das Gruppenkunstwerk, daß er nur den Deckel von seiner Scotchflasche abschrauben und sich die Flasche an den Hals setzen konnte, ohne daran zu denken, seinen beiden Gehilfen etwas abzugeben. Als er einen guten Schluck genommen hatte, rieb er sich die Augen, weil er ernstlich befürchtete, wieder mit den Auswirkungen eines Delirium tremens konfrontiert zu werden.

»Er sagt, mit diesem Wisch kannst du nicht in die USA einreisen, weil das Visum fehlt.«

Reino zeigte mit dem Finger auf den Konsulatsstempel.

»Das«, erklärte der Junge aus Aberdeen, »ist ein Visum für Chile. Heute nacht erreichen wir die Vereinigten Staaten, das Haupt der Welt. Chile ist da unten, am Arsch der Welt.«

»Das ist der Schwanz des Dinosauriers«, lächelte Reino.

»Der Schwanz des Dinosauriers«, bestätigte Willie lachend, drückte ihm einen Zehndollarschein in die Hand und gab ihm einen schmatzenden Kuß auf die Stirn.

Der Mann von Gema steckte den Geldschein ohne weitere Dramatisierung ein, und indem er OBie auf seinem Stuhl zu all den Figuren, Kartons, Drähten, Glasuren und Holzklötzchen drehte, sagte er: »Bevor wir auseinandergehen, Onkel OBie, erzähl mir von dem Film, den du mit unseren Dinosauriern machen willst.«

Der Amerikaner betrachtete das Durcheinander auf dem Tisch wie ein Stratege, der seine dezimierten Truppen zu einer heroischen Schlacht formiert. Dann legte er einen Arm um Reinos Schulter und räusperte sich.

»Es ist ein Film über das fehlende Glied. *The missing link.* Der Held ist ein prähistorisches Ungeheuer namens Theophilus Ebony. Er kommt in ein Land, in dem sich zwei grausame Rivalen bekämpfen: der Duke und Steinbeißer. Beide wollen die Dinosaurierin Araminta Feuerzahn erobern. Sie schickt die beiden auf Nahrungssuche und verspricht, sich dem hinzugeben, der ihr zum Abendessen die leckerste Beute erlegt. Kannst du mir folgen?«

»Yes.«

»Gut. Die beiden Bestien versuchen also, mit Pfeil und Bogen etwas zu erlegen, doch alles, was sie auftreiben können, ist ein Urvogel, der sich aus dem Nest schwingt und sie mit seinem riesigen Hackschnabel in die Flucht jagt. Und dann taucht plötzlich Savage Bill auf, das fehlende Glied, ein grauenhaftes haariges Monster, das am Ufer eines Sees gerade mit einem Brontosaurier kämpft. Diese Figur hier ist der Brontosaurier.«

»Yes.«

»Der Bronto macht Hackfleisch aus Savage Bill und läßt ihn leblos liegen.«

»Er macht ihn zur Sau«, ergänzte Reino und illustrierte seine akademische Erklärung, indem er ein Stück Knetgummi in der Hand zerdrückte.

»Genau. Er macht ihn zur Sau und verschwindet im See. Und genau in diesem Moment taucht Theophilus Ebony auf. Als er den Duke und Steinbeißer herankommen sieht, stellt er seinen Fuß auf den toten Savage Bill, als habe er ihn niedergemacht. Na ja, die Dinosaurierdame kann solchem Heldenmut natürlich nicht widerstehen, schickt ihre beiden Verehrer nach Pfefferland und macht sich mit Theophilus aus dem Staub.«

»Und?«

»The End.«

»No fuck?«

»Den Zuschauern wird das natürlich suggeriert.«

»Big fuck.«

»Dinosaure fuck.«

»Good film.«

»Alles, was ich brauche, ist ein Produzent, der mir fünf Riesen rüberschiebt.«

»Wieviel ist das?«

»Zweitausendfünfhundertmal deine beiden Hände mit ihren zehn Fingern.«

»Many fingers.«

»Quite a lot.«

»Good film. Excellent film.«

Betrübt schaute Reino auf den Brontosaurus. Er ließ ihn eine Klaue heben und senkte sie dann wieder Stufe um Stufe, wobei er gleichzeitig den Hals der Figur drehte, wie er es als OBies Assistent im Filmlabor tun müßte.

»Wie lange dauert der Film, Chef?«

»Fünf Minuten.«

»Pavlovic hat mir erzählt, er hätte einmal einen Film gesehen, der zwei Stunden gedauert hat. *Quo Vadis.*«

»Wer ist Pavlovic?«

»Ein Arschloch.«

»Wenn ich den Affenfilm drehe, wird er auch zwei Stunden dauern.«

Reino nahm nur eine Zungenspitze von dem Whisky, ließ ihn über die Lippen laufen, genoß den wohligen Geschmack und die Wärme und seufzte: »Zwei Stunden. Eine Million Dollar. Zweihunderttausend Finger.«

37

Einmal glaubte ich, das Fortsein quäle,
verändere meine Gestalt, leere meine Seele,
die Glocken in jedem Hafen, an jedem Pier
entführten mich in die Ferne, trennten mich
von dir.

Fern die schleichende und immer gleiche Zeit,
nichts läßt sie zurück, nichts hält sie bereit.
Das Meer mit schaumigen Wogen
kühlt meine Stirn, benetzt meine Augen.

In jeder Nacht, die ich durchwacht,
seh' Sternengeister ich, wenn der Morgen lacht,
guter Dinge der Kapitän, auf dem Tisch der Wein,
die ungewisse Gegenwart kann meine einzige
Zukunft nur sein.

In dieser Nacht sollen wir New York erreichen. Der Kapitän, heißt es, wird uns im Laderaum einschließen und jeden mit einem Besenstiel ausrüsten, damit wir die Ratten abwehren können. Dann kommen die Männer vom Zoll an Bord; sie tragen Gesichtsmasken und bespritzen alles mit Benzin und verbrennen das Ungeziefer. Scherze des Kapitäns, heißt es. Ich aber habe nur meinen Schmerz und dieses Tagebuch, in dem ich Poesie anhäufe, gemacht aus dem Nichts, für nichts, Wörter.

Reino entriß Stefano das Heft und stopfte es voll Zorn unter die Matratze.

»Laß die Finger von meinen Sachen!«

»Warum, Stefi? Ich bin dein Bruder.«

»Du warst mein Bruder. Ich bin nicht mehr der Bruder eines Mörders.«

»Aber wir haben Geschichte gemacht, Junge.«

»Du hast uns das hier alles eingebrockt. Du hast böses Blut, Reino.«

»Was ich getan habe, ist vergangen. Wir können uns nicht ewig in Vergangenem suhlen. Vor uns liegt die Zukunft, und hinter uns lassen wir eine ruhmvolle Vergangenheit zurück. In vielen Jahren werden die Kinder in der Schule über uns lesen. Die würdigen Nachfahren des alten Coppeta!«

»Von Flöhen gebissen, von Ratten angenagt, die Haut abgepellt von der Hitze im Maschinenraum. Ohne Freundin, ohne Frau, ohne Heimat.«

»Heimat, Stefi? Dies ist die Heimat!«

»Dieser Scheiß?«

»Wo du und ich zusammen sind, da ist die Heimat. Wir müssen nicht den Rest unseres Lebens denken, die besten Nudeln gab's bei Großmutter.«

»Ich hab' auf einer Landkarte gesehen, wo Chile liegt.«

»Und?«

»Weit weg, Reino. Sieht aus wie eine Gegend, aus der man nicht mehr zurückkommt.«

»Man sagt, wenn du dich dort auf der Straße bückst und ein bißchen im Staub scharrst, stößt du auf Gold. Goldklumpen, so groß wie deine Eier. Und eine sensationelle Nationalhymne haben sie. Es heißt, Chile sei eine getreue Nachbildung des Paradieses. Alles grün, voller Fasanen und Vögel, Quellen und Flüsse überall, kristallklare Seen und die schönsten Mädchen, groß und schlank, stolz, heißblütig, mit tollen Titten.«

»So heißt es in der Nationalhymne?«

»Ich schwör's dir, Stefi. Ich wünsch' dir Glück in Chile.«

»Was soll das denn heißen?«

»Ich fahr' nicht weiter mit, Bruder. Eigentlich bin ich gekommen, um mich von dir zu verabschieden.«

»Wo willst du denn hin?«

»Ich will nirgends hin. Ich bleibe hier.«

Reino stand auf und wischte den mit Rost vermischten Staub vom Bullauge ab. Draußen gab es nur die vollkommen dunkle Nacht des Ozeans.

»Wie bitte?«

»Ich bleibe in New York.«

»Du hast keinen Paß, kein Visum, und du bist voller Flöhe. Sie lassen dich nicht rein.«

»Laß dich umarmen.«

»Du hast ein unbewaffnetes Kind umgebracht!«

»Das war ein Feind, du Idiot. Tötest du ihn nicht heute, tötet er dich morgen.«

»Es war nur ein wehrloses dickes Kind.«

Reino nahm alles, was er in seinen Hosentaschen trug, und legte es auf die kaffeebraune, von Motten und Ratten angefressene Tischdecke.

»Es gibt weder Mond noch Wellengang, Bruder. Ich nutze die Gelegenheit, daß wir hier auf Reede liegen, springe ins Wasser und schwimme nach New York.«

»Wir müssen noch die ganze Nacht fahren, bis wir im Hafen ankommen. So lange kannst du nicht schwimmen.«

»Ich werde mit OBie in einem Studio arbeiten und Dinosaurier basteln. Und wenn wir genug Geld verdient haben, machen wir einen wahnsinnigen Horrorfilm. Die

Geschichte von einem Gorilla, der die New Yorker Wolkenkratzer frißt. Wir werden Millionäre.«

Stefano ging zur Tür und schob den Riegel vor.

»Du kommst hier nicht raus.«

»Ich bin mein Leben lang ohne Vater zurechtgekommen. Ich brauche niemanden, der auf mich aufpaßt.«

»Ich tu das nicht für dich, du Blödmann. Ich werde dich wegen Mama nicht ins Wasser springen lassen.«

Reino betrachtete seine Habseligkeiten auf dem Tisch und teilte sie in zwei Häufchen. Links die Zahnbürste, den Hausschlüssel von Gema, eine schwarze Krawatte, eine Rolle malizianischer Geldscheine und einen Umschlag, den er aufriß und den Ausschnitt aus der *Republika* herausnahm, in dem Pavlovic von seiner Heldentat berichtete. Auf das andere Häufchen legte er seinen Zehndollarschein, ein Taschenmesser mit scharf geschliffenen Klingen, eine Schiedsrichterpfeife und eine Kerze.

»Diese Hälfte kannst du haben. Bewahre den Zeitungsartikel gut auf, denn er erinnert dich daran, daß du einer patriotischen Familie entstammst. Du bist nicht irgendein namenloser Hund.«

»Ich werde dein Hohelied auf den Müll werfen.«

»Und die Zahnbürste. Benutze sie. Putz dir gewissenhaft die Zähne. Du riechst nach Schwefel und verfaulten Kaulquappen. Die Mädchen in Chile werden kotzen, wenn du ihnen nahe kommst.«

»Und dich werden die Haie fressen, Reino.«

»Das Wasser ist hier viel zu kalt für Haie.«

»Du schaffst es nicht bis an Land. Die Küstenwache ist mit ihren Schnellbooten unterwegs. Sie verpassen dir eine Kugel.«

»Alles fürs Kino.«

Er breitete die Arme aus und bedeutete seinem Bruder, zu ihm zu kommen.

Das Lächeln auf seinem Gesicht kam aus tiefstem Herzen, und sein Bruder konnte nicht umhin, das Gesicht der Mutter vor sich zu sehen. Stefano war sehr versucht, zu ihm zu gehen, doch etwas Stummes, Starres hinderte ihn.

»Warum bist du so verrückt mit dem Kino?«

»Es ist das Geschäft des Jahrhunderts. Dinosaurier, Gorillas, Marsmenschen. Eine einzigartige Chance. Nur zwei Schwimmzüge trennen uns von Reichtum und Ruhm.«

»Uns?«

»Spring mit mir zusammen, Stefi! Stell dir vor, New York! Weiber in Nerzmänteln, turumbatanzende Negerinnen in den Bars, sausende U-Bahn-Züge, beleuchtete Straßen wie auf einem immerwährenden Fest, und du und ich mittendrin. Die jungen Coppetas – mit einem ordentlichen Ständer in der Hose und noch nicht mal volljährig! Und was ist der Preis dafür? Ein Sprung ins Wasser.«

»Nimm die Arme runter, Mann. Du siehst aus wie eine Vogelscheuche.«

»Und du bist ein Angsthase. In Wirklichkeit möchtest du mitkommen, aber du hast Angst.«

»Ich habe keine Papiere.«

»Wir besorgen dir welche.«

»Ich kann kein Englisch.«

»Das lernst du. Geld heißt *money*. Ficken heißt *fucking*. Film heißt *movie*.«

»Das letzte Wort, das Alia Emar zu mir gesagt hat, war Chile. Irgendwann vielleicht mal …«

»Irgendwann was?« schrie Reino, nahm die Arme herunter und schlug sich mit der Faust in die Hand. »Kommt sie zu dir nach Chile und legt sich zu dir in dein goldenes

Bett? Mann, du hast sie direkt vor der Flöte gehabt und nichts mit ihr gemacht!«

»Aus Anstand, Reino! Aber das Wort kennst du ja gar nicht.«

»Er wird dir noch abfaulen, Stefi. Mit einundzwanzig fallen dir dann die Zähne aus, und mit dreißig hast du einen krummen Rücken vor lauter dich erniedrigen. Wenn ich deine Augen hätte, wäre ich der König der Welt!«

»Alia Emar hat in diesen Augen etwas gesehen. Es war eine Reise, die wir gemeinsam unternehmen würden. Eine Reise, die mit dieser gar nicht zu vergleichen ist. Und dann kamst du und hast mit deiner verdammten Hitzigkeit und Morderei alles kaputtgemacht.«

Reino steckte das Taschenmesser ein und band sich die schwarze Krawatte um die Stirn.

»Stefano Coppeta, entscheide dich jetzt: New York oder der Arsch der Welt.«

Er hatte das Ja auf den Lippen, wischte es jedoch mit der befeuchtenden Zunge hinweg. Er wollte wie ein Junge in Reinos begeisterte Hand einschlagen und mit ihm durch die Gänge des Maschinenraums ans Heck schleichen. Er trimmte seine Nerven, ihn die beiden Silben aussprechen zu lassen, die reif auf seinen Lippen lagen: New York. Aber er schwieg, unsicher, verwirrt.

Reino schob sachte den Riegel zurück und verschwand zwischen Rohren in den Gängen des Maschinenraums, ohne sich noch einmal umzudrehen. Jetzt reagierte auch Stefano und lief zum Heck des Schiffes. Im Salon der ersten Klasse wurde Jazz gespielt, ein Wachmann sah ihn vorüberlaufen, gähnte und grüßte ihn gleichzeitig.

Er erreichte die Heckreling, als sein Bruder sich gerade mit gestreckten Armen und gebeugten Knien mit den Fußballen abstieß, wie er es auf den Klippen der Insel mit einem eisernen Haken zwischen den Zähnen getan hatte, um zwischen den Felsen Tintenfische zu fangen. Er hörte das Aufklatschen des Körpers und sah zu dem Wachmann hinüber, der immer noch gähnend durchs Fenster starrte und der Combo lauschte, deren Musiker farbenfrohe Westen trugen.

Er beugte sich über die Reling und entdeckte zwischen dem feierlich aufblitzenden Weiß der Schaumkronen den Körper seines Bruders schon auf offenem Meer, wie er mit kräftigen, zornigen, eleganten, entschlossenen Zügen die Wellen zerteilte, das Taschenmesser aufgeklappt zwischen den Zähnen, für den Fall, daß ihn eines dieser Ungeheuer angriff, die er in seinen Träumen baute, oder um sich selbst die Kehle durchzuschneiden, falls ihm die Luft ausging oder eine Kugel der Küstenwache ihn traf.

38

An einem 3. Juni präsentierte die malizianische Mannschaft ihren Gruppenausweis den Hafenbehörden von Antofagasta im Norden von Chile. In Buenos Aires waren die jungen Männer abgewiesen worden, da der Leiter der Einwanderungsbehörde in keinem einzigen Abkommen – nicht einmal in den Notizen, die er sich während der Ausbildung in seiner Jugend gemacht hatte – eine Ausnahmebestimmung gefunden hatte, die ihm erlaubt hätte, einen Gruppenpaß als gültig anzuerkennen. Dieser war zwar in absolut korrektem Spanisch ausgestellt, und obwohl seinem Handbuch zufolge der Stempel der Schwesterrepublik Chile aus Italien kam, war er doch so echt wie sein eigener Fingerabdruck.

Ein Gemeinschaftsdokument war jedoch nur für eine reisende Mutter mit minderjährigen Kindern vorgesehen, und keiner dieser bärtigen jungen Männer mit den wilden Augenbrauen und den verdächtig befleckten Hosen konnte guten Gewissens als kinderreiche *mamma* durchgehen. Da der Beamte selbst italienischer Abstammung war, lud er sie zu einem Bier ein, fragte den Langen, ob seiner Meinung nach ein Weltkrieg bevorstünde, ließ ein Dutzend Pfeffersteaks kommen, außen knusprig, innen saftig, und brachte sie dann zum Schiff zurück, wo er ihnen den weisen Rat gab, nur Chile als ausstellende Nation könne einen so pluralistischen Paß wie den ihren akzeptieren, und werde dieser Verpflichtung auch nachkommen, wenn das chilenische Dokument im Land vorgelegt werde.

Nach einer frostigen Weiterfahrt, denn die Malizianer maßen die Zeit in patagonischen Kältegraden und Eisbergprozessionen, legte das Schiff in der Stadt Punta Arenas an, durch die mit fünfzig Knoten ein derart eisiger Schneesturm pfiff, daß im Hafen eine Herde von Schafen trotz dickster Wolle erbärmlich zitterte.

Keiner der Emigranten war dazu zu bewegen, die Hände aus den Taschen zu nehmen, um den Paß vorzuzeigen, und fest in die Decken gewickelt, die sie von ihren Betten gerissen hatten, schauten sie nur sprachlos zu, wie Hafenarbeiter die Schafe mit Kränen in die Laderäume hievten, und die Tiere vor Glück mähten, weil sie der feindseligen Natur endlich entrannen.

Obwohl sie sich jetzt auf chilenischem Hoheitsgebiet befanden, wollte kein Mensch ihr Einreisedokument sehen, und kein Matrose, kein Offizier, nicht einmal der Kapitän forderte sie auf, das Schiff zu verlassen. Eine Handvoll Soldaten strolchten ohne großen inquisitorischen Eifer übers Deck, und als der Kapitän ihnen eine Flasche *White Horse* und eine Stange Zigaretten zukommen ließ, verschwanden sie, sich lachend auf die Schultern schlagend, wieder an Land.

Auf der Weiterfahrt nach Norden wurde die Verpflegung spürbar besser. Die Linsen wurden mit Schlackwurst angereichert, in den Reis schlichen sich Meeresfrüchte ein, dem Kartoffelbrei wurden ein paar verschämte Spiegeleier zugeführt, und die Gemüsesuppe wurde mit einem köstlichen Fisch aufgewertet, dessen Name unmöglich auszusprechen war, der sich später aber als schlichter Meeraal herausstellte. Des weiteren machten Krebse, Muscheln und andere Weichtiere mit trügerisch harten Schalen ihre Aufwartung. Die Jungs aus Gema schlürften sie begierig und versuchten danach, ohne Glück jedoch, auch die

Schalen zu zerbeißen und herunterzuschlucken, als eine ferne Hommage an Stamos Marinakis. Nach dem Abendessen holten einige der Passagiere, die in Punta Arenas hinzugekommen waren, Gitarren und Kürbisrasseln hervor und begannen, von den Wellen des Pazifiks bewegt, zuerst im Walzertakt und dann unter Turumbawirbeln das wehmütigste Lied zu singen, das auf hoher See vorstellbar ist:

Fiele ein Stern vom Himmelszelt
nähme sein Glanz mir das Augenlicht
meine Beine führten mich richtungslos
hinein in tiefen Höllenschlund.

Spürte ich in einem Winkel des Glücks
jedoch das Sternenlicht deiner Augen
vor Neid verblaßte mein Schmerz
und meine Lippen versänken in deinem
wogenden Haar.

Auf großer Fahrt zur See
wohin die Reise auch geht
das Kreuz des Südens steht
stets dort, wo du dich befindest.

Als sie den mit Feuerwasser abgefüllten Langen Roland dabei antrafen, wie er dem Zweiten Offizier die Unterhose auszuziehen versuchte, drängten die Freunde ihn ab und schworen feierlich, ihn im nächsten Hafen an Land zu setzen, wo es etwas gab, das auch nur entfernt wie eine Frau aussah.

Und dieser Hafen, an einem sonnenhellen 3. Juni ohne Wolken, mit einer sanften Brise und fern aller Blicke, war die Stadt Antofagasta. Der Ort kam den Malizianern zwar kaum größer vor als ihr heimatliches Dorf, aber die Anwesenheit einer weiblichen Person mit weißen Brüsten und schwarzem Haar auf dem Pier schien ihnen die Verheißung des Paradieses. *Das Kreuz des Südens steht stets dort, wo du dich befindest.* Mit ihren zerlumpten Rucksäcken auf den Schultern, mit Salzwasser gekämmt, mit stärkeknarrenden Hemden und einem Geruch von Seeigeln und Algen gingen sie an Land.

Stolz und unbedarft betraten sie den Kontinent und formierten sich so wie auf einem Paßfoto, nur in wesentlich besserem Zustand jetzt durch das gute Essen, wegen dem Glück und der Freude, ein Land zu haben, das Antofagasta hieß, oder so. Niemals wieder würden sie diese Silben voller Geröll und Schlaglöcher, die ihre Zähne klappern ließen, so aussprechen können. *Antofagasta* war für neunzig Prozent von ihnen Anfang und Ende des hieroglyphischen Labyrinths: *Antofogosto.*

Der Zollinspektor betrachtete die Unterschrift über dem Konsulatsstempel, und trotz der verhaltenen Träne, die in seinen Augenwinkel trat, als er »ein Haufen Kinder blau vor Kälte« vor sich hin murmelte, stieß er dem Langen einen dicken behaarten Zeigefinger in die Brust.

»Hier fehlt einer, Freundchen. Der da, mit dem Gesicht einer Miesmuschel.«

»Der ist über Bord gegangen, Kapitän.«

»Und ein Hai hat ihn komplett verspeist?«

»Kompletter geht's nicht, Kapitän.«

»Junge, du gefällst mir. Ich mag es, wenn man mich Kapitän nennt.«

Er drückte einen Stempel auf die Seite mit der träumerischen Unterschrift der Frau Konsulin und sagte mit dröhnender Stimme: »Das beste Puff liegt an der Ecke Prat/

Esmeralda. Die beste Bar gibt es an der Kreuzung Matta/Sucre. Das beste Krankenhaus zum Sterben ist das von Doktor Rendic, der malizianisch spricht und Spritzen setzen kann. Der einzige Dichter, den wir hier haben, leidet an akuter Leberzirrhose und verschachert seinen Weinkeller in Raten. Die erste Nummer bei den Nutten ist gratis, die zweite geht auf Kredit, und die dritte kostet das Doppelte. Treffe ich einen von euch außerhalb der Gruppe an, lasse ich ihn als Masturbanten und Anarchisten erschießen. Seht zu, daß ihr eure Läuse und Flöhe loswerdet, bleibt stets beisammen und vergeßt nicht, daß dieses Vaterland euch mit offenen Armen aufgenommen hat. Und nun sprecht mir nach: Viva Chile, verdammt!«

»Viva Chile, verdammt!« wiederholte piepsstimmig die Gruppe und bildete damit die Grundlage dessen, was Jahre später als der malizianische Domchor Weltruhm erlangen sollte.

Noch auf den Bohlen des Piers, als würde er dem Rhythmus einer langsamen Prophezeiung folgen, blieb Stefano hinter den anderen zurück und starrte unentschlossen auf seine Füße, als die Kameraden unter heimatlichen Gesängen schon um die Ecke gebogen waren.

Als er aufschaute, stand nur einen Meter vor ihm Pavlovic, der Journalist. Eine Hand hielt er in der Jackentasche versenkt, als hätte er gerade etwas herausholen wollen.

»Das war eine lange Pilgerreise, Stefano Coppeta.«

»Lang, traurig, naß und nutzlos, Pavlovic.«

Er schaute verdrossen auf die kahlen Berge, die staubigen Straßen, den verbrannten Horizont, die Makrelengräten auf der rissigen Erde der Mole, die mittägliche Stille, die laue Brise, und wohin er auch blickte, er sah keine

Blume, keinen Baum, keinen Strauch, keine Hecke, kein Fleckchen Grün weit und breit.

»Hier gibt es kein Wasser, stimmt's?«

»Doch. Aber nur Salzwasser.«

»Wächst hier Weizen?«

»Nein.«

»Gerste, Roggen oder Mais?«

»Nein.«

»Gibt es Feigen?«

»Nicht so richtig.«

»Wachsen hier keine Äpfel oder Birnen, Bohnen, Erbsen, Linsen oder Kartoffeln?«

»Wenn du mich so fragst: nein.«

»Gibt's Rüben, Kohl oder Mangold?«

»Nein, Stefano. Gibt es nicht. Es gibt auch keinen Honig und kein Bienenwachs.«

»Aber wo kann ich dann arbeiten? Ich sehe keinen Baum und keinen Strauch.«

»Auf der Plaza gibt es einen Pfau. Und das Meer ist voll mit Fischen.«

»Aber das Land, Doktor, was gibt es her?«

»Nichts, mein Junge. Der ganze Reichtum dieses Landes liegt unter der Erde.«

»Verstehe ich nicht.«

»Bodenschätze, junger Mann.«

»Hier gibt es nichts, Doktor. Dies hier ist das nackte Nichts.«

»Es gibt eine hervorragende Zeitung. Ich schreibe für sie.«

Stefano rieb sich das Gesicht, und seine Augen fühlten sich ausgetrocknet an von Sand und Staub und von schleichender Totenstille. Er schluckte, rieb sich mit dem Handrücken den Schweiß von der Stirn. Der Journalist drückte das Papier in seiner Jackentasche, und bevor er es hervorzog, befeuchtete er ausgiebig seine Lippen, räusperte sich und sagte: »Und es gibt schlechte Nachrichten, Junge.«

Ohne ihn anzusehen, reichte er ihm den Zettel. Sobald er Stefano die Nachricht ausgehändigt hatte, lockerte er den Knoten seiner grauen Krawatte und öffnete den Kragenknopf seines gestärkten weißen Hemdes. Mit der Hand wischte er eine Vogelfeder beiseite, die sein Schnurrbärtchen streifte.

Stefano faltete das Telegramm auseinander und verschlang den Text mit verzehrendem Blick.

Herrn Stefano Coppeta, Antofagasta, Chile. Bedaure mitteilen zu müssen, Alia Emar von feindlichen Truppen geschändet. Herr Hieronymus Franck Freitod gewählt. Wünsche glücklicheres Leben in Chile.

Hochachtungsvoll, Vater Pregel, Gema.

Stefanos ganzer Körper wurde vom Kribbeln einer tiefen Röte erfaßt. Sein Atem stockte, er krampfte sich zusammen und begann haltlos zu würgen. Seine Kehle wurde von dicken Tränen erstickt, sein Gesicht von einem Fieberschub verzerrt.

Er fiel auf die Knie, stieß wie ein Hund die Nase in den Staub und rief: »Gibt es denn keinen Gott?«

Epilog

Wie mein Großvater mir in Antofagasta erzählte, stammte er von einer so armen Insel, daß dem einzigen Reichen dort ein Vermögen nachgesagt wurde, welches einen Vergleich mit denen des Alten Testaments und der Märchenbücher sowie jenen sagenhaften Reichtümern nicht zu scheuen brauchte, die durchreisende Puppenspieler und Geschichtenerzähler gern im Munde führten. Einer von ihnen, Bellaco Yaksic, ein Mann mit wirrem Haar und der Nase einer Harpyie, hatte auf Gema das Gerücht verbreitet, jenseits von Italien, noch hinter dem unendlichen Frankreich und dem unbezähmbaren Atlantik mit seinen gewaltigen Eisbergen läge eine Stadt, in der anstelle von Bäumen so hohe Gebäude in den Himmel wüchsen, daß es drei Tage und Nächte brauche, um ihre Treppen zu ersteigen. Eine Dame, die bis zur Spitze des höchsten Wolkenkratzers hinaufgestiegen war, sei nach einem Monat wieder unten angekommen und habe erzählt, sie hätte zur Rechten Gottes gesessen, und der Herr hätte genauso ausgesehen wie der Schöpfer auf den Bildern in den Pfarrkirchen unserer Dörfer.

Mein Opa glaubte nicht an solchen Unsinn und hatte für Übertreibungen nichts übrig. Er tüftelte bis zu seiner Emigration an einem wirksamen Insektenvernichtungsmittel gegen die Reblaus, die die Weinreben zugrunde richtete und die Weinbauern in den Ruin trieb. Mit einer Silbermünze als Köder beschwatzte er die Scharlatane, beim nächsten Mal keine weiteren Geschichten über große Städte mitzubringen, in denen noch größere Affen lebten, sondern eine Wagenladung Chemikalien zu besorgen, da die Traubenpest attackiert werden müsse und nicht die Köpfe der Dorfbewohner, die von exotischen Geschichten die Nase voll hätten und was zu beißen bräuchten.

Der unverbesserliche Gaukler ließ die Dublone geschwind in seine Gürteltasche gleiten und gab noch kurz zum besten, daß in New York die Frauen so kurze Kleider trugen, den Busen hinter durchsichtigen Stoffen verbargen und ihre blonden Mähnen so betörend toupierten, daß die Männer in ihrer Nähe anstößige Ständer bekamen und beschämt davonliefen, als hätten sie drei Beine. Phantasiegebilde eben, von denen sich auch unsere heimische Literatur häufig nährt.

Was New York anging, so wollte sich der reichste Mann des Dorfes und der ganzen Insel selbst ein Bild davon machen, sobald der Schiffsbauer Bizarro seine Yacht fertiggestellt haben würde, die das ganze Mittelmeer umrunden und bis nach Amerika fahren können sollte. Mein Großvater übertreibt wohl doch ein bißchen, wenn er erzählt, ein Jahr vor der Auswanderung hätte ein Schiff mit einer so gewaltigen Ladung Holz und Eisen in Gema angelegt, daß man mit dem Material eine neue Stadt hätte gründen und Hunderten von Opfern der Reblausepidemie Arbeit geben können.

Mit einem für die damalige Zeit avantgardistischen sozialen Bewußtsein knöpfte Großvater sich den reichen Don Hieronymus vor und machte ihm klar, daß Patriotismus nicht darin bestehe, sich nach New York zu verdrücken und sich von Huren und Hochhäusern verrückt machen zu lassen, sondern dazubleiben und sich der Widrigkeiten seiner Landsleute anzunehmen.

Hieronymus Franck, der biblisch Reiche, parierte der Klageführung meines Großvaters mit einem scharfzüngigen Text, der in den Archiven der adriatischen Inselwelt noch nachgelesen werden kann und in der Städtischen Bibliothek von Ancona auf Mikrofilm verfügbar ist. Ich fasse hier nur das zusammen, was für den vorliegenden Roman von Bedeutung ist, und unterlasse es, in die filigrane Welt parteilicher und persönlicher Gehässigkeiten einzutauchen, die für jene Epoche so typisch sind, heutzutage jedoch trivial und unverständlich wären. Der Teil, der hier von Interesse ist, vervollständigt das Bild vom Charakter dieses Mannes, Opfer einer Flut von Ereignissen, deren trauriger Zeuge der Leser dieses Buchs geworden ist.

»Mit populistischer und miserabelster Rhetorik hält Herr Skármeta mir die *Widrigkeiten* der Inselbewohner vor und möchte, daß ich mein Herz zum Weihwasserbecken ihrer Tränen mache. Als gehörte dieses Wort allein ihnen!

Widrigkeiten, mein Herr, sind das, was mir zugestoßen ist. Warum sollte ich mir die *Widrigkeiten* einer organisierten, vorurteilsbeladenen, dunkel raunenden Menge angelegen sein lassen, wenn diese auf fanatische Weise meine Hochzeit mit einer ihrer Töchter hintertreibt? Welche Schuld trage ich an der bitteren Witwernschaft meines Vorgängers und dem tragischen Ende von Marta Matarasso, die beide heute noch von den Schandmäulern auf den Dörfern der Insel zerrissen werden?

Warum soll ich nicht nach New York auswandern, der Stadt, die heute schon Zukunft ist für den, dem all der Aberglaube, die Rückständigkeit und Gehässigkeit entgegenschlagen, weil er mehr hat, dadurch daß er härter arbeitet? Diese *Widrigkeiten* haben es mir unmöglich gemacht, hier eine Familie zu gründen, in einer Gegend, die ich liebe; und zwar nicht, weil ich hier geboren bin, sondern aus der freien, stolzen Entscheidung eines Fremden heraus.

Glauben Sie, daß auch nur einer dieser Menschen in seiner *Widrigkeit* eine Handvoll Erde auf meinen Sarg werfen wird, wenn ich auf dem Totenacker liege? Welchen Sohn oder welche Tochter habe ich, die mir die Augen schließen, wenn mich an einem stürmischen adriatischen Morgen der Tod ereilt?

Ich sehe mein Schicksal klar und mit Wehmut voraus: leblos zwischen den Felsen, wie ein Haufen Algen; das Meer verunstaltet mein Antlitz, und die Hunde wühlen in meinem Gedärm.«

Der junge Skármeta war erschüttert nach der Lektüre dieser Zeilen, die zum ersten Mal etwas mehr vom Wesen Don Hieronymus' enthüllten, als das zufriedene Lächeln, wenn er die Kurbel seiner Registrierkasse drehte. Zwei Tage lang hielt der Virus der Betroffenheit meinen Großvater im Bett, und er dachte daran, ein von Herzen kommendes *mea culpa* zu schreiben, das mit einem Aufruf zu Mitmenschlichkeit und Brüderlichkeit unter allen Inselbewohnern enden sollte. Er verfaßte daraufhin einen bewegenden Text für die Wochenendbeilage der Tageszeitung.

Und tatsächlich verfehlte dieses Stück Literatur in den schlichten Gemütern der Bauern und Fischer, Anarchisten und Bergarbeiter nicht seine Wirkung. Kein Alter auf der Dorfbank, der nicht versicherte, Opas Feder habe Don Hieronymus den Weg zum Herzen der schönen Alia Emar geebnet.

In den siebziger Jahren hat mich die Brutalität eines ominösen Diktators in meinem Land dazu bewogen, nach Europa zu gehen und dabei die Wege meines Großvaters in umgekehrter Richtung nachzuvollziehen. Jahrelang lebte ich in Deutschland, bis ich eines Sommers an die malizianische Küste reiste, um Sonne zu trinken, gebratenen Fisch zu essen und den Originalartikel meines Großvaters zu finden, in dem ich den letzten möglichen Keim meiner literarischen Berufung sah. Da ich kein Land mehr hatte, kam mir das Leben an den Küsten Malizias so einfach und so anheimelnd vor, daß ich meinen Eindruck von dem Aufenthalt dort ins Reisetagebuch schrieb:

Der Hirte steigt mit seinen Ziegen den Berg hinan.
Der Dichter Nazor steigt auf den Turm, um Wörter zu weiden.
Segelschiffe durchpflügen die Bucht des Dorfes.
Runzeln durchpflügen das Antlitz des Alten.
Der Onkel brät den Fisch auf dem Rost.
Großmutter ist dabei, einen Salat anzurichten.
Die trägen Wolken des Südens erleichtern
mir mein Exil an Malizias Küsten.

Jahre später trat auch dieses Land, das mir den letzten Seufzer der Unschuld gewährt hatte, in einen unmenschlichen Krieg, der, nicht weit von Gema, bis jetzt, da ich diese Zeilen niederschreibe, andauert. Im großen gesehen beeindrucken uns Kriege als Tragödien. Kennt man sie im kleinen, sieht man Zwischenstücke von Komödie, Satire und Melodram.

Letzteres war ein Genre, in dem meine Großmutter zur Stunde der Siesta in Antofagasta unschlagbar war. Alles schlief, ausgenommen sie. Mit ihren unermüdlichen blauen

Augen strickte sie Pullover, Schals und Strümpfe – unvermeidliche Geschenke, die wir zu Geburts- und Namenstagen bekamen. Dabei lauschte sie dem Programm des *Philco*-Empfängers, was ihr jähzorniges Gemüt besänftigte, und verfolgte aufmerksam die Hörspiele, die von zwielichtigen Kavalieren und mutigen Ärzten handelten. Großmutter hatte stets ein feines Gespür für den weiteren Fortgang der Sendung – eine Intuition, um die ich, als Berufsschriftsteller, sie heute noch beneide.

In den Werbepausen so eines Melodrams prophezeite sie mit starkem malizianischen Akzent, der das »R« nur so rollen ließ, was der Heldin in den nächsten Minuten zustoßen würde: »Gott wird ihr beistehen, und sie wird wieder sehen« (wenn sie blind war); »ein vornehmer Herr entführt sie aus dem Bordell und heiratet sie dann«; »man wird ihr einen Finger abschneiden, um ihren goldenen Ring rauben zu können«; »sie fährt nach New York, wo sie ein berühmter Arzt von der französischen Krankheit heilt.«

Stefano Coppeta habe ich nur ein einziges Mal gesehen. Das war in Antofagasta, im Malizianer *Social Club,* wo er auf einem wackeligen Tisch unter einem lärmenden Ventilator gerade eine Pokerpartie verlor. Ich kann mich nicht erinnern, ihn angesprochen zu haben, weiß aber noch, daß er mir einen langen Blick zuwarf, als mein Großvater ihm mit triumphierend geheuchelter Bescheidenheit einen Vierer mit Königen zeigte. Als hätte ich mitgeholfen, ihn in eine Falle zu locken! Ich erwähne diesen Vorfall, weil das einzige, für das ich im vorliegenden Bericht vollkommenen Wahrheitsgehalt beanspruchen kann, der Blick seiner blauen Augen war: erschütternder noch und undefinierbarer als alles, was ich im Roman darüber sage.

Und was New York angeht, muß ich gestehen, daß mich diese Stadt genauso verrückt gemacht hat wie Reino Coppeta, und mich immer noch in Erregung versetzt, trotz all der Sticheleien meiner links angehauchten Freunde.

Viele Jahre lang wollte ich dieses Werk zu Papier bringen, schob es aber immer wieder hinaus in der Erwartung, daß es sich von selbst zusammensetzt. Wie meine kundigen Leser ja wissen, stellt eine Vielzahl ungeordneter Gedanken von ganz allein diese eigenwillige Atmosphäre her, die sich am Ende zu einem Roman verdichtet.

Diesen nun widme ich vor allem meinen Großeltern, denn tot und in Chiles Norden begraben, können sie das, was hier erzählt wurde, nicht mehr der Unwahrheit zeihen.

Melania G. Mazzucco
Das Turmzimmer

Roman. Aus dem Italienischen von Gesa Schröder.
535 Seiten. Geb.

Ein unvollendetes Fresko, das unter der abbröckelnden Farbe im Turmzimmer zum Vorschein kommt, und die geheimnisvolle Bewohnerin des piemontesischen Kastells stehen am Anfang dieses Romans voll überbordender Sprachkraft und Leidenschaft.
Im Jahre 1492 wird der begnadete Freskenmaler Enrico del Sorano auf die Burg von Bastia del Garbo gerufen. In völliger Zurückgezogenheit lebt dort die »unsichtbare« Alma, eine ätherische Frau, der übersinnliche Fähigkeiten nachgesagt werden und zu der der Künstler bald eine eigentümliche Beziehung entwickelt. Fünfhundert Jahre später kommt ein ehrgeiziger Kunsthistoriker auf die piemontesische Burg, um die zufällig entdeckten Fresken des Turmzimmers zu untersuchen. Bei dem Versuch, die Persönlichkeit des Künstlers zu rekonstruieren, treten immer rätselhaftere Bilder zutage. Die einzige Bewohnerin der Burg ist die fragile, entwurzelte Luisa…
In barocker Fabulierlust zeichnet Mazzucco apokalyptische Visionen und märchenhafte Begegnungen, aufwühlend und verstörend.

PIPER

Enzo Striano

Die Portugiesin

Roman. Aus dem Italienischen von Barbara Krohn.
478 Seiten. Geb.

Dieser Roman, in Italien mit keinem geringeren als Tomasi di Lampedusas »Leoparden« verglichen, erzählt die wahre Geschichte der Dichterin Eleonora, die die Salons von Neapel erobert, als das Königreich der Bourbonen bereits vom Untergang gezeichnet ist.
»Meu Deus, que calor! Mein Gott, was für eine Hitze!« Als Eleonora sich an dem heißen Augustmorgen, am Tag nach ihrer Ankunft in Neapel, erhob, nahm sie durch die halbgeschlossenen Jalousien das Pferdegetrappel wahr, die Rufe der Marktweiber, den Geruch nach Wein, Fisch und moderndem Wasser. Sie war erfüllt von aufgeregter Erwartung: Das Leben in dieser herrlichen fremden Stadt lag vor ihr, und sie war entschlossen, sich über den Makel, der ihr als verarmter Adeliger anhaftete, hinwegzusetzen. Sie wollte die Salons der kulturellen Elite mit ihren eigenen Gedichten erobern, mit Gedichten, die durchdrungen waren vom liberalen Gedankengut der französischen Aufklärer. Eine große unglückliche Liebe, familiäre Schicksalsschläge und schließlich die dramatischen politischen Ereignisse von 1799 geben Eleonoras Dasein jedoch eine tragische Wende…

PIPER

Alessandro Baricco
Oceano Mare

Das Märchen vom Wesen des Meeres. Aus dem Italienischen von Erika Cristiani. 279 Seiten. Geb.

Ein einsamer Maler, der mit Meerwasser das Meer täglich neu zu malen beginnt. Ein skurriler Wissenschaftler, der für eine Enzyklopädie die Grenzen des Ozeans festlegen will. Ein junges Mädchen, das zu zart ist, um zu leben, und zu lebendig, um zu sterben. Eine schöne Frau, die in der Abgeschiedenheit des Strandes von der Liebe genesen will. Sie gehören zu der illustren Gästeschar, die Alessandro Baricco in der Pension Almayer irgendwo am Meer, außerhalb jeder Zeit, versammelt hat. Die philosophisch anregenden Gespräche der hier Gestrandeten und die geheimnisvolle Atmosphäre dieses symbolträchtigen Mikrokosmos üben auf den Leser eine einmalige magische Anziehungskraft aus. »Oceano Mare« ist ein Buch voll Poesie und Weisheit. Ein Buch über die Sehnsucht nach Erkenntnis und Wahrheit, Erfüllung und Vollkommenheit. Ein Buch über Genies, Träumer und Sinnsucher.

PIPER

Alessandro Baricco

Seide

Roman. Aus dem Italienischen von Karin Krieger.
132 Seiten. Geb.

»Ich wollte eine Geschichte schreiben wie weiße Musik, eine Geschichte, die klingt wie die Stille.«
Alessandro Baricco, in Italien schon seit Jahren gefeierter Literaturstar, präsentiert sich erstmals dem deutschen Publikum mit einer poetisch-zarten Parabel auf die Liebe: Sie ist leicht und elegant wie ein Seidenschal auf den Schultern einer schönen Frau.

»Der Roman Alessandro Bariccos ist gewebt, wie der Stoff, um den es geht: elegant und nahezu gewichtslos. Die Geschichte ist komponiert wie ein Musikstück, jedes Wort scheint mit Bedacht gewählt, jede Ausschmückung, jedes überflüssige Wort ist fortgelassen. Das schmale Buch bekommt durch diese Reduktion seine außergewöhnliche Dichte, seine kühle, in manchen Passagen spöttische, zugleich seltsam melancholische Stimmung.«
Sabine Schmidt, BücherPick

Abraham B. Jehoschua
Die Reise ins Jahr Tausend

Roman. 420 Seiten. Geb.

Jedes Jahr, wenn sich der Sommer dem Ende neigt, sticht Ben-Atars herrliches Schiff, beladen mit kostbarsten Seiden und Gewürzen, mit Tigerhäuten und juwelengeschmückten Dolchen in See – vom marokkanischen Tanger in Richtung Nordspanien. Dort, in einem kleinen Dorf am Fuß der Pyrenäen, trifft der mächtige arabisch-jüdische Kaufmann alljährlich mit seinem geliebten Neffen Abulafia zusammen. Er ist es, der die wertvollen Güter im christlichen Mitteleuropa verkaufen soll. Als sich jedoch Abulafia in die blonde, grünäugige Esther-Mina, eine Aschkenasim aus dem fernen Worms, verliebt, geraten die prosperierenden Geschäfte der beiden ins Wanken. Denn Esther-Mina willigt nur dann in die Ehe ein, wenn Abulafia sich für immer von seinem Onkel distanziert: Ben-Atar liebt zwei Frauen und zelebriert seine Bigamie mit Stolz und in aller Offenheit. Nun ist es an ihm, die selbstbewußte Esther-Mina von seinem Lebensprinzip der Sinnlichkeit zu überzeugen.

PIPER

Kenizé Mourad

Der Garten von Badalpur

Roman. Aus dem Französischen von Carina von Enzenberg. 605 Seiten. Geb.

Hinter den Mauern des halb verfallenen Mogulenpalastes, einst Schmuckstück der indischen Königsstadt Lucknow, befindet sich ein verträumter kleiner Garten. Hierher zieht sich die junge Zahr zurück, wenn sie ganz für sich sein will – wie seinerzeit ihre Mutter, die türkische Sultanin Selma… Zahr war namen- und heimatlos, als sie, unehelich, in Paris zur Welt kam. Von Kindheit an war sie besessen von einer Frage: Ist ihr Vater wirklich dieser charmante Königssohn mit brokatenem Turban, von dem ihr immer erzählt wird? Erst als junge Frau gelingt es Zahr, ihre indische Familie aufzuspüren, die inzwischen entmachtet und verarmt ist. Doch bald bekommt sie zu spüren, was es heißt, sich als moderne Frau in einer starren Traditionen verhafteten Männergesellschaft zu behaupten. Der traurige Kampf um ihre Anerkennung in der Familie und ihr Erbe – eben jenen verwunschenen Garten – und ein schreckliches Ereignis zwingen sie am Ende zur Rückkehr nach Europa. Der märchenhaft exotische Lebensbericht einer mutigen Frau.